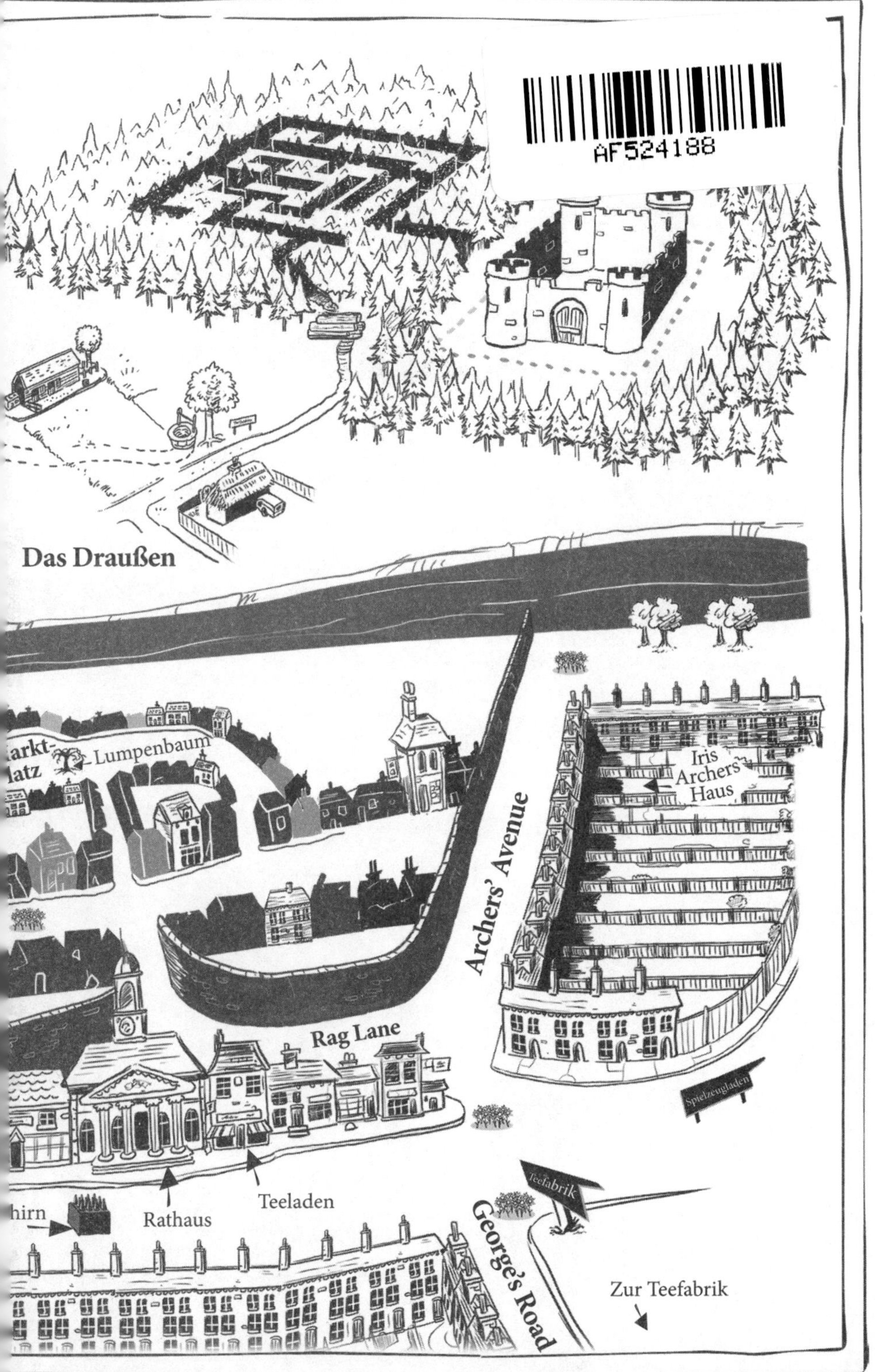
Das Draußen
arkt-
latz
Lumpenbaum
Iris
Archers
Haus
Archers' Avenue
Rag Lane
Spielzeugladen
Teefabrik
hirn
Rathaus
Teeladen
George's Road
Zur Teefabrik

Helena Duggan

Rätselhafte Ereignisse in Perfect
Wächter der Freiheit

Alle Bände von **Rätselhafte Ereignisse in Perfect:**

Band 1: Hüter der Fantasie
Band 2: Meister der Täuschung
Band 3: Wächter der Freiheit

Helena Duggan

Wächter der Freiheit

Aus dem Englischen übersetzt
von Ulrike Köbele

Band 3

ISBN 978-3-7432-0876-6
1. Auflage 2022
Erschienen unter dem Originaltitel *The Battle for Perfect – Watch out – There's Trouble About*
First Published in the UK in 2019 by Usborne Publishing Ltd.,
Usborne House, 83-85 Saffron Hill, London EC1N 8RT, England.

Aus dem Englischen übersetzt von Ulrike Köbele
Umschlagillustration: Isabelle Hirtz
Umschlaggestaltung: Johanna Mühlbauer
Printed in the EU

www.loewe-verlag.de

Für Robbie, meinen Boy

Inhalt

Kapitel 1

Boys Geburtstag

Violet betrachtete die winzige Augenpflanze in dem Glaskasten vor ihr. Sie schauderte, als die Pflanze sich in ihre Richtung drehte und sie direkt anblickte. Die durchscheinenden, hautähnlichen Blütenblätter öffneten und schlossen sich langsam, als würde sie blinzeln, während der dünne Stängel rötlich pulsierte. Das lag daran, dass die Pflanze sich von Blut ernährte.

Auf der linken Seite des Raumes stand Eugene Brown, Violets Dad, in seinem weißen Laborkittel an der Tafel und kritzelte sie mit komplizierten mathematischen Formeln voll. Er war von einer richtigen Wolke aus Kreidestaub umgeben. Violets bester Freund Boy saß an dem großen Stahltisch in der Mitte und kratzte sich am Kopf. Er kämpfte sichtlich mit den Hausaufgaben, die Mrs Moody ihnen aufgegeben hatte. So kurz nach den Sommerferien fiel es ihm schwer, wieder in den Schultrott zurückzufinden. Und das Arbeitspensum, das Mrs Moody ihnen aufbrummte, half da auch nicht gerade.

Violet, ihr Dad und Boy befanden sich im Keller von Archer & Brown, dem Augenoptiker von Town. Der Keller war inzwischen deutlich gemütlicher als früher. Damals, als das Geschäft noch Ocularium hieß und Boys fiesen Onkeln Edward und George gehörte, hatten im Keller die Hüter, ihre brutalen Handlanger, gehaust. Doch nun hatte Eugene hier unten sein Labor eingerichtet. Bunte Flickenteppiche bedeckten die Steinfliesen, an den Wänden hingen Bilder und ein großer alter Kamin, den sie beim Ausmisten hinter all dem Gerümpel entdeckt hatten, sorgte für Wärme. Ach ja, und dann waren da noch die Augenpflanzen in ihren Glaskästen, die überall auf den Arbeitsflächen aus rostfreiem Stahl herumstanden.

Wegen der Augenpflanzen war Violets Familie seinerzeit nach Town gekommen, das damals noch Perfect hieß. Edward und George Archer hatten in der Fachzeitschrift *Auge um Auge* von Eugenes Forschung gelesen und ihn angeworben, um die Pflanzen für ihre eigenen grausigen Zwecke zu missbrauchen. Nachdem Violet und Boy sie gestoppt hatten, waren die Pflanzen eine Weile als Sicherheitssystem für Town eingesetzt worden, doch nun hatte Eugene be-

schlossen, sie endlich so zu nutzen, wie er es die ganze Zeit vorgehabt hatte. Vor Kurzem hatte er dafür sogar Geld von einer Universität erhalten. Seither arbeitete er rund um die Uhr daran, die Pflanzen so weiterzuentwickeln, dass sie blinden Menschen zum Sehen verhelfen konnten.

Violets Mam Rose war früher eine erfolgreiche Buchhalterin gewesen, hatte ihren Beruf jedoch aufgegeben, nachdem die Archer-Zwillinge ihr die Fantasie geraubt hatten. Nun, da Eugene sich ganz der Forschung widmete, war sie für ihn eingesprungen und führte das Optikergeschäft zusammen mit Boys Vater William weiter. So glücklich hatte Violet ihre Mutter schon lange nicht mehr gesehen.

»Ich find die immer noch gruselig«, flüsterte Violet. Durch die Wände des Glaskastens hindurch sah Boy, der gerade auf seinem Bleistift herumkaute, total verzerrt aus. Violet hatte ihre Hausaufgaben schon vor Ewigkeiten erledigt und wartete gelangweilt, dass Boy auch endlich fertig wurde.

»Sie sind nicht gruselig, Violet«, stellte ihr Dad klar. Er musterte sie durch einen Schleier aus Kreidestaub. »Diese kleinen Schönheiten werden eines Tages vielen Menschen helfen! Ist das nicht großartig?«

Violet wusste, dass er recht hatte. Klar würden die Dinger irgendwann Menschen helfen. Immerhin war ihr Dad ein brillanter Wissenschaftler, das bekam sie ständig von allen Seiten zu hören. Aber das hieß nicht, dass die Pflan-

zen nicht trotzdem eklig waren. Ihr jedenfalls lief bei ihrem Anblick immer noch jedes Mal ein Schauer über den Rücken.

»Ich weiß.« Sie drehte sich zu ihrem Dad um. »Aber warum kannst du nicht mit etwas weniger Fiesem experimentieren? Mittel gegen Haarausfall zum Beispiel. Oder vielleicht Ohren?«

»O ja, das klingt wirklich zauberhaft, Violet. Ein Feld voller Ohrenpflanzen – stell dir das mal vor!«, warf Boy grinsend ein.

Damit bezog er sich auf das Feld am anderen Flussufer, kurz hinter der Fußgängerbrücke. Eugene Brown benötigte Platz, um seine Pflanzen heranzuziehen, deshalb hatte der Stadtrat ihm die Fläche zwischen Town und der Geistersiedlung zugesprochen. Die wurde sowieso nicht genutzt.

»Wieso höre ich euch reden?« Rose Brown kam die steinerne Wendeltreppe herab. »Solltest du nicht eigentlich deine Hausaufgaben machen, statt deinen Vater bei der Arbeit zu stören, Violet?«

»Ich bin längst fertig!«, maulte Violet, während ihre Mam eine Ausgabe der *Town Tribune* neben Boy auf den Tisch legte.

»Sehr schön, Mäuschen.« Rose zog Violets aufgeschlagenes Heft zu sich und überflog, was sie geschrieben hatte. »Vielleicht bringt dir das diesmal ein Lächeln von Mrs Moody ein!«

Mrs Moody war Violets Lehrerin. Sie lächelte nie.

»Das wär ja mal ein echtes Wunder, Mam«, schnaubte Violet und ließ sich in den gelben Sessel am Kamin plumpsen.

Seit die Schule wieder angefangen hatte, kamen Violet und Boy jeden Tag hierher, um ihre Hausaufgaben zu machen. Archer & Brown lag direkt auf dem Weg, sodass sie im Nu dort waren und keiner von ihnen den Nachmittag allein verbringen musste. Violet war noch nie gern allein zu Hause gewesen – bei jedem noch so kleinen Geräusch malte sie sich sofort die wildesten Sachen aus. Boy hingegen machte es normalerweise nichts aus, für sich zu sein. Doch seit seine Mam gestorben war, wollte er nur zu Hause sein, wenn William auch da war. Und weil William in letzter Zeit so viel arbeitete, hatte Boy praktisch die gesamten Sommerferien bei Violet verbracht. Violets Mam meinte, dass Boys Dad sich mit der ganzen Arbeit abzulenken versuchte. Das hatte sie zwar nicht laut gesagt, aber Violet hatte es trotzdem gehört.

Normalerweise saßen die beiden im Keller an dem großen Stahltisch, machten Hausaufgaben oder lernten. Wenn sie fertig waren, gab ihnen Eugene manchmal etwas Geld und sie rannten schnell in die Konditorei in der George's Road, um sich vor Ladenschluss noch ein paar Zimtbrötchen zu holen.

»Scheint, als hätte Marjory Blot den gleichen Riecher für

eine gute Story wie Robert. Muss in der Familie liegen«, bemerkte Eugene, als sein Blick auf die aufgeschlagene Ausgabe der *Tribune* fiel.

Robert Blot, Marjorys Bruder, war der ehemalige Herausgeber der Lokalzeitung. Er hatte seinen Posten aufgegeben, als ihm ein Platz im Stadtrat angeboten worden war. Nun schrieb seine Schwester die Artikel. Violet hatte schon öfter beobachtet, wie sie mit einer dunklen Sonnenbrille auf der Nase in Town herumschlich, als sei sie eine Art Undercover-Agentin. Was ein bisschen absurd war, denn ihre weiße Lockenmähne erkannte sowieso jeder auf Anhieb.

»Worum geht's?« Rose sah von Violets Heft auf.

»Um den verschwundenen Wissenschaftler. Der, von dem ich dir erzählt habe, Dr. Joseph Bohr. Marjory hat einen Artikel über ihn geschrieben. Die ganze Angelegenheit ist wirklich merkwürdig – hier steht, dass er mitten in der Nacht aus seinem Haus entführt wurde.«

»Oh! Den hat Iris gekannt!«, rief Boy aufgeregt. Er war offensichtlich froh über die Ablenkung. »Das hat sie Dad neulich erzählt. Ich glaub, sie hat mal mit ihm zusammengearbeitet oder so. Muss aber schon 'ne Million Jahre her sein.«

»So alt ist deine Großmutter nun auch wieder nicht, Boy!« Rose lachte.

»Dann hatte Iris ja ein paar einflussreiche Freunde.« Eugene schüttelte anerkennend den Kopf. »Dr. Bohr ist einer der größten Denker der Welt, auch wenn er bereits seit Jahren im Ruhestand ist. Ich glaube, ich muss mal mit deiner Großmutter reden – bestimmt hat sie hochinteressante Dinge über ihn zu erzählen. Ein faszinierender Mann mit einem faszinierenden Geist!«

»Du hast ein paar Fragen ausgelassen, Violet.« Rose wies auf die Heftseite vor ihr.

»Nein, hab ich nicht!«, protestierte Violet und kam zum Tisch. Sie errötete, als ihre Mutter ihr schweigend die betreffende Stelle im Buch zeigte. »Das liegt an dem Raum hier, Mam. Die Augen machen mich wahnsinnig. Ich kann mich nicht konzentrieren, wenn sie mich die ganze Zeit anstarren!«, schimpfte sie.

»Das ist eine lahme Ausrede, Mäuschen«, erwiderte Rose. »Nun mach schon, sonst schreibt dir Mrs Moody wieder einen Tadel ins Hausaufgabenheft.«

Genervt setzte Violet sich neben Boy an den Tisch und zog ihr Buch heran, um sich die fehlenden Aufgaben durchzulesen.

»Die Augen sind schuld!«, spottete Boy leise, als Rose zurück nach oben gegangen war.

»Haha, sehr lustig.« Violet warf ihrem Freund einen bösen Blick zu.

»Ich dachte, du hättest vor gar nichts Angst?«, fuhr er fort.

»Hab ich auch nicht!«, versicherte sie, während sie versuchte, die Lösung aufzuschreiben.

»Und was ist mit den Augenpflanzen?« Er grinste.

»Die machen mir keine Angst, Boy, ich finde sie einfach nur gruselig. Weil sie supereklig sind!«

»Also, für mich siehst du ehrlich gesagt ziemlich ängstlich aus!«

»Bin ich aber nicht!«, fauchte sie aufgebracht. Sie griff nach ihrem Radiergummi, um einen Fehler zu korrigieren.

»Na, wenn das so ist, dann beweis es! Ich wette, du traust dich nicht, heute Nacht aufs Augenpflanzenfeld zu gehen!«, flüsterte Boy.

Violet hielt mitten in der Bewegung inne. Sie blickte sich verstohlen um und vergewisserte sich, dass ihr Vater nichts von ihrer Unterhaltung mitbekommen hatte. »Die ganze Nacht?«

»Nein, nur … sagen wir, fünfzehn Minuten. Ich wette, du traust dich nicht, heute Nacht fünfzehn Minuten allein im Augenpflanzenfeld zu sitzen.« Boy grinste. »Betrachte es als verfrühtes Geburtstagsgeschenk! Du fragst doch ständig, was ich mir wünsche!«

»Du wünschst dir also zum Geburtstag, dass ich auf einem Feld rumsitze? Das ist kein richtiges Geschenk!« Violets Wangen glühten.

»Nicht irgendein Feld, Violet.« Boy riss die dunklen Au-

gen auf und sagte mit seiner unheimlichsten Stimme: »Das AUGENPFLANZENFELD.« Seine Stimme nahm wieder ihren gewohnten Tonfall an. »Dein Gesichtsausdruck wird das beste Geburtstagsgeschenk aller Zeiten!«

Boys dreizehnter Geburtstag war in ein paar Tagen und Violet zerbrach sich schon seit Wochen den Kopf darüber, was sie ihm schenken sollte. Es war der erste Geburtstag, nachdem seine Mam gestorben war, und sie wollte nicht, dass er deswegen traurig war. Er sollte es so schön wie möglich haben.

Ihr erster Gedanke war gewesen, ihm einen Kuchen zu backen, aber das letzte Mal, als sie das versucht hatte, hätte sie fast die Küche abgefackelt.

Also überlegte sie stattdessen, ihm einen Fußball zu schenken. Oder neue Schuhe? Ein Skateboard? Irgendwie fühlte sich das alles nicht richtig an. Es war einfach nicht besonders genug.

»Was für ein blödes Geschenk – das ist bloß eine Mutprobe und außerdem hab ich eh keine Angst!«

»Dann wird es ja ein Kinderspiel für dich.« Boy lachte und wandte sich wieder seinem Buch zu. »Vergiss nicht, es ist mein Geburtstag – da darf ich mir wünschen, was ich will!«

Violet schäumte stumm vor sich hin. Eine Mutprobe auszuschlagen, war praktisch unmöglich, vor allem, wenn sie von Boy kam.

»Okay«, seufzte sie, während sie ein gummifusseliges Loch in ihr Heft radierte.

Fünfzehn Minuten auf dem Feld waren nun wirklich nicht die Welt – das würde sie bestimmt hinkriegen. Und wenn sie Boy damit sein dämliches Grinsen aus dem Gesicht wischen konnte, war es das allemal wert.

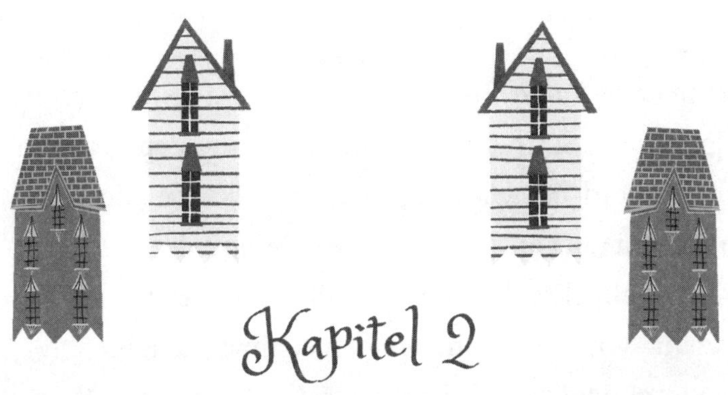

Kapitel 2

Die Mutprobe

Stocksteif saß Violet inmitten Hunderter schlafender Augenpflanzen. Hinter den durchscheinenden Blütenblättern zuckten die Pupillen unruhig hin und her.

Violet wagte es kaum zu atmen. Sie hatte die Knie an die Brust gezogen und rührte sich nicht, obwohl die Feuchtigkeit des Bodens langsam durch den Stoff ihrer Hose drang. Auf keinen Fall wollte sie die scheußlichen Dinger aufwecken. Die schrillen Schreie, die sie ausstießen, wenn ihnen jemand zu nahe kam, geisterten immer noch oft durch ihre Albträume.

Eigentlich sollte sie jetzt bei der Stadtratssitzung sein, aber sie hatte ihrem Dad weisgemacht, dass sie zu Boy wollte, um dort an einem Schulprojekt zu arbeiten. Die

gleiche Lüge hatte Boy William aufgetischt und so waren sie kurz nach Sonnenuntergang zusammen aufgebrochen.

Ihr Freund hatte ihr ein Walkie-Talkie in die Hand gedrückt und aufs andere Flussufer gezeigt.

»Ich beobachte dich.« Seine Miene war ernst. »Du musst fünfzehn Minuten aushalten, sonst gewinne ich.«

»Wieso gewinnen? Das ist eine Mutprobe, Boy, kein Wettbewerb!«

»Ganz genau. Und wenn du aufgibst, habe ich gewonnen!«

Sie zwang sich, nicht darauf einzugehen. Ihre Mam sagte immer, dass sich niemand so leicht provozieren ließ wie sie. Und Violet musste ihr leider recht geben. Sonst würde sie jetzt wohl kaum auf dem Augenpflanzenfeld sitzen. Egal, ob Boy sich das zum Geburtstag wünschte oder nicht.

»Boy … Boy!«, flüsterte sie ins Walkie-Talkie. »Ist die Zeit nicht langsam um? Ich sitze doch mindestens schon fünfzehn Minuten hier!«

Das Knistern des Geräts durchbrach die nächtliche Stille. Violet zuckte zusammen und stopfte es sich hastig unter den Pulli, um das Geräusch zu dämpfen.

»Nein, noch nicht!«, sickerte die Stimme ihres Freundes durch den Stoff.

»Wie lange denn noch?«

»Es sind gerade mal, ähm …« Er zögerte. »… sechs Minuten rum.«

»Red keinen Quatsch! Ich bin schon viel länger hier!«, zischte sie verärgert.

»Machst du dir etwa jetzt schon ins Hemd?«

Violet war sich sicher, Boys höhnisches Kichern zu hören, bevor das Gerät verstummte.

Energisch drückte sie auf den Sprechknopf. »Nein, mach ich nicht!«, fauchte sie.

Die Pflanze neben ihr regte sich. Violet erstarrte. Die Blätter bewegten sich sachte, als wolle die Pflanze es sich gemütlich machen, dann schlief sie wieder ein. Vorsichtig verlagerte Violet das Gewicht, um zumindest etwas bequemer zu sitzen, was jedoch auch nichts half. Innerlich kochte sie vor Wut. Boy schummelte garantiert! Seine Zeitangaben konnten im Leben nicht stimmen.

Ein plötzliches Geräusch ließ sie hochschrecken. Als sie sich danach umdrehte, entdeckte sie, wie jemand die mit Schlaglöchern übersäte Straße entlangschlich, die durch das Augenpflanzenfeld führte. Sie reckte den Kopf, um besser sehen zu können.

Eine schwarz gekleidete Gestalt mit Kapuze huschte durchs Feld. Das konnte nur Boy sein. Er wollte ihr offensichtlich einen Streich spielen. Vorsichtig ging Violet auf die Knie und krabbelte auf allen vieren durch die Reihen schlafender Pflanzen zurück zur Straße. Sie war fest entschlossen, ihn auf frischer Tat zu ertappen.

Gerade als sie den Rand des Feldes erreichte, stieß ein

großer Rabe vom dunklen Himmel herab und ließ sich auf der Schulter der Gestalt nieder, die Violet bis gerade eben für ihren Freund gehalten hatte.

»Tom?«, entfuhr es ihr. Ihre Stimme hallte überraschend laut durch die abendliche Stille.

Erschrocken fuhr Boys Zwillingsbruder herum. Seine eisblauen Augen landeten auf Violet. Sie waren das Einzige, worin er sich äußerlich von seinem dunkeläugigen Bruder unterschied. Tom rannte los. Dabei stolperte er beinahe über seine eigenen Füße. So schnell er konnte, floh er in die Geistersiedlung. Violet rappelte sich auf und lief ihm nach.

Sie hatte Tom nicht mehr gesehen, seit Edward und George Archer mit ihrem Plan gescheitert waren, die Kontrolle über Town wiederzuerlangen. Violet, Boy und den anderen war es einmal mehr gelungen, den Zwillingen und ihren Mitverschwörern das Handwerk zu legen, doch dabei war Macula Archer, Boys und Toms Mam, gestorben.

An ihrem Grab war Violet Tom das letzte Mal begegnet, wenn auch nur von Weitem. Er hatte sich heimlich dorthin geschlichen, um seiner Mam einen Besuch abzustatten. Bei ihrem Anblick war er davongelaufen, weshalb sie bis heute ein schlechtes Gewissen hatte. Vor ihrem Tod hatte Macula Violet gebeten, ihr zu helfen, ihre Jungs miteinander zu versöhnen. Sie hatte sich gewünscht, dass sie als Familie zusammenleben würden. Bis jetzt hatte Violet allerdings wenig getan, um ihr Versprechen zu erfüllen.

Boy und Tom waren getrennt voneinander aufgewachsen. Boy im Waisenhaus im Niemandsland, einem heruntergekommenen Viertel, das durch eine hohe Mauer vom Rest der Stadt abgetrennt war. Und Tom bei Schwester Powick, die im Waisenhaus gearbeitet und ihn anschließend zu sich genommen hatte. Durch ihre Erziehung hatte sie ihn dazu gebracht, alle möglichen schrecklichen Dinge zu tun, weshalb die Leute ihn für böse hielten. Doch Violet war anderer Ansicht. Genau wie Macula war sie überzeugt, dass Tom ein guter Mensch war, der nur nie die Gelegenheit gehabt hatte, dies unter Beweis zu stellen. Denn erstens hatte Tom einen zahmen Raben zum Freund, den er wirklich zu lieben schien. Und wer nett zu Tieren war, konnte kein schlechter Mensch sein, fand Violet. Und zweitens hatte Tom Violet zweimal vor Hugo, dem gruseligen Zombie-Kinderfänger, gerettet.

In der Nacht, als Macula gestorben war, hatte Tom auch Boy geholfen. Er hatte dem Kinderfänger befohlen, Boy freizulassen, obwohl er gewusst haben musste, welchen Ärger er dafür von Schwester Powick bekommen würde. Gleichzeitig hatte er Boys Freund Jack eine sonderbar anmutende Botschaft mit auf den Weg gegeben: »Sag Mam, dass ich es manchmal spüre.« Jack hatte keine Ahnung gehabt, was er damit meinte, aber Violet schon.

Kurz zuvor hatte Macula auf dem Marktplatz mit Tom geredet. Sie hatte ihn angefleht, zu ihr zurückzukehren,

und ihm versichert, dass sie ihn liebte. »Mutterliebe ist stark«, hatte sie gesagt. Und dass sie wusste, dass er das auch spürte, obwohl sie über einen so langen Zeitraum getrennt gewesen waren. Violet hatte sich gefreut, Macula Toms Botschaft zu überbringen, doch sie war zu spät gekommen. Als sie sie fand, war Macula bereits tot.

»Bleib stehen, Tom, bitte!«, rief sie nun, während er zwischen den Pfeilern hindurchrannte, die den Eingang zur Geistersiedlung markierten.

Violet zögerte.

Die Geistersiedlung war lange ein Ort der Angst gewesen. Sobald man durch ihren verfallenden Eingang trat, überkamen einen fürchterliche Gedanken. Doch dann hatte Violet den Ursprung dieser Gedanken entdeckt: einen unterirdischen Raum, in dem Edward Archer einen Nebel mit bewusstseinsverändernder Wirkung zusammenbraute. Dieser Nebel stieg als Wolken in den Himmel über Town auf, aus denen der Wirkstoff auf die Bewohner herabregnete und sie in Angst und Schrecken versetzte. Nachdem die Archer-Zwillinge verhaftet worden waren, hatte der Stadtrat den Nebelraum zerstören lassen. Seitdem fühlte es sich in der menschenleeren, heruntergekommenen Geistersiedlung zumindest nicht mehr gruseliger an, als es dort aussah. Das rief Violet sich nun ins Gedächtnis.

»Tom, bitte«, rief sie, während sie den rissigen Gehweg entlanglief, der von den Ruinen halb fertiger Häuser gesäumt wurde. »Ich muss mit dir reden! Ich glaube, dir wurden ziemlich schlimme Dinge über deine Familie eingetrichtert. Aber ich weiß, dass du kein schlechter Mensch bist, nicht wirklich jedenfalls …«

Eine der schwarzen Plastikplanen, mit denen die klaffenden Fensteröffnungen notdürftig abgedeckt waren, raschelte im Wind. Violet zuckte zusammen.

»Bitte, Tom.« Der Schreck ließ ihre Stimme zittern. »Ich hab dich an Maculas Grab gesehen. Ich weiß, du denkst immer noch an deine Mam …«

Drückende Stille hing über der nächtlichen Siedlung. Dann knarrte eine Tür und Tom trat aus einem der Häuser links von ihr. Er stand in dem zugewucherten Vorgarten und starrte sie wortlos an.

Kapitel 3

Tom

Das Walkie-Talkie erwachte knisternd zum Leben.

»Violet, Violet, wo steckst du?«

Hastig schob sie die Hand in die Tasche und versuchte, es auszuschalten. Sie kämpfte eine Weile mit den Knöpfen und als sie schließlich aufsah, eilte Tom bereits den Hügel am Ende der Siedlung hinauf, der zu dem alten Friedhof führte. Dorthin würde sie ihm garantiert nicht nachlaufen. Nicht allein.

»Violet, lass den Unsinn! Wo bist du?«, rief Boy. Diesmal kam seine Stimme aus dem Augenpflanzenfeld.

»Hier drüben«, antwortete sie und wandte sich in Richtung der Pfeiler.

Der Lichtkegel eines kleinen Scheinwerfers tanzte auf sie

zu. Boy raste ihr auf seinem Fahrrad entgegen und kam schlitternd vor ihr zum Stehen.

»Was machst du hier?«, keuchte er, während er einen Fuß abstellte, um nicht umzukippen.

»Ich war ja wohl deutlich länger als fünfzehn Minuten auf diesem Feld!«, schimpfte sie. Sie ärgerte sich, dass ihr Freund Tom verjagt hatte.

»Da hatte wohl jemand Angst!« Boy lachte.

»Hatte ich nicht! Die Mutprobe war einfach blöd!«, erwiderte sie und machte sich auf den Rückweg nach Town. Sie war sich nicht sicher, ob sie ihm von der Begegnung mit seinem Bruder erzählen sollte.

»Dann musst du mir jetzt ein neues Geschenk besorgen«, zog er sie auf, während er langsam hinter ihr herradelte.

Ein neues Geschenk? Plötzlich kam ihr eine Idee. Sie war doch auf der Suche nach etwas Besonderem. Etwas mit Bedeutung. Was, wenn sie Tom zurückholte und Boy zum Geburtstag eine Familienzusammenführung bescherte? Das war geradezu perfekt! Und William würde sich bestimmt auch freuen.

»Hat eine der Augenpflanzen dich gebissen oder warum bist du abgehauen?«, spottete Boy.

Sie ignorierte ihn, in Gedanken ganz woanders. Macula hätte es sicher so gewollt – auf diese Weise würde Violet endlich das Versprechen einlösen, das sie Boys Mam gege-

ben hatte. Gleichzeitig machte sie ihrem Freund ein Geschenk, das man mit Geld nicht kaufen konnte, und den Erwachsenen zufolge waren das immer die besten Geschenke. Sie musste allerdings mit äußerstem Fingerspitzengefühl vorgehen. Seit Maculas Tod reichte es, wenn jemand Tom auch nur am Rande erwähnte, um Boy die Laune gründlich zu verhageln.

Es war im Frühjahr gewesen, als sie zum letzten Mal über Boys Zwillingsbruder gesprochen hatten. Damals hatte ein Suchtrupp unter der Leitung von Violets Dad das Draußen durchkämmt, um irgendeinen Hinweis auf den Verbleib von Tom oder Schwester Powick zu finden. Ohne Erfolg.

Powicks kleines Häuschen mit dem reetgedeckten Dach stand leer, genau wie der daran angeschlossene Wohnwagen. Auch in dem Stall auf der anderen Straßenseite, wo Hugo, der kinderfangende Zombie, und zwei ähnliche Kreaturen namens Denis und Denise untergebracht waren, entdeckten sie nicht die geringste Spur.

Danach hatte Violet Boy angefleht, noch einmal mit ihr hinzugehen und selbst nachzuschauen. Sie war überzeugt, dass die Erwachsenen etwas übersehen hatten – das taten sie schließlich meistens. Als er sich weigerte, hatte sie ihm von ihrem Versprechen, Tom und ihn zu einer Familie zu vereinen, erzählt. Daraufhin war er fuchsteufelswild geworden. So wütend hatte sie ihn noch nie erlebt. Er hatte ihr regelrecht verboten, das Thema jemals wieder anzusprechen.

Aber das war einige Monate her. Inzwischen sah Boy das doch bestimmt nicht mehr so eng, oder? Und selbst wenn er anfangs sauer auf sie sein sollte, würde er sich früher oder später daran gewöhnen. Und mit der Zeit wäre er garantiert froh, einen Bruder zu haben. Violet hatte sich jedenfalls immer eine Schwester oder einen Bruder gewünscht. Als einziges Kind zwischen zwei Erwachsenen konnte es manchmal ganz schön einsam werden. Eltern waren so langweilig – sie wollten immer bloß rumsitzen und Tee trinken.

Was, wenn es ihr gelang, Tom zu finden und zu seiner Familie zurückzubringen? Ein Bruder zum Geburtstag – konnte es ein besseres Geschenk geben? Boy würde sich nie wieder langweilen müssen! Und Macula würde glücklich auf ihre vereinte Familie herablächeln.

Violet wusste immerhin schon mal, dass Tom in der Gegend war. Da sollte es doch eigentlich nicht allzu schwierig sein, ihn zu finden. Er war in Richtung Friedhof gelaufen, wo sich der Durchgang zum Draußen befand. Anscheinend hatte sie mit ihrer Vermutung goldrichtig gelegen und die Erwachsenen hatten bei ihrer Suche irgendwas übersehen.

»Hast du dich wieder beruhigt?«, riss Boy sie aus ihren Gedanken.

»Dafür hätte ich ja wohl erst mal be*un*ruhigt sein müssen!«, fauchte sie, während sie über die Fußgängerbrücke zurück nach Town stapfte. Das Wasser unter ihr wirkte vollkommen ruhig und unergründlich schwarz.

»Schon klar!« Er lachte. Die Reifen seines Fahrrads ratterten leise über die hölzernen Planken.

Violet bog in die Wickham Terrace ein und blieb vor Nummer 135 stehen. Boys Zuhause.

»Dad will, dass wir uns nach der Sitzung vor dem Rathaus treffen. Ich sollte also besser mal los«, sagte sie.

»Du hast mir immer noch nicht verraten, was du in der Geistersiedlung gemacht hast!« Boy klang nun doch ein bisschen frustriert, als er vom Fahrrad stieg.

»Was wohl – nichts natürlich!«, antwortete sie.

»Mädchen! Muss man nicht verstehen«, seufzte er missmutig und kramte den Schlüssel aus seiner Jeans.

»Und Jungs schon?«, spottete Violet. »Jetzt beeil dich – ich brauch meine Tasche, damit Dad glaubt, dass ich wirklich an einem Projekt gearbeitet hab!«

Boy öffnete die Haustür, die direkt in die Küche führte. Der kleine Raum war noch genauso bunt und farbenfroh, wie Macula ihn hinterlassen hatte, aber irgendwie fühlte er sich ohne sie nicht mehr so gemütlich an. Auf dem Tisch stand das schmutzige Geschirr vom Frühstück. Einige Teller schienen sogar noch vom Abendessen am Vortag zu stammen, was allerdings nicht so gut zu erkennen war,

denn sie waren halb unter einer aufgeschlagenen Ausgabe der *Town Tribune* versteckt. Und Violet wollte nicht zu offensichtlich hinschauen. Ein Berg von Klamotten türmte sich auf einer der Stuhllehnen und Papierstapel ergossen sich vom Schreibtisch auf den Fliesenboden. Ordnung war nicht gerade Williams Stärke. Boy meinte, sein Vater habe den Kopf so voller Ideen, dass dort kein Platz mehr für so unbedeutende Dinge wie Geschirrspülen oder Wäschewaschen war.

Während Violet sich ihre kakigrüne Schultasche von der zerkratzten Tischplatte schnappte, zog Boy sich einen Stuhl heran und setzte sich vor die aufgeschlagene Zeitung.

Violet wandte sich zum Gehen, drehte sich auf der Türschwelle jedoch noch mal um. »Denkst du manchmal an Tom?«, fragte sie.

Boy sah auf und musterte sie mit seinen dunklen Augen. »Warum fragst du?«

»Ach, ich …« Vergeblich suchte sie nach einer guten Erklärung. »Keine Ahnung, ist mir bloß so eingefallen.«

Boy widmete sich wieder der Zeitung und tat so, als sei er ganz in den Artikel vor ihm vertieft. Stille breitete sich in der Küche aus. Violet trat unbehaglich von einem Bein aufs andere.

»Und … tust du's?«, hakte sie schließlich nach.

»Nein, Violet, tu ich nicht!«, schnauzte er.

Sie lief rot an. Doch bevor sie einen Fuß über die Schwelle setzen konnte, gewann ihr Frust die Oberhand. »Willst du denn nicht wenigstens …?«

Boys finsterer Blick schnitt ihr das Wort ab.

Mit mehr als rosigen Wangen trat Violet auf die Wickham Terrace hinaus und schloss die Tür hinter sich.

Sie ging ums Haus, um ihr Fahrrad zu holen, und radelte über den Marktplatz und durch die Forgotten Road in Richtung Edward Street.

Zumindest war Boy nicht wütend geworden. Also, nicht richtig. Das war schon mal ein Fortschritt. Jetzt musste es ihr nur noch gelingen, ihm zu beweisen, dass Macula recht hatte und Tom ein guter Mensch war. Wenn sie das schaffte, würde sein dreizehnter Geburtstag der vielleicht beste Geburtstag aller Zeiten werden.

Die Mitglieder des Stadtrats kamen bereits aus dem Rathaus, als sie vor dem Gebäude anhielt. Ihr Dad saß draußen auf den Stufen und wartete geduldig.

»Und, ist dein Projekt fertig geworden, Mäuschen?« Lächelnd stand er auf und klopfte sich den Staub von der Hose.

»So gut wie, Dad«, log sie und rollte ein Stück voraus. Sie hasste es, ihn anzulügen, aber sie wusste, er würde es nicht gutheißen, dass sie sich auf dem Augenpflanzenfeld rumgetrieben hatte.

In einvernehmlichem Schweigen setzten sie ihren Weg durch die Edward Street fort.

»Dad?«, fragte Violet, als sie an Archer & Brown vorbeikamen. Sie wurde langsamer, damit er zu ihr aufschließen konnte.

»Ja, Mäuschen?«

»Was würdest du machen, wenn du die beste Geschenkidee aller Zeiten hättest und du wüsstest, die Person, für die du es … ähm … kaufen willst, würde sich megamäßig darüber freuen, auch wenn sie im Moment noch glaubt, dass sie das Geschenk auf keinen Fall will? Würdest du es trotzdem kaufen?«

Eugene Brown strubbelte sich mit den Fingern durchs Haar. Das tat er immer, wenn er ein wenig ratlos war.

»Geht es um ein Geschenk für mich?« Er runzelte die Stirn.

»Nein, Dad. Das ist bloß so eine Art Gedankenexperiment.«

»Also hast du nicht vor, mir ein Geschenk zu besorgen? Weil ich nämlich echt gern Geschenke kriege, weißt du?«

»Nein, Dad! Bitteeeeee, beantworte einfach meine Frage.«

Eugene lachte. »Schon gut, Mäuschen. Ich bin nur nicht ganz sicher, ob ich deinem *Gedankenexperiment* folgen kann …«

»Heißt das, du würdest es nicht … kaufen? Das Geschenk, meine ich?«, bohrte sie nach.

»Das habe ich nicht gesagt, Violet. Mach, was du für

richtig hältst. Du besitzt ein gutes Urteilsvermögen. Mein Rat lautet: Hör auf dein Bauchgefühl. Wenn dieser Freund, um den es geht, ein wahrer Freund ist, wird er die gute Absicht dahinter verstehen, egal, was es auch ist. Es ist der Gedanke, der zählt, Mäuschen ... Außerdem – über Geschenke freut sich doch wohl jeder!«

»Danke, Dad.« Violet lächelte und fuhr wieder voraus.

Als sie an diesem Abend ins Bett ging, stand ihr Entschluss fest.

Ihre Mam glaubte daran, dass das Universum einem manchmal Zeichen gab. Und obwohl ihr Dad steif und fest darauf beharrte, dass es für so etwas keine wissenschaftlichen Beweise gab, glaubte Violet insgeheim auch ein bisschen daran. Dass sie Tom heute, so kurz vor dem Geburtstag der Zwillinge, gesehen hatte, musste ein solches Zeichen sein. Macula wollte, dass Violet ihre Familie zusammenbrachte.

Und wie ihr Dad gesagt hatte: Jeder freute sich über Geschenke!

Kapitel 4

Versprechen

Voller Vorfreude rannte Violet am nächsten Morgen die Treppe hinunter. Das konnte daran liegen, dass Freitag war – nur noch ein paar Stunden, dann musste sie Mrs Moody ein ganzes Wochenende lang nicht sehen. Oder es lag daran, dass sie endlich wusste, was sie tun würde.

Boys Geburtstag war am dreiundzwanzigsten, nur noch ein paar Tage entfernt. Die Zeit war also knapp, aber sie würde ihr Bestes geben, um Tom bis dahin aufzuspüren.

»Du bist ja gut drauf, Mäuschen.« Lächelnd sah Rose auf. Sie war gerade dabei, die verbrannten Stellen von ihrem Toast zu kratzen. »Froh, dass heute Freitag ist?«

»So was in der Art, Mam.«

Violet hatte nicht vor, ihren Eltern von ihrem Plan zu er-

zählen. Jedenfalls *noch* nicht. Ihr Dad mochte es nicht, wenn sie die Nase in anderer Leute Angelegenheiten steckte, und Boys Angelegenheiten zählten aus seiner Sicht bestimmt dazu.

Sie öffnete den Kühlschrank, um die Milch rauszuholen. Ihr Dad saß am Küchentisch, völlig vertieft in die Morgenzeitung.

»So sitzt er schon, seit ich aufgestanden bin. Was für eine tolle Gesellschaft dein Vater doch manchmal ist! Es geht wohl wieder um diesen verschwundenen Wissenschaftler.« Seufzend nahm ihre Mam gegenüber von ihm Platz.

»Es ist nicht nur *ein* Wissenschaftler, Rose«, verkündete Eugene und nahm einen Bissen von seinem Toast. »Inzwischen werden noch mehr vermisst. Darunter sind einige der größten Denker der Welt.«

»Hast du nicht gesagt, sie sind im Ruhestand? Dann *waren* sie einige der größten Denker der Welt!«

»Einmal ein großer Denker, immer ein großer Denker, Rose! Aber das Ganze ist schon sehr seltsam. Mittlerweile sind es vier. Und alle sind einfach so mitten in der Nacht aus ihrem Haus verschwunden.«

Eugene deutete auf die unscharfen Schwarz-Weiß-Fotos in der Zeitung. Zwei Männer und zwei Frauen blickten ihnen daraus entgegen. Sie sahen steinalt aus – einer der Männer hatte so lange Nasenhaare, dass sie fast den Rand seiner Oberlippe berührten.

»Sie alle haben enorme Beiträge zu unserem Verständnis der Welt geleistet!«, fuhr Violets Dad fort.

»Ein großer Denker«, brummte Rose vor sich hin. »Ich weiß ja nicht, ob ich so im Gedächtnis bleiben wollen würde. Wäre es nicht schöner, wenn sich die Leute an einen erinnern, weil man gütig oder hilfsbereit oder so was war?«

»Aber warum sollte jemand diese Leute entführen wollen, Dad? Die sind doch uralt!« Violet tippte mit dem Zeigefinger auf die Fotos.

»Das Alter ist nur eine Zahl, Mäuschen. Diese Wissenschaftler waren gute Freunde. Hier steht, sie haben sich an der Hegel-Universität kennengelernt, wo sie zu ihren größten Zeiten gearbeitet haben. Damals waren sie richtige Stars. Wie gerne hätte ich bei einem von ihnen studiert!«

»Wissenschaftler *und* Stars! Was es nicht alles gibt.« Rose lachte und schmierte Butter auf ihr zur Hälfte weggekratztes Brot. »Und, hast du dein Projekt gestern noch fertiggekriegt, Mäuschen?«

»Ja, als ich bei Boy war. Hat eine Weile gedauert – er hasst Mathe!« Violet konzentrierte sich auf ihre Cornflakesschüssel, um ihrer Mutter nicht in die Augen sehen zu müssen.

»Mathe ist überall, Violet.« Eugene blickte von der Zeitung auf. »Sag Boy, er soll draußen danach Ausschau halten, nicht in seinen Büchern. Vielleicht weckt das sein Interesse. Mathe findet sich in der Natur. Nimm zum Beispiel

eine Sonnenblume oder sieh dir die Äste der Bäume an – ihr Wachstum folgt einem bestimmten mathematischen Schema, der sogenannten Fibonaccifolge. Jede Zahl in dieser Folge ergibt sich aus der …«

»Ich muss los, sonst komm ich zu spät zur Schule.« Violet sprang auf, bevor Eugenes Vortrag richtig Fahrt aufnehmen konnte. »Aber ich richte es ihm aus. Das klingt … äh … echt interessant!«

Sie schnappte sich ihre Tasche und stürmte in den Flur hinaus. Kurz darauf fiel die Haustür hinter ihr ins Schloss, während ihre Füße über den Kies der Auffahrt knirschten. Ihr Fahrrad lehnte wie immer an der Außenseite des Hauses. Sie schwang sich in den Sattel und machte sich auf den Weg zur Schule.

Sie war früher dran als sonst, aber das war gut so. Dadurch schaffte sie es vielleicht noch, ihr Projekt fertigzustellen, an dem sie gestern Abend hätte arbeiten sollen. Boy war bereits da. Er hockte auf der Bank am Rand des Schulhofs und starrte konzentriert in seine Bücher. Offensichtlich war er auch nicht fertig geworden.

»Ich hatte eigentlich vor, das zu machen, als ich gestern nach Hause gekommen bin. Hab's dann aber komplett vergessen«, erklärte sie, während sie ihr Übungsheft hervorkramte.

»Oh, gut.« Boy lächelte. »Dann können wir ja zusammenarbeiten!«

»Nein, Boy! Das soll jeder für sich machen! Mrs Moody merkt es bestimmt, wenn wir einander helfen.«

»Komm schon, Violet. Du weißt, wie schlecht ich in Mathe bin.«

»Und das wird auch nicht besser, wenn du es nicht selbst lernst! Dad meint, du sollst dir die Natur angucken, dann macht dir Mathe vielleicht mehr Spaß. Wegen der Sonnenblumen und dieser Fiebermatschifolge oder so …«

»Die Fibonaccifolge.« Jack stand plötzlich vor ihnen. »Nehmt ihr die gerade bei Mrs Moody durch? Ich finde das so faszinierend. Die Natur ist echt abgedreht, auf total coole Weise. Ich meine, einfach alles folgt bestimmten Mustern – ich wette, sogar die Menschen. Erinnert mich dran, dass ich das mal nachschaue. Darüber muss es doch irgendwo ein Buch geben.« Jack war ebenfalls im Waisenhaus aufgewachsen und einer von Boys besten Freunden. Seit dem Untergang von Perfect lebte er wieder bei seiner Familie und nachdem er geholfen hatte, Town vor den Archer-Zwillingen zu retten, war er auch Violets Freund. Im Gegensatz zu Boy liebte Jack Bücher und alles, was mit Lernen und Schule zu tun hatte. Er wusste so ziemlich alles, was man nur wissen konnte.

»Jack, du kommst mir gerade recht!« Boy strahlte. »Kannst du mein Projekt übernehmen?«

»Nein!«, schimpfte Violet. »Mach das nicht, Jack. Er muss es selber hinkriegen!«

»Na danke!«, schnaubte Boy. »Das merk ich mir für das nächste Mal, wenn du bei irgendwas Hilfe brauchst!«

»Ich mach gern die Hausaufgaben für andere.« Jack nahm das Buch, das Boy ihm hinhielt, und setzte sich zu ihnen auf die Bank.

»Siehst du, ich tu ihm sogar noch einen Gefallen!« Boy grinste.

»Hat jemand Lust, *meine* Hausaufgaben zu machen?«, fragte Anna Nunn, die in dem Moment zu ihnen stieß. »Ich hab's gestern nicht mehr geschafft, weil ich …«

»… mal wieder draußen rumgestromert bin?«, ergänzte Boy lächelnd.

Anna war ein paar Jahre jünger als Violet und hatte wie die beiden Jungs im Waisenhaus von Niemandsland gelebt. Boy und Jack waren wie große Brüder für sie, auch wenn Violet insgeheim manchmal dachte, dass Anna ihren Schutz gar nicht brauchte. Die Kleine war einer der wagemutigsten Menschen, die sie kannte. Anna schlich mit Vorliebe nachts aus dem Haus und ging in Town auf Erkundungstour. Das schien eine Angewohnheit von ihr zu sein, die sie aus Niemandsland mitgebracht hatte. Auch sie war nach dem Untergang von Perfect zu ihrer Familie zurückgekehrt. Ihre Mam Madeleine war ebenfalls Mitglied im Stadtrat.

»Du hast gut reden, Boy«, erwiderte Anna. »Ich hab dich letzte Nacht in der Forgotten Road gesehen!«

»Das war ich nicht«, entgegnete Boy verdattert.

»Doch, warst du. Ich hab gerufen, aber du hast nicht reagiert!«

»Ich war es wirklich nicht! Bist du dir sicher, Anna?«

»Ja.« Sie nickte nachdrücklich.

»Vielleicht … ähm … vielleicht war es ja Tom?«, wandte Violet vorsichtig ein.

Das konnte durchaus sein, immerhin hatte sie selbst Boys Zwilling ja auch gesehen. Möglicherweise war er an Maculas Grab gewesen – sie lag auf dem Friedhof in der Nähe der Schule und um dorthin zu kommen, musste er durch die Forgotten Road.

»Sag bloß, er ist wieder da!« Jack sah von Boys Heft auf.

»Ist er nicht!« Aufgebracht stand Boy auf.

»Aber wenn du es nicht warst«, folgerte Anna, »muss es Tom gewesen sein. Ich konnte seine Augen nicht gut sehen, dafür war es schon zu dunkel. Du – ich meine, *Tom* ist in eins von den alten, verfallenden Häusern am Ende der Forgotten Road gegangen. Ich hab angeklopft und gesagt, dass ich es bin, aber du – ich meine, *er* hat nicht geantwortet. Erst war ich ein bisschen sauer auf dich, aber jetzt nicht mehr. Jetzt weiß ich ja, dass er es war!«

»Welches Haus? Um wie viel Uhr war das, Anna?«, fragte Violet.

»So gegen acht vielleicht? Weil ich mich erst rausschleiche, wenn Mam zu ihren Sitzungen geht. Sie will ja immer schon früher dort sein, um sich noch vorzubereiten. Wenn sie mich erwischen würde, bekäme ich tierischen Ärger, deswegen mach ich das nur, wenn sie nicht da ist. Es war das Haus, wo wir früher immer aufs Dach gestiegen sind, um über die Mauer nach Perfect zu klettern. Glaub ich zumindest. Kann auch sein, dass es das nebendran war. Eins von denen jedenfalls!«

»Was will Tom denn wieder hier?« Jack wirkte aufrichtig besorgt. Er hatte sogar mit dem Schreiben aufgehört. »Vielleicht sollten wir dem mal nachgehen. Was, wenn er Edward und George bei der Flucht helfen will? Ich finde, das klingt gar nicht gut!«

Edward und George Archer waren seit ihrem letzten Versuch, die Macht an sich zu reißen, im Uhrenturm des Rathauses eingesperrt. Unten im Keller saßen ihre Hüter, die Bande brutaler, ungehobelter Verbrecher, die den Zwillingen geholfen hatten, Perfect unter Kontrolle zu halten.

Anders als Jack machte Violet sich keine großen Sorgen. Edward und George waren hinter Schloss und Riegel. Schwester Powick lief zwar noch frei herum, aber niemand glaubte, dass sie auf eigene Faust etwas unternehmen würde. Die Beete mit den Augenpflanzen, die überall in Town angelegt worden waren, um für Sicherheit zu sorgen, waren immer noch in Betrieb. William überprüfte täglich die Monitore im Kontrollzentrum, dem sogenannten Gehirn. Bei dem Gehirn handelte es sich um einen kleinen schwarzen Kasten von der Größe einer Gartenhütte. Es stand in der

Edward Street, direkt vor dem Rathaus, und war bis obenhin mit kleinen Bildschirmen gefüllt. Jeder dieser Bildschirme war mit einer der Augenpflanzen verbunden und zeichnete alles auf, was sie sah. Zum ersten Mal seit Langem fühlte sich Town rundum sicher an. Sogar Violets Albträume hatten so gut wie aufgehört.

»Selbst wenn er wollte, könnte er sie da nicht rausholen. Dad sagt, niemand kommt ins Rathaus rein oder raus, ohne erwischt zu werden«, verkündete Boy.

»Ja, aber Tom hat sich früher auch schon unbemerkt in Town bewegt. Die Augenpflanzen haben ihn nicht gesehen«, wandte Anna ein. »Er hat das Signal gestört, wisst ihr noch?«

»Dad hat das Problem behoben!«, knurrte Boy und nahm Jack sein Schulbuch ab.

»Vielleicht hat er ja eure Mam besucht, Boy«, meinte Violet behutsam. Ihre Stimme war kaum mehr als ein Flüstern. »Vielleicht wünscht er sich seine richtige Familie zurück?«

Boy warf ihr einen mörderischen Blick zu und stopfte das Buch in seine Tasche.

»Kann ich mir nicht vorstellen«, erwiderte er kühl. Ohne ein weiteres Wort wandte er sich ab und verschwand im Inneren der Schule.

»Ich glaub, er möchte nicht über seinen Bruder reden!« Mit roten Wangen sah Anna die anderen an.

»Aber sollten wir nicht versuchen rauszufinden, warum Tom hier ist?«, fragte Violet in die Runde. »Könnte doch sein, dass er Freunde sucht.«

»Ach ja? Jetzt auf einmal? Selbst wenn, hat er keine verdient. Oder hast du schon vergessen, dass Macula seinetwegen gestorben ist?« Jack war wütend.

»Das stimmt nicht! Ich war dabei, ich hab gesehen, was passiert ist. Macula hat sich den Kopf angeschlagen, weil Schwester Powick sie geschubst hat. Tom war total fertig deswegen. Außerdem hat er dir Boy zurückgegeben, Jack. Hast du *das* schon vergessen?«

Jack seufzte. »Keine Ahnung. Ich denke einfach, wir sollten lieber die Finger davon lassen. Immerhin ist er Boys Bruder – das geht uns doch eigentlich nichts an.«

»Und wenn er wieder Ärger macht?«, wandte Anna ein. »Sollten wir nicht wenigstens William Bescheid sagen, nur für alle Fälle?«

»Nein.« Violet schüttelte den Kopf. Sie wollte nicht, dass irgendjemand Tom verschreckte. Erst musste sie mit ihm reden.

»Violet hat recht«, meinte Jack, als es zur ersten Stunde läutete. »Wir sollten Boy oder William nicht unnötig damit belasten. Wenn Tom wieder auftaucht und für Probleme sorgt, sagen wir Bescheid. Vorher nicht. Abgemacht, Anna?«

Die Kleine nickte langsam. Jack stand auf, klopfte sich

den Staub von der Hose und ging nach drinnen. Die beiden Mädchen folgten ihm schweigend.

Kaum hatte Violet an ihrem Tisch Platz genommen, kam Mrs Moody hereingestürmt. Ihre Kleidung war wie immer makellos: rote Strickjacke, frisch gestärkte weiße Bluse und blauer Rock. Sie zeigte auf die Aufgaben, die bereits an der Tafel standen, und fing an abzufragen. Während Beatrice Prim, die unausstehlichste Zimtzicke der Klasse, einmal mehr ihr Genie unter Beweis stellte, lehnte Boy sich zur Seite und flüsterte: »Ich kenne dich, Violet. Komm gar nicht erst auf die Idee, irgendwelche Pläne zu schmieden! Was auch immer Tom hier will, lass einfach gut sein. Wahrscheinlich verzieht er sich sowieso bald wieder.«

»Ich schmiede keine Pläne!«

»Versprochen?« Boy musterte sie eindringlich.

Sie überkreuzte die Finger hinter dem Rücken und nickte. Das hatte sie bei Beatrice gesehen, als die jemandem etwas versprechen sollte. Beatrice hatte hinterher erklärt, dass das Versprechen dadurch ungültig wurde.

Violet log Boy nicht gern an. Aber zählte es auch als Lüge, wenn sie es nur zu seinem Besten tat? Sie wusste, er brauchte seinen Bruder, selbst wenn er das im Moment noch nicht einsah. Familie ging schließlich über alles – das sagte ihre Mutter jedenfalls immer.

Kapitel 5

Die verschwundenen Wissenschaftler

Noch bevor es zum Ende des Unterrichts läutete, fing Violet an, hinter Mrs Moodys Rücken ihre Tasche zu packen. Sie hatte es eilig. Zu Boy sagte sie, dass er schon mal zu Archer & Brown vorgehen sollte. Sie müsste noch schnell etwas von zu Hause holen und würde dann nachkommen.

Dann ging sie hinter dem Schulgebäude in Deckung und wartete, bis sich der Schulhof geleert hatte. Sie wollte sichergehen, dass Boy genügend Vorsprung hatte, bevor sie sich auf den Weg machte. Als eine der Letzten nahm sie schließlich ihr Fahrrad aus dem Ständer und radelte vorsichtig in Richtung Forgotten Road.

Anna zufolge war Tom in dem Haus verschwunden, das sie benutzt hatten, um von dort über die Mauer nach Per-

fect zu klettern, ohne dass die Hüter sie bemerkten. Violet war sich nicht mehr ganz sicher, welches Haus das war. Aber Anna hatte es als »verfallend« beschrieben und von der Sorte gab es nicht mehr viele. Die meisten Gebäude in Town waren nach und nach renoviert worden.

Sie raste durch die Forgotten Road und hielt vor dem Haus an, das am ehesten zu Annas Beschreibung passte. Nachdem sie sich vergewissert hatte, dass niemand sie beobachtete, trat sie ein.

In der Diele war es dunkel und der Boden war mit Schutt und Abfall übersät. Sie musste regelrecht hindurchwaten, um in den Raum links von ihr zu kommen. Dort schien sich früher einmal das Wohnzimmer befunden zu haben. An den Wänden, die mit schwungvollen Graffiti besprüht waren, ließen sich hier und da noch die Reste einer geblümten Tapete erkennen. Ein kaputter Kronleuchter hing bedrohlich schief von der Decke. Glühbirnen gab es keine mehr, die waren entweder gestohlen oder zerschmettert worden.

Violet konnte sich nicht erinnern, schon mal hier gewesen zu sein.

Sie stapfte zurück in die Diele und kletterte über eine löchrige violette Couch in den nächsten Raum. Der Einrichtung nach zu urteilen, war dies wohl die Küche. An den hellblauen Schränken fehlten die Griffe und eine der Türen wurde nur noch von einem verbliebenen Scharnier gehalten. Eingetrocknete weiße Farbe verunstaltete das Spülbecken und im Linoleum klafften große Löcher, unter denen der graue Betonboden zum Vorschein kam. Violet machte kehrt und wollte die Treppe hinaufsteigen. Als sie den Fuß auf die erste Stufe setzte, knackte und knarrte das Holz unter dem ausgefransten Teppich, dessen Blumenmuster vor lauter Schmutz nur noch zu erahnen war. Im nächsten Moment gab die Stufe nach. Violet trat ins Leere und schrappte sich den Knöchel am Holz auf. Was machte sie hier eigentlich? Mit weichen Knien verließ sie das Haus wieder, ohne sich im ersten Stock umgesehen zu haben.

»Ich wusste, dass ich dich hier finde!« Anna saß auf einer Bank auf der anderen Straßenseite und baumelte lachend mit den Beinen.

»Was meinst du …?« Violet lief knallrot an. »Mam hat mich gebeten …«

»Dieses Haus war es sowieso nicht«, verkündete Anna und sprang auf.

Der kleine Blondschopf marschierte voran und blieb wenig später vor einem anderen baufälligen Haus stehen. Das windschiefe dreistöckige Gebäude kam Violet tatsächlich irgendwie bekannt vor, auch wenn es inzwischen eine neue Tür erhalten hatte. Außerdem war ein großes Schild mit der Aufschrift *GEFAHR! BETRETEN VERBOTEN!* angebracht worden.

Violet beobachtete, wie Anna hineinhuschte, und folgte ihr dann.

Anna schloss die Tür hinter ihnen, wodurch sie auch einen Großteil des Lichts aussperrte. Drinnen herrschte dämmrige Dunkelheit wie kurz vor Anbruch der Nacht. Die Fenster waren so dreckig, dass kaum Tageslicht hindurchfiel. Violet brauchte einen Moment, bis sich ihre Augen daran gewöhnt hatten.

»Ich wusste, du würdest Tom suchen!«, flüsterte Anna. »Aber Jack findet, wir sollten nicht.«

Violet ignorierte sie. Sie betrachtete den rauen braunen Teppich, mit dem die Treppenstufen ausgekleidet waren. Der Anblick versetzte sie unwillkürlich an den Tag zurück, als sie zum ersten Mal hierhergekommen war – damals hatte Boy ihr den Weg auf die Dächer von Niemandsland gezeigt. Sie ging nach links ins Wohnzimmer und ließ sich in einen alten Sessel plumpsen, der an der hinteren Wand stand. Ihr entfuhr ein leiser Aufschrei, als sich eine lose Feder in ihren Rücken bohrte und ihr gleich darauf eine gigantische Staubwolke in die Nase stieg.

»Ich wette, hier hat jemand richtig Altes gelebt.« Anna steckte den Kopf zur Tür herein. »Es stinkt total. Meine Freundin wohnt mit ihrer Granny zusammen. Sie sagt, alte Menschen müffeln, weil sie sich nie waschen!«

»Das stimmt nicht, Anna!«, wies Violet sie zurecht und versuchte mühsam, wieder aus dem Sessel hochzukommen.

»Also, meine Freundin sagt, schon. Und ich glaube ihr,

weil sie mit ihrer Granny zusammenwohnt, und die ist superalt. Über sechzig, soweit ich weiß!«

Anna plapperte weiter vor sich hin, während Violet sich im Zimmer umsah. Der Boden war mit alten Tassen und Besteck bedeckt. Dazwischen fanden sich die Überreste eines zerrissenen Teppichs, das Kopfteil eines Bettes, eine kaputte rostige Schubkarre … Sie kickte einen schlaffen Fußball beiseite und bahnte sich einen Weg durch das Chaos, auch wenn sie immer noch nicht genau wusste, wonach sie eigentlich Ausschau hielt.

»Siehst du, ich hab doch gesagt, hier hat jemand Altes gewohnt!«, rief Anna plötzlich und hielt etwas hoch.

Violet kniff die Augen zusammen, um in dem schummrigen Licht besser sehen zu können. Anna hielt etwas Langes, Dünnes in der Hand, das sie über ihrem Kopf kreiseln ließ. Ein … Gehstock?

»Hör auf, damit rumzufuchteln, Anna!« Violet wollte auf sie zugehen, duckte sich jedoch gerade noch rechtzeitig, bevor der Stock sie ins Gesicht traf.

»Das ist ein Alte-Leute-Stock!« Anna streckte ihn Violet hin, die ihn ihr zügig abnahm.

Der Stock war lang und bestand größtenteils aus glänzend poliertem Holz. Am unteren Ende befand sich eine Art Schutzkappe aus Silber. Der Griff war milchig weiß, fühlte sich vollkommen glatt an und war wie der Kopf einer Bulldogge geformt. Darunter war eine kleine goldene

Plakette befestigt, in die jemand den Schriftzug *Dr. Joseph Bohr* graviert hatte.

Diesen Namen kannte Violet doch irgendwoher.

»Ein Doktor«, flüsterte Anna. »Ich hätte nicht gedacht, dass die auch müffeln! Den Namen hab ich noch nie gehört, dabei kennen Mam und ich so ziemlich alle hier in Town.«

»Ich glaube, er kommt nicht aus Town …«, erwiderte Violet geistesabwesend, während sie angestrengt versuchte, den Namen zuzuordnen.

»Ich frag Mam«, erklärte Anna. »Die kennt jeden!«

»Der Stock sieht neu aus« – Violet überlegte laut – »nicht wie der Rest vom Haus. Er kann noch nicht lange hier liegen. Dafür ist er zu sauber und glänzend.«

»Aber hier lebt schon seit Ewigkeiten keiner mehr«, wandte Anna ein.

»Vielleicht hat es auch nichts zu bedeuten.« Seufzend legte Violet den Stock wieder weg.

Sie setzte ihre Suche fort, doch der Name wollte ihr einfach nicht aus dem Kopf.

Schließlich begriff sie, wonach sie suchte: nach irgendwelchen Anzeichen dafür, dass Tom hier gewesen war. Sie hatte zwar keine Ahnung, wie ihr das weiterhelfen sollte, aber möglicherweise fand sie ja einen Hinweis darauf, wo er sich versteckte. Wenn sie ihn zu seiner Familie zurückbringen wollte, musste sie nun mal zuerst mit ihm reden.

»Willst du den nicht mitnehmen? Das ist doch ein Beweis«, fragte Anna. Sie nahm den Gehstock an sich, während Violet bereits auf dem Weg zur Treppe war.

»Ein Beweis wofür? Außerdem gehört er uns nicht, wir sollten ihn also lieber hierlassen. Ich finde, er sieht wertvoll aus – was, wenn der Mann, der ihn verloren hat, ihn suchen kommt?«

»Oder er ist tot und der Stock ist verflucht!« Die Kleine lachte und pikte Violet mit dem Metallfuß. »Er greift jeden an, der diesen Ort betritt!«

Jetzt musste Violet auch lachen. Sie wusste, warum Anna als Waise nach Niemandsland gekommen war – sie besaß eine derart ausgeprägte Fantasie, dass die Hüter es niemals geschafft hätten, sie ihr vollständig auszusaugen.

Während sie sich im restlichen Haus umsah, wich Anna ihr nicht von der Seite. Von draußen drangen vermehrt Geräusche herein, als sie die knarrenden Stufen wieder hinabstiegen. Offenbar hatten die Leute Feierabend und waren auf dem Heimweg.

»Ich muss dann mal los. Mam macht sich garantiert Sorgen, wenn sie vor mir nach Hause kommt.«

»Erzählst du Boy davon?«, fragte Anna, als sie vor die Tür traten.

»Es gibt nichts zu erzählen!«

»Wir waren also nicht auf der Suche nach Tom?« Die Kleine grinste vielsagend.

Violet errötete. Sie konnte richtig spüren, wie ihre Wangen ganz warm wurden.

»Nein, definitiv nicht.« Sie schüttelte den Kopf. »Aber sag Boy trotzdem nichts.«

»Okay. Aber dafür nimmst du mich mit, wenn du das nächste Mal nicht nach Tom suchst. Versprich es! Ich durfte überhaupt nichts machen, als Edward Archer zurückgekommen ist, jetzt will ich endlich auch mal ein Abenteuer erleben. Ich bin kein kleines Mädchen, ich bin schon groß!«

»Ich habe nicht vor, auf ein Abenteuer zu gehen!« Violet schnappte sich ihr Fahrrad und wandte sich in Richtung Lumpengasse.

»Na gut, aber wenn doch, versprich es mir …« Anna trabte keuchend hinter ihr her.

»Ich habe nicht vor, auf ein Abenteuer zu gehen!«, wiederholte Violet, wobei sie heimlich die Finger überkreuzte.

Warum wollten auf einmal alle, dass sie ihnen irgendwas versprach?

Während sie ihr Rad auf die Archers' Avenue zuschob, plapperte Anna unermüdlich vor sich hin. Violet hörte nur mit einem Ohr zu. Der Name auf dem Gehstock ließ ihr keine Ruhe. Als sie in die Edward Street bogen, warf sie einen Blick auf den Uhrenturm – die Zeiger standen schon fast auf sechs! Hastig verabschiedete sie sich und raste nach Hause. Sie musste es unbedingt an Archer & Brown vorbeischaffen, bevor ihre Eltern Feierabend machten.

***

Die Sonne ging bereits unter, als Violet die Auffahrt hinaufstrampelte. Sie stieg vom Fahrrad und stellte es an seinem gewohnten Platz ab. In dem Moment nahm sie aus dem Augenwinkel eine Bewegung in einem der Baumwipfel wahr.

Ein tiefschwarzer Rabe schlug mit den Flügeln. Sie unterdrückte ein Schaudern.

»Tom«, flüsterte sie, »bist du da?«

Vielleicht verlor sie langsam den Verstand – hier gab es jede Menge schwarzer Vögel.

»Ich möchte mit dir reden, Tom. Ich würde dir gern helfen …«

Ihre Worte hingen eine Weile in der Luft. Violet klopfte das Herz bis zum Hals. Ein Rascheln im Gebüsch ließ sie zusammenzucken. Dann schwang sich der Vogel plötzlich auf und flog in die Abenddämmerung davon.

Violet rannte zur Haustür. Sie hatte das untrügliche Gefühl, dass jemand sie beobachtete.

Wenn es Tom war, was hatte er vor? Wollte er wirklich nur zu seiner Familie zurück, wie sie hoffte? Oder hatten Macula und sie sich in ihrer Einschätzung ganz schrecklich geirrt? Was, wenn Boys Zwillingsbruder doch böse war?

Hatte Jack vielleicht recht und Tom war gekommen, um

den Archer-Brüdern zur Flucht zu verhelfen? Tief in Gedanken versunken setzte Violet sich an den Küchentisch. Am liebsten wollte sie ihrer Mam und ihrem Dad davon erzählen, aber eine innere Stimme hielt sie davon ab.

Ein Schlüssel drehte sich im Schloss. Hastig kramte Violet ihre Schulbücher hervor, damit ihre Eltern nicht merkten, dass sie selbst gerade erst nach Hause gekommen war.

»Wo warst du?« Rose steckte den Kopf zur Küchentür herein. »Wir haben dich im Laden vermisst!«

»Ich war hier. Dieses Buch hab ich für die Hausaufgaben gebraucht und konnte es ewig nicht finden.« Violet hob das erstbeste Buch hoch und wedelte damit. »Und dann war es zu spät, um noch zum Laden zurückzufahren. Ich hab Boy gebeten, euch Bescheid zu sagen.«

»Na, du bist ja fleißig! Ich freue mich schon auf ein dickes Lob von Mrs Moody.« Lächelnd ging Rose zum Kühlschrank und holte eine Flasche Milch heraus.

Eugene schaltete den Wasserkocher ein, ließ sich schwerfällig am Küchentisch nieder und schlug die neueste Ausgabe der *Tribune* auf.

»Ich dachte eigentlich, nachdem Robert Blot nicht mehr für die Zeitung schreibt, würden wir das Gesicht deines Vaters wieder öfter zu sehen bekommen!«, scherzte Violets Mutter. Sie legte einen Stapel Papiere vor sich auf den Tisch.

»Was ist das, Mam?« Violet zeigte auf den Stapel.

»Ach, Arbeitskram. Der Tag hat einfach nicht genug

Stunden. Und ich bleibe nicht gern im Laden, wenn alle anderen schon gegangen sind. Manchmal gruselt es mich dadrin. Ich weiß, die Archer-Zwillinge sitzen hinter Schloss und Riegel, aber irgendwie kann ich ihre Anwesenheit immer noch spüren«, antwortete Rose.

»Der Laden gehört jetzt uns, Rose. Und das ist wirklich Unsinn – man kann niemanden in einem Gebäude spüren, wenn er schon längst nicht mehr dort ist.«

»Wieso sagt Boy dann, er fühlt seine Mam immer noch?«, warf Violet ein.

»Das ist etwas anderes, Mäuschen«, erwiderte ihr Vater.

»Die Wissenschaft hat nicht für alles eine Erklärung«, griff Rose den Gedanken ihrer Tochter auf. »Wissenschaftler stellen Theorien auf, die sich auch als falsch erweisen können. Das bedeutet, Fragen zu stellen ist wichtiger als alles andere. Etwas zu hinterfragen öffnet den Geist für neue Möglichkeiten, Eugene – gerade du als Arzt und Forscher solltest das wissen! Violet hat eine berechtigte Frage gestellt. Wer sagt, dass wir jemanden nicht mehr spüren können, nachdem er einen bestimmten Ort verlassen hat?«

»Na, vielleicht sollte dem mal jemand nachgehen, Rose.« Eugene legte die Stirn in Falten. »Womöglich hilft das ja dabei, unsere genialen Wissenschaftler wiederzufinden! Diese Sache gibt mir langsam schon ein ungutes Gefühl …«

»Was meinst du, Dad?«, erkundigte sich Violet beklommen.

»Es ist noch ein Wissenschaftler verschwunden. Damit sind es nun schon fünf der angesehensten Männer und Frauen in der Geschichte der Naturwissenschaften. Falls sie tatsächlich jemand entführt hat: Warum? Was will der- oder diejenige von ihnen? Irgendwie kommt mir die Welt dadurch gerade ein bisschen weniger sicher vor.«

»Du hast schon die gleiche blühende Fantasie wie deine Tochter. Ich wette, demnächst stellt sich raus, dass sie bloß alle zusammen irgendwo Urlaub machen. Und vergessen haben, jemandem Bescheid zu sagen. Du weißt doch, wie alte Leute sind!«

Violets Dad ließ die Zeitung sinken und goss sich eine Tasse *Volle Kanne* ein.

Dieser Tee war eine Erfindung von Edward und George Archer, die ihn unter dem Namen Archers' Tee verkauft hatten. Er wurde aus den Blättern der Chamäleonpflanze gemacht, wodurch er immer so schmeckte, wie man es sich gerade wünschte. Wegen dieser Eigenschaft war er in Perfect extrem beliebt gewesen.

Allerdings hatten die Archer-Zwillinge ihm ein Mittel beigemischt, das dafür sorgte, dass alle Bewohner der Stadt nach und nach erblindeten und dadurch abhängig von den Spezialbrillen der Brüder wurden. Nach dem Untergang von Perfect hatte William Archer den Tee wieder in etwas Gutes verwandelt – er hatte das Mittel, das einen erblinden ließ, aus der Mischung entfernt und dem Tee einen neuen,

positiven Namen gegeben. Seither wurde *Volle Kanne* in der ganzen Stadt in rauen Mengen getrunken.

Violet beugte sich über die Zeitung. Das verschwommene Foto eines jungen Mannes in einem weißen Kittel zog sie geradezu magisch an. Darunter stand: *»Dr. Joseph Bohr, Hegel-Universität 1956«*.

Sie schnappte nach Luft. Daher kam ihr der Name bekannt vor!

»Ist das einer von den Wissenschaftlern, Dad?«, fragte sie. Ein Kribbeln lief über ihren Rücken.

»Ja, Mäuschen. Er war der Erste, der vermisst gemeldet wurde.« Eugene pustete in seine Tasse. »Der ganze Fall ist ziemlich rätselhaft. Die verschwundenen Wissenschaftler stammen alle aus unterschiedlichen Fachgebieten – zwischen ihrer Arbeit gibt es nicht die geringste Verbindung! Alles, was sie eint, ist, dass sie zur selben Zeit an der Hegel-Universität angestellt waren. Und natürlich ihre Freundschaft!«

»Ganz genau, Eugene. Sie sind Freunde! Wer sagt also, dass sie nicht gerade auf einem Kreuzfahrtschiff sitzen und die Sonne genießen?« Rose kicherte.

Während ihre Eltern weiter über den Fall diskutierten, stand Violet unbemerkt auf und huschte aus der Küche. Ihr schlug das Herz bis zum Hals. Sie musste dringend allein sein. Leise rannte sie nach oben in ihr Zimmer.

Dr. Joseph Bohr – das war der Name auf dem Gehstock

in dem Haus in der Forgotten Road! Hieß das, es war sein Stock? Allzu viele Leute mit dem Namen gab es doch bestimmt nicht, oder? Konnte es wirklich Zufall sein? Aber wenn Joseph Bohr vor Kurzem in Town gewesen war, was hatte er hier gewollt? Und wo war er jetzt?

Plötzlich kam ihr noch ein weiterer Gedanke. Anna hatte beobachtet, wie Tom in genau dieses Haus gegangen war – hatte er etwa irgendwas mit den verschwundenen Wissenschaftlern zu tun?

Violet schwirrte der Kopf. Sie setzte sich auf die Fensterbank und sah in die dunkle Nacht hinaus.

Sollte sie etwas unternehmen? Jemandem Bescheid sagen? Aber was? Und wem? Was wusste sie denn überhaupt? Vielleicht konnte sie Boy davon erzählen. Nicht von der Geburtstagssache und der geplanten Familienzusammenführung natürlich, aber von dem vermissten Wissenschaftler und seinem Gehstock. Und dass sie ihn in dem Haus gefunden hatten, in das Anna Tom hatte gehen sehen.

Gut, es konnte sich tatsächlich um einen riesigen Zufall handeln … doch was, wenn mehr dahintersteckte? Konnte sie wirklich einfach tatenlos abwarten?

Kapitel 6

Die Nachricht

Am nächsten Morgen stand Violet früh auf. Über Nacht hatte sie in Gedanken ungefähr eine Million Entscheidungen getroffen und wieder verworfen, was bedeutete, dass sie praktisch nicht geschlafen hatte. Leise zog sie sich an, schlich die Treppe hinunter und aus dem Haus. Die Luft war kühl und über dem taunassen Gras hingen dichte Nebelschwaden.

Bibbernd schlang sie die Arme um ihren Oberkörper, während sie zu ihrem Fahrrad ging. Mit dem Ärmel ihres flauschigen Fleece-Pullis wischte sie den Sattel trocken. Sie war bereits aufgestiegen, als sie den Zettel bemerkte, der um ihren Lenker gewickelt war. Das Papier war von der feuchten Morgenluft durchweicht und an manchen Stellen zeichneten sich die vorgedruckten blauen Linien deutlich ab. Behutsam entrollte sie den Zettel, um ihn nicht zu zerreißen.

Mit roter Tinte stand dort eine Nachricht geschrieben. Die Buchstaben waren hier und da ein wenig verlaufen.

Town schwebt in immenser Gefahr. Diesmal könnt ihr nicht gewinnen! Sie haben das schon vor Jahren ersonnen. Nichts und niemand kann die beiden aufhalten. Bitte, wenn du mir wirklich helfen willst, sorg dafür, dass alle die Stadt verlassen. Und zwar vor dem 23.

Violet schauderte. Die Nachricht und die Kälte krochen ihr unter die Haut. Sie las sich die Worte wieder und wieder durch, um irgendwie aus ihnen schlau zu werden. *Town schwebt in immenser Gefahr. Diesmal könnt ihr nicht gewinnen!*

Auch als sie wenig später durch die morgendliche Stille in Richtung Wickham Terrace radelte, ging ihr die Warnung nicht aus dem Sinn. *Bitte, wenn du mir wirklich helfen willst, sorg dafür, dass alle die Stadt verlassen.*

Plötzlich fiel es ihr wie Schuppen von den Augen. Genau das hatte sie doch gestern Abend gesagt, bevor sie ins Haus gegangen war. Weil sie den Raben gesehen hatte. Sie hatte Tom ausdrücklich mitgeteilt, dass sie ihm helfen wollte. Konnte der Zettel von ihm stammen? Die Ausdrucksweise passte jedenfalls. Tom benutzte ständig solche erwachsenen Wörter, auf die sie selbst nie im Leben kommen würde.

Vor Boys Haustür stoppte Violet abrupt. Das Quietschen der Bremsen durchschnitt die friedliche Morgenstimmung und eine Katze nahm erschrocken Reißaus.

Violet stieg ab, klaubte ein paar Steinchen auf und warf damit nach Boys Fenster. Ihre Zielgenauigkeit ließ allerdings ziemlich zu wünschen übrig, sodass es einige frustrierende Minuten dauerte, bevor die ersten Geschosse endlich in die gewünschte Richtung flogen und gegen die Scheibe prasselten. Kurz darauf ging ein Ruck durch die Vorhänge und Boy lugte verschlafen auf die Straße hinaus.

Violet zeigte auf die Haustür und trat ungeduldig von einem Bein aufs andere, bis er endlich aufmachte. Mit dem Zettel in der Hand stürmte sie an ihm vorbei.

»Weißt du eigentlich, wie spät es ist?«, krächzte Boy und ließ sich auf einen der Küchenstühle plumpsen.

»Ich dachte, *du* bist hier der Frühaufsteher!« Violet setzte sich gegenüber von ihm an den Tisch.

»Ja, früher vielleicht! Inzwischen gewöhne ich mich langsam ans Ausschlafen, vor allem samstags. Ich hoffe, du hast einen guten Grund«, grummelte er.

Violet überreichte ihm den Zettel mit der Nachricht.

»Der klemmte heute früh an meinem Fahrrad.« Sie nickte nachdrücklich, während er die Zeilen überflog.

»Und deswegen holst du mich aus dem Bett?« Boy klang genervt.

»Nein, da ist noch mehr …« Sie schnappte sich die gest-

rige Ausgabe der *Tribune*, die zusammengefaltet auf der Tischkante lag, und schlug die Seite mit dem Foto von Dr. Joseph Bohr auf. »Erinnerst du dich, dass Anna Tom vorgestern Abend gesehen hat? Tja, ich war in dem Haus, wo sie ihn beobachtet hat …«

»Violet …« Seufzend rieb sich Boy die Augen. »Ich hab dir doch gesagt, du sollst die Finger davon lassen!«

»Ich bin noch nicht fertig«, beharrte sie. Sie wollte unbedingt, dass er sie ausreden ließ. »Anna war dabei. Wir haben dort einen Gehstock mit Dr. Bohrs Namen gefunden – das ist einer von den verschwundenen Wissenschaftlern.« Sie zeigte auf das Foto. »Das muss doch etwas bedeuten!«

Boy wirkte verwirrt.

»Er wurde entführt! Mittlerweile sind es schon fünf, die verschwunden sind. Dad sagt, es handelt sich um einige der klügsten Köpfe der Welt, und jemand hat sie entführt, aber keiner weiß, warum, und dann finde ich auf einmal diesen Stock, Boy! Ich glaube, in Town könnte etwas wirklich Schlimmes vor sich gehen!«

»Zum Beispiel?«

»Keine Ahnung! Etwas Schlimmes halt!«

Boy zog die Augenbrauen hoch.

»Okay, gut, was wenn … irgendein Verrückter die Wissenschaftler zwingt, eine Bombe zu bauen? Oder ein Gerät, das der Luft den Sauerstoff entzieht? Oder etwas, wodurch

die Haut so juckt, dass die Leute gar nicht anders können, als sich am ganzen Körper blutig zu kratzen!« Sie warf die Hände in die Luft. »Es könnte alles Mögliche sein, Boy – woher soll ich das wissen?«

»Jetzt gerade klingt es eher so, als wärst du hier die Verrückte.« Boy grinste.

»Sehr witzig!«

»Mal im Ernst, Violet, denkst du wirklich, wer auch immer diese Wissenschaftler entführt hat, hätte sie ausgerechnet hierher nach Town gebracht? Warum sollte irgendwer das tun? Es gibt doch so viele andere Orte auf der Welt!«

»Tja, das weiß ich auch nicht, Boy. Aber wir haben nun mal einen Beweis dafür gefunden, dass Joseph Bohr in dem Haus war, in dem Anna vorgestern Tom gesehen hat …«

»Also glaubst du, Tom hat die Wissenschaftler entführt? Jetzt mach mal halblang, Violet!« Boy schüttelte den Kopf.

»Ich weiß, das klingt absurd, aber wie erklärst du sonst das mit dem Gehstock? Und gestern Abend dachte ich, Tom wäre bei uns im Garten, also hab ich gesagt, dass ich ihm helfen will, und dann finde ich heute Morgen diese Nachricht an meinem Fahrrad, in der steht: ›Wenn du mir wirklich *helfen* willst …‹ Das kann doch kein Zufall sein. Ich hab die ganze Nacht kein Auge zugekriegt … Ich glaube …«

Sie verstummte, als ihr Gehirn ihren Mund einholte. Die Worte ihres Dads kamen ihr in den Sinn: *Erst den Kopf einschalten, dann reden, Mäuschen.*

»Du glaubst was, Violet?«, hakte Boy nach. Er musterte sie stirnrunzelnd.

»Du wirst nicht sauer, wenn ich es dir sage?«

»Ich weiß doch gar nicht, was du sagen willst!«

»Versprich es einfach … okay?«, flehte sie.

Boy überkreuzte die Finger und hielt sie ihr vor die Nase. »Versprochen.« Er grinste spöttisch.

»Hey, das ist nicht fair!«, protestierte Violet.

»Wieso nicht? Du machst das doch auch. Sonderlich diskret bist du dabei nämlich nicht, Violet!«

Sie wurde rot.

»Jetzt sag schon«, seufzte er genervt.

»Ich glaube, Tom hat mir die Nachricht geschrieben. Anscheinend will er uns warnen, damit wir rechtzeitig aus Town verschwinden. Ich glaube nicht, dass er böse ist, Boy. Ich glaube, er ist ein guter Mensch!«

»Aber wenn er deiner Meinung nach so ein guter Mensch ist, warum sollte er dann diese Wissenschaftler entführen? Das ergibt überhaupt keinen Sinn!«

»Weil ihn jemand dazu zwingt!«

»Ach ja? Wer sollte ihn denn bitte zwingen? Edward und George sitzen im Gefängnis! Das wirkt schon sehr weit hergeholt, Violet!«

»Keine Ahnung. Schwester Powick vielleicht? Oder Edward und George stecken irgendwie dahinter, obwohl sie weggesperrt sind! Wenn Tom böse wäre und das alles von

sich aus tun würde, hätte er mir ja wohl kaum eine Nachricht hinterlassen, oder?«

»Du weißt doch gar nicht, ob die von ihm ist! Oder ob diese Wissenschaftler wirklich hier in Town sind! Das hast du dir alles bloß zusammengesponnen!« Boy klang genervt. »Es könnte jede Menge Erklärungen geben, warum der Gehstock in dem Haus war. Iris war mit diesem Doktor befreundet – vielleicht hat er ihr den Stock vor Jahren geschenkt und jetzt hat sie ihn zufällig verloren oder so. Denk doch mal drüber nach – wie sollte Tom ganz allein fünf Wissenschaftler kidnappen? Und falls er wirklich etwas im Schilde führt, warum warnt er dich dann? Ihm muss doch klar sein, dass du mir sofort davon erzählst, und wenn er es wieder auf meine Familie abgesehen hat …«

»Aber genau das meine ich doch, Boy! Er ist ein guter Mensch, so wie Macula gesagt hat. Er hat mich gewarnt, *weil* er wusste, dass ich es dir und William sagen würde, und er nicht will, dass euch etwas zustößt …«

»Wenn er so ein guter Mensch wäre, hätte er Mam nicht umgebracht!« Boy schrie jetzt beinahe. Seine Stimme klang brüchig.

Violet blieb eine Weile stumm. Sie konnte seinen Schmerz fast greifen. Sie senkte den Blick auf ihre Hände und sah dann ihren Freund an.

»Das hat er auch nicht«, flüsterte sie sanft. »Ich war dabei. Es war Powick.«

Nun war es Boy, der schwieg. Sein Gesicht war gerötet und er spielte gedankenverloren mit dem Zettel.

»Wer sind ›die beiden‹?«, fragte er schließlich.

»Wen meinst du?«

»Hier, in der Nachricht. Da steht: ›Nichts und niemand kann die beiden aufhalten.‹ Wenn Tom das geschrieben hat, kann er sich selbst damit nicht meinen, es sei denn, er ist noch viel schräger, als ich dachte. Also, wer sind ›die beiden‹?«

»Oh, ähm ...« Darüber hatte Violet nicht nachgedacht.

»Ich glaub sowieso nicht, dass Tom uns helfen will«, fuhr Boy brüsk fort, bevor sie sich eine Antwort überlegen konnte. »Wenn du mich fragst, ist das bloß ein dummer Streich. Wahrscheinlich hat Conor Crooked oder jemand von der Sorte den Zettel an deinem Rad befestigt und lacht sich jetzt über dich kaputt!«

Conor war der gemeinste Junge auf der Schule. Nach seiner Entführung vor einigen Monaten hatte er sich etwas gebessert, aber das war immer noch genau seine Art von Humor. Boy hatte recht – das musste Violet einräumen. Diesmal war ihre Fantasie wohl wirklich mit ihr durchgegangen. Die Nachricht konnte von so ziemlich jedem stammen.

Boy gab ihr den Zettel zurück und Violet steckte ihn verärgert und ein wenig verlegen ein.

»Außerdem«, ergänzte Boy grinsend, »findest du das

nicht ein bisschen zu durchsichtig? Das ist doch wie in einem schlechten Film. Town ist in Gefahr, ihr könnt die Stadt nicht retten. Und, ach ja … verschwindet vor dem dreiundzwanzigsten!«

»Worauf willst du hinaus?«, fragte Violet.

»Sag bloß, du hast es vergessen? Der dreiundzwanzigste ist mein Geburtstag!«

Kapitel 7

Zurück ins Draußen

Der dreiundzwanzigste *war* Boys Geburtstag. Und damit auch der von Tom – wie hatte Violet das übersehen können? Aber das war sicher nur ein Zufall. Der Geburtstag der Zwillinge hatte doch bestimmt nichts damit zu tun, dass Town in Schwierigkeiten steckte! Das konnte sie sich nun wirklich nicht vorstellen.

Bis dahin waren es allerdings nur noch zwei Tage. Würde dann tatsächlich etwas Schreckliches passieren oder war das alles bloß ein dummer Streich?

Ein ungutes Gefühl nagte an ihr.

»Lass uns ins Draußen gehen!«, platzte es aus ihr heraus. »Da hat Tom immerhin früher gewohnt. Und die Wissenschaftler kann man dort auch gut verstecken.«

»Jetzt fang nicht schon wieder damit an, Violet!«

»Aber wir müssen rauskriegen, ob irgendetwas vor sich geht. Was, wenn wir nichts unternehmen und dann doch etwas Schlimmes geschieht? Ein kurzer Ausflug ins Draußen, mehr nicht. Und wenn wir nichts finden, umso besser, oder?«

»Ich will nicht, Violet!« Boy wirkte aufgebracht und sah sie nicht an. »Ich will nicht an diese Krankenschwester erinnert werden. Und auch nicht an Tom und alles, was sie angerichtet haben. Ich will dort nicht wieder hin!«

»Ich weiß, Boy. Deswegen hab ich mich bisher ja auch immer bemüht, nicht mit dir über Tom oder Schwester Powick zu reden. Aber vielleicht kannst du auf Dauer nicht so tun, als wäre das Ganze nicht passiert. Meine Mam sagt, wenn man Sachen verdrängt, suchen sie sich eben einen anderen Weg nach draußen. Es ist besser, den Schmerz zuzulassen, weil er nur so irgendwann nachlassen kann. Und was, wenn … wenn deine Mam recht hatte, Boy? Was, wenn Tom wirklich ein guter Mensch ist?«

»Du gibst wohl nie auf, was?« Er seufzte.

»Du sonst auch nicht.«

Eine Weile kehrte Stille ein. Violet stand auf, ging zum Fenster und schob die Gardine zurück. Auf der Straße war es immer noch ruhig, der Morgen brach gerade erst an.

»Die Leute schlafen noch«, flüsterte sie. »Wenn wir uns beeilen, sind wir zurück, bevor irgendwer was merkt.«

»Du willst jetzt gleich los?«, fragte Boy.

»Na, ich bin jedenfalls nicht hier, um drüber zu reden. Wir haben nur ein paar Tage Zeit!«

»Ich sag dir, du bildest dir das alles bloß ein. Manchmal wünschte ich echt, ich hätte eine von den rosafarbenen Brillen, um dir ein bisschen was von deiner Fantasie zu nehmen!«

»Okay, gut, dann beweis es mir.« Violet drehte sich um, stemmte die Hände in die Hüften und blickte ihn herausfordernd an. »Ich wette, du traust dich nicht!«

Boys Stirn glättete sich etwas und ein schiefes Lächeln umspielte seine Lippen.

»Das ist unfair«, erwiderte er.

»Wie du mir, so ich dir«, verkündete Violet stur. »Ich wette, du traust dich nicht, mit mir ins Draußen zu gehen. Beweis mir, dass ich mir das alles nur einbilde!«

Boy reagierte nicht gleich. Schließlich stand er auf und eilte auf leisen Sohlen aus der Küche. Violet hörte, wie seine Füße die Treppe hinauftappten und über ihr das Zimmer durchquerten.

Sie ging zum Geschirrschrank und nahm zwei gesprungene blaue Müslischalen heraus. Während sie zwei verbogene Silberlöffel dazulegte, kam Boy zurück in die Küche. Er hatte seinen grün karierten Schlafanzug gegen alltagstauglichere Kleidung eingetauscht.

»Ich dachte, wir frühstücken lieber erst. Abenteuer un-

ternimmt man besser nicht auf nüchternen Magen.« Lächelnd griff sie nach der Cornflakesschachtel und einer Flasche Milch.

»Das ist kein Abenteuer, Violet. Dir ist einfach bloß langweilig. Ich gehe nur mit, um dir zu beweisen, dass du falschliegst. Der Stadtrat hat das Draußen bereits abgesucht. Da ist nichts!«

»Ja, aber das waren Erwachsene. Erwachsene übersehen alles, selbst wenn sie es direkt auf der Nase haben!«

»Direkt *vor* der Nase, meinst du wohl!«, prustete Boy und schlang einen Löffel Cornflakes runter.

»Kommt doch aufs Gleiche raus«, schnaubte Violet und machte sich ebenfalls über ihre Schüssel her.

Sie aßen schnell und schweigend, dann brachen sie auf. Boy schnappte sich sein Rad und war schon fast an der Fußgängerbrücke, bevor Violet auch nur aufsteigen konnte. Jungs! Sie raste hinter ihm her. Am Eingang zur Geistersiedlung holte sie ihn endlich ein. Sie bremsten ab und rollten in deutlich gemächlicherem Tempo über die mit Schlaglöchern übersäte Straße in Richtung des Hügels.

An dessen Fuß legten sie die Fahrräder ab und stapften ein wenig atemlos bergauf. Ohne ein Wort zu sagen, liefen sie an der einsamen Straßenlaterne vorbei und näherten sich der Friedhofsmauer.

Eine Stimme drang durch den Morgennebel. »Ich hab ihn hiergelassen, da bin ich mir sicher!«

Die beiden hielten an. Violet warf Boy einen Blick zu. Er zuckte mit den Schultern. Sie gingen in Deckung und lugten vorsichtig über die Mauer auf den Friedhof.

Eine gedrungene Gestalt beugte sich über eines der Gräber, als wollte sie hineinsehen. Die Enden ihres schwarzen Wollumhangs flatterten im Wind. Es war Iris, die dort vor sich hinmurmelte.

Was machte sie hier?

Iris war Williams Mam und damit Boys Großmutter. Sie war alt, hatte schlohweißes Haar und war dafür bekannt, ein wenig wunderlich zu sein. Dies war jedenfalls nicht das erste Mal, dass jemand sie dabei beobachtete, wie sie Selbstgespräche führte.

Violet hielt Boy am Arm zurück, der bereits auf das Drehkreuz zugehen wollte.

»Nein, nicht.« Sie schüttelte den Kopf. »Wenn Iris uns sieht, lässt sie uns nicht ins Draußen.«

Das Gebrabbel der alten Dame wurde lauter, während sie den Pfad auf und ab lief, der den Friedhof in zwei Hälften teilte. Sie wirkte zunehmend frustriert und schlug sich mehrmals mit der Handkante gegen die Stirn.

»Aber wenn du ihn hiergelassen hast, warum ist er dann nicht mehr da? Denk nach, Iris, denk nach!«, schimpfte sie mit sich selbst.

»Was macht sie da?«, flüsterte Boy.

Violet duckte sich noch etwas tiefer und zog ihn zu sich

nach unten, als seine Großmutter sich auf einmal in ihre Richtung drehte.

»Du hast ihn in dieses Grab gelegt, Iris! Ein Tier vielleicht … ja, vielleicht hat ein Tier ihn gefressen. Aber müssten da dann nicht Knochen sein? All seine Freunde von der Hegel, alle verschwunden. Er hat Rache geschworen. Oh, was hast du nur getan?«

Violet grub die Finger in Boys Oberarm. Die alte Dame hatte die Hegel-Universität erwähnt, an der die verschwundenen Wissenschaftler gearbeitet hatten! Weswegen war sie so aufgebracht und was suchte sie?

Iris' lange weiße Mähne fiel ihr ins Gesicht, als sie vor einem weiteren Grab stehen blieb und durch einen breiten Riss in der Grabplatte spähte. Sie leuchtete sogar mit einer Taschenlampe hinein. Dann schüttelte sie den Kopf, murmelte etwas vor sich hin und setzte ihre Suche fort.

»Scheint, als hätte sie was verloren.« Boy wirkte besorgt.

Violet hielt seinen Ellbogen fest umklammert, damit er bloß nicht auf die Idee kam, sich aufzurichten. Sie wollte nicht, dass irgendwer sie daran hinderte, ins Draußen zu gehen – es war schwer genug gewesen, Boy dazu zu überreden.

Einige Zeit später steuerte Iris sichtlich niedergeschlagen durchs Gräberfeld auf das andere Ende des Friedhofs zu. Dort an der Mauer befand sich der Eingang zu einem unterirdischen Tunnel, der im Keller von Archer & Brown endete. Das wussten Violet und Boy, weil sie ihn selbst benutzt hatten, um die Archer-Brüder aufzuhalten. Ein wenig steif ging Iris in die Knie und ließ sich dann Stück für Stück in das Loch hinabgleiten.

»Iris hat die Hegel erwähnt!« Nachdem Violet und Boy noch einige Minuten abgewartet hatten, betraten sie nun den Friedhof. »Das ist die Uni, von der die verschwundenen Wissenschaftler stammen! Sie scheint irgendwas zu suchen, was damit zu tun hat.«

»Ich hab dir doch schon erzählt, dass sie diesen Doktor kannte«, erwiderte Boy. »Vielleicht sucht sie ja seinen Gehstock. Den, den du in dem leer stehenden Haus gefunden hast. Ich wusste doch, es gibt eine simple Erklärung dafür! Vielleicht hat ihr dieser Wissenschaftler den Stock vor Jahren mal geschenkt und nun, da er verschwunden ist, fürchtet sie, dass sie sein Geschenk verloren haben könnte! Alte Leute können schon mal etwas sentimental werden.«

»Wer zieht jetzt voreilige Schlüsse?« Violet verzog spöttisch das Gesicht. »Selbst wenn du recht hast, warum sucht Iris dann ausgerechnet auf dem Friedhof nach dem Stock? Und das so früh am Morgen?«

»Weil sie alt ist und alte Leute ständig vergessen, wo sie was hingelegt haben!«

»Aber es klang nicht so, als würde sie von einem Gegenstand sprechen. Außerdem hat sie was von Knochen gesagt. Ich glaube nicht, dass sie auf der Suche nach einem

Gehstock war! Und warum nimmt sie nicht den normalen Weg durch die Geistersiedlung zurück nach Town? Soweit ich weiß, hat den Tunnel seit Ewigkeiten niemand mehr benutzt.«

»Durch den Tunnel geht's wahrscheinlich schneller und sie ist halt eine Frühaufsteherin. Bitte sehr, alles erklärt!« Lächelnd wanderte Boy zwischen den Grabsteinen umher und hielt Ausschau nach dem Einstieg zu dem Tunnel, der ins Draußen führte. »Lass uns diese blöde Mutprobe hinter uns bringen. Ich wär gern zum Mittagessen zurück. Mir knurrt jetzt schon der Magen.«

»Du hast echt dauernd Hunger!«, zischte Violet, während sie ihm folgte.

Kleine Gänsehautpickel überzogen ihre Arme, als sie an die vielen Toten dachte, die unter ihren Füßen lagen. So viele vergessene Leben, an die nur noch die verwitterten Reste von Kreuzen und überwucherte Grabsteine erinnerten.

Boy bliebt vor der alten Grabplatte stehen, die den Eingang des Tunnels ins Draußen bedeckte. Violet schauderte. Sie konnte sich noch gut erinnern, welche Angst sie gehabt hatte, als Anna und sie aus ihrem Versteck heraus beobachtet hatten, wie Schwester Powick, Tom und Hugo in den uralten unterirdischen Durchgang hinabgestiegen waren.

Die Grabeinfassung war etwa hüfthoch. Eine große Steinplatte schützte die Geheimnisse, die sich darunter verbargen. Am Rand war ein Zitat von Quintus Horatius Flaccus eingraviert. Das war ein superalter Dichter, wie Violet inzwischen wusste.

»O FORTUNA, WELCH GRAUSAME
GÖTTIN BIST DU,
SPIELST MIT UNS MENSCHEN
UND SIEHST LACHEND ZU!«

Sie musste daran denken, wie sie mit Jack an fast derselben Stelle gestanden und nach einem Weg gesucht hatte, den Zugang zu öffnen. Jack hatte schließlich bemerkt, dass das Wort »spielst« in dem Zitat etwas hervorstand.

Violet ging in die Hocke und drückte auf die Buchstaben. Ein lautes Knirschen ertönte und der Boden begann zu rumpeln und zu grollen. Langsam versank die schmale Vorderseite der Grabeinfassung in der Erde. Dahinter führte eine Treppe in die Tiefe.

Violet machte sich an den Abstieg, drehte sich dann jedoch um, als sie Boys Zögern spürte.

»Ich hab echt kein gutes Gefühl dabei, Violet. Können wir es nicht einfach sein lassen?«, flüsterte er.

»Bitte, Boy, wir bleiben auch nicht lange. Wenn es nichts zu sehen gibt, kommen wir sofort wieder zurück. Und denk dran: Wenn du kneifst, hab ich gewonnen!«

Ihr Freund seufzte und folgte ihr abwärts. Auf halber

Treppe zwängte er sich an ihr vorbei und hielt erst an, als er den mit großen Steinplatten befestigten Boden erreichte. Dort blieb er stehen und wartete.

Schnell schloss Violet die Grabplatte hinter sich, was zur Folge hatte, dass sie nun in völliger Finsternis dastand. Mit einer Hand tastete sie sich an der Wand nach unten.

Plötzlich leuchteten die erdig braunen Wände um sie herum auf. Violet zuckte zusammen.

»Ich hab mich vorbereitet.« Lächelnd winkte Boy mit einer kleinen Taschenlampe.

Violet seufzte erleichtert auf. Insgeheim wollte sie genauso wenig hier sein wie Boy. Die Erinnerungen waren schrecklich bedrückend. Hier unten hatte sie zum ersten Mal Schwester Powick getroffen und war kurz darauf von Hugo, dem Zombie-Kinderfänger, geschnappt worden. Ein Schaudern lief durch ihren Körper, als sie an der Zelle vorbeikamen, in der sie zusammen mit Conor und Beatrice festgehalten worden war.

Ein Stück weiter, am Ende des Tunnels, zeichnete sich ein Kreis aus Tageslicht auf dem Boden ab. Violet trat hinein und sah nach oben: Weit über ihr war ein rundes Stück Himmel zu erkennen. Sie bückte sich und befreite die Steinfliesen, die hier kleiner und ungleichmäßiger waren, vom Staub. Darunter kamen zierliche Buchstaben zum Vorschein, die in die Ecke jedes Steins graviert waren. Gemeinsam ergaben sie das vollständige Alphabet.

»H, O, C, H, oder?«, fragte Boy.

Violet nickte.

Boy drückte auf den Stein mit dem H, der unter dem Gewicht ein wenig nachgab. Das Ganze wiederholte er mit den restlichen Buchstaben. Die Plattform, auf der sie standen, begann zu zittern und sauste aufwärts.

»Ich kann nicht glauben, dass wir wieder hier sind«, flüsterte Violet, als sie oben angelangt waren und von der Plattform aufs Gras traten. Sie rannten zu dem krummen, alten Baum in der Nähe und versteckten sich dahinter.

Beklommen lehnte Violet sich gegen den knorrigen Stamm. Alles war ruhig – unheimlich ruhig. Nicht einmal Vogelgezwitscher durchbrach die morgendliche Stille. Violet musste an Schwester Powick denken, an Hugo und die fürchterlichen Dinge, die hier geschehen waren. Ein flaues Gefühl breitete sich in ihrer Magengrube aus und mit einem Mal war sie sich nicht mehr sicher, ob all das wirklich so eine gute Idee war.

Kapitel 8

Der Wald

Boy und Violet kauerten unter dem alten Baum, der finster und abweisend über ihnen in die Höhe ragte. Er wuchs am Rand einer halb überwucherten schmalen Straße. Links von ihnen befand sich das Häuschen von Schwester Powick, rechts von ihnen ein brachliegender Acker. Am anderen Ende des Ackers standen zwei verlassene Ställe, in denen Powick früher ihre drei Zombies Hugo, Denis und Denise untergebracht hatte.

Violet konnte sich noch gut an den Anblick der drei Kreaturen erinnern, die leblos in ihren Geschirren an der Stallwand gehangen hatten. Die Haut der drei war mit blauen und grünlichen Flecken übersät gewesen und an einigen Stellen hatten bereits die Knochen hindurchgeschimmert.

Beim bloßen Gedanken daran stieg Violet der durchdringende Verwesungsgeruch wieder in die Nase.

Sie schüttelte sich angewidert. »Sollen wir zuerst im Haus nachsehen?«

Boy nickte und stand auf.

»Bringen wir es hinter uns!«, seufzte er, während er die Straße überquerte. Violet folgte mit etwas Abstand.

Anders als bei ihrem ersten Besuch hier wies Powicks Häuschen erste Anzeichen von Verwahrlosung auf. Der vormals so ordentliche gelbe Lattenzaun hatte hier und dort kleinere Ausbesserungen nötig. Im Garten war der Rasen offensichtlich schon seit Längerem nicht mehr gemäht worden und die Rosenbüsche wirkten aus der Form geraten.

Boy schob das quietschende Holztor auf und lief den gepflasterten Weg entlang, zwischen dessen roten Ziegeln Unkraut spross.

»Sieht aus, als wäre schon eine Weile niemand mehr hier gewesen«, flüsterte Violet.

Die gelbe Haustür stand offen. Erde und welke Blätter hatten sich auf der Schwelle verfangen und verhinderten, dass die Tür ins Schloss fiel. Das rot-schwarze Schachbrettmuster in der Diele war noch genau, wie Violet es in Erinnerung hatte, und von der niedrigen Decke hing derselbe bunte Lampenschirm wie damals. Die Freunde wandten sich nach rechts und betraten das erste Zimmer.

Gleich hinter der Tür stand ein Mahagonitisch, dessen knubbelige Beine ganz kurz abgesägt worden waren. Früher war er mit Miniaturgeschirr und -besteck gedeckt gewesen und ringsherum hatten abgewetzte Plüschtiere gesessen, als würden sie aufs Essen warten. Nun lag dort nur noch ein klitzekleiner Teelöffel. Ein einsamer, bandagierter Teddybär lehnte am Kamin, als hätte ihn jemand dort vergessen.

Sie kehrten in den kurzen Flur zurück und bogen ein Stück weiter nach links ins nächste Zimmer ab.

Der Raum war bis auf ein schmales Einzelbett, das in die hinterste Ecke geschoben war, leer. All die kleinen Krankenhausbettchen und beschädigten Plüschtiere, die den Boden bedeckt hatten, waren verschwunden. Am Fenster hingen noch die Vorhänge mit dem Muster aus Eishörnchen. Eine dünne Staubschicht verlieh ihnen einen leichten Grauschleier.

Violet trat wieder in den Flur und beäugte die Stahltüren an dessen Ende. Der Kontrast zum gemütlichen Rest des Häuschens hätte nicht größer sein können. Insgeheim widerstrebte es ihr zutiefst, hindurchzugehen. Sie wusste noch allzu gut, was dahinter lag.

»Komm.« Sie setzte ihre zuversichtlichste Miene auf und lief los – die Türen schwangen mühelos auf, als sie dagegendrückte.

Der Gestank traf sie mit voller Wucht. Violet hustete und hielt sich die Nase zu. Neben ihr gab Boy ein ersticktes

Würgen von sich. Es roch wie damals zu Hause, als Dad ein Stück Fleisch im Kühlschrank vergessen hatte – nur tausendmal schlimmer. Sie fragte sich, ob ein Zombiefinger unbemerkt in eine der Ritzen gerollt war und dort vor sich hin rottete.

Die riesigen Stahlplatten, die als Wandverkleidung dienten, waren leer. Irgendjemand hatte die vielen grausigen Bilder von Verwundeten auf dem Schlachtfeld abgehängt. Nur noch ein letzter Metalltisch auf Rollen war übrig, auf dessen glänzender Arbeitsfläche einige scharfkantige Instrumente langsam Rost ansetzten.

»Können wir bitte gehen?« Boy war kreidebleich. »Mir gefällt das hier nicht!«

»Stimmt, du hast den Raum noch gar nicht gesehen. Das hatte ich ganz vergessen«, erwiderte Violet. »Hier hat Schwester Powick ihre Zombies hergestellt. Auf einem von den Tischen lag eine Leiche, als …«

Boys Gesicht nahm eine grünliche Färbung an und er stürmte durch die Türen auf der anderen Seite. Besorgt rannte Violet hinter ihm her. Nicht, dass er sich übergeben musste! Boy hielt auf dem abgewetzten orangefarbenen Teppich an und stützte die Hände auf die Knie, als würde er nach Luft ringen.

»Ist schon gut, wir sind jetzt im Wohnwagen«, flüsterte sie. Irgendwie hatte sie das Bedürfnis, ihn zu beruhigen. »Der, in dem Tom dich …«

»Ich weiß!«, fauchte er.

Violet verstummte. Als Tom Boy entführt und hier im Wohnwagen versteckt hatte, war das gammelige Ding bis unter die Decke mit Kisten voller Puppen und Stofftiere vollgestopft gewesen. Nun herrschte auch hier gähnende Leere.

»Powick und Tom können nicht einfach verschwunden sein, oder?«, überlegte sie ratlos. »Ich meine, irgendwo müssen sie doch sein!«

»Das kommt, weil du nie zuhörst, Violet.« Boy zwängte sich an der beengten Küchenzeile vorbei zur Tür. »Alle haben dir längst gesagt, dass im Draußen niemand mehr ist!«

»Aber Tom *muss* noch in der Nähe sein. Ich hab ihn schließlich gesehen und Anna auch! Wo soll er denn sonst bitte leben?«

»Du hast ihn gesehen?« Mit der Hand auf der weißen Plastik-Türklinke blieb Boy stehen.

Violet erstarrte. Jetzt war es ihr doch rausgerutscht! Ihr Freund starrte sie schweigend an und wartete auf eine Antwort.

»Ich … ja, ich hab ihn gesehen. Am selben Abend wie Anna. Deswegen war ich in der Geistersiedlung – ich bin ihm dorthin gefolgt.«

Boy wirkte nicht sonderlich erfreut. »Warum hast du nichts gesagt?«

»Weil ich nicht wollte, dass du …« Hastig unterbrach sie

sich. Sie konnte ihm nicht von ihrem Plan erzählen, jedenfalls noch nicht. »… dass du dich aufregst.«

»Stattdessen hast du mich hierhergebracht, Violet. Weil mich *das* nicht aufregt, oder wie?«

Grollend warf sich Boy gegen die verklemmte Wohnwagentür und rannte die Stufen hinab nach draußen.

»Es tut mir leid, Boy«, versicherte Violet, als sie ihn einholte.

Er antwortete nicht, sondern stapfte um das Haus herum zur Vorderseite und blickte zu den Ställen hinüber.

»Wenn da auch nichts ist«, er deutete mit dem Kopf auf die Gebäude, »hauen wir ab.«

Violet war sich ziemlich sicher, dass die Ställe genauso leer waren wie das Haus. Aber sie konnten jetzt noch nicht gehen. Ihr Bauchgefühl sagte ihr, dass es hier irgendwo einen Hinweis darauf geben musste, wo Tom sich aufhielt.

Boy folgte ihr, als sie die Straße überquerte und bei dem Brunnen haltmachte, durch den sie heraufgekommen waren. Sie sah sich um. Außer dem Haus und den Ställen gab es nichts, wo sich jemand verstecken konnte.

Wo war Tom dann? Sie hatte gesehen, wie er in Richtung Friedhof gerannt war. Er musste ins Draußen zurückgekehrt sein.

Sie ließ den Blick in die Ferne schweifen. Ein Stück die Straße runter begann ein Wald. Den hatte sie beim letzten Mal schon bemerkt, war aber noch nie dort gewesen. Der

Wald war der einzige Teil vom Draußen, den sie nicht kannte.

»Den Wald haben sie auch abgesucht«, erklärte Boy, als könnte er ihre Gedanken lesen. »Und nichts gefunden. Dad meinte, dadrin ist es wie in einem Labyrinth.«

Gras wuchs in dichten Büscheln auf der Straße, die darunter fast vollständig verschwand. Offenbar war dort schon lange niemand mehr entlanggekommen. Obwohl … Violets Blick fiel auf einen schmalen Trampelpfad, der sich durchs Gras schlängelte. Die abgeknickten und platt gedrückten Halme deuteten auf regelmäßige Benutzung hin. Er führte vom Brunnen in Richtung Wald.

»Guck mal, Boy!« Sie zeigte darauf. »Siehst du den Pfad da? Scheint, als würde hier öfter jemand langlaufen!«

»Der könnte genauso gut noch vom Besuch des Stadtrats stammen!«

»Nein, könnte er nicht! Die waren höchstens ein- oder zweimal hier. Ich glaube nicht, dass das reicht, um solche Spuren zu hinterlassen. Können wir uns das mal anschauen? Bitte!«

Boy schüttelte den Kopf. »Nein. Ich sagte, die Ställe noch und wenn wir da nichts finden, ist Schluss! Du hast versprochen, wir gucken uns nur schnell im Draußen um!«

»Ja, aber das gehört auch noch zum Draußen«, wandte Violet ein. »Sonst sehe ich nirgends neue Hinweise, also ist der Wald Teil der Mutprobe! Außerdem machen wir das nicht für mich, Boy, sondern für Town. Was, wenn wir wirklich alle in Gefahr sind, wie es in der Nachricht steht?«

»Town schwebt kein bisschen in Gefahr, Violet. Und du kannst nicht einfach die Regeln ändern, wie es dir gerade passt!«

»Wieso? Das machst du doch auch immer«, erwiderte sie ungerührt. Sie ging auf den Trampelpfad zu. »Im Übrigen hab ich die Aufgabe gestellt, also darf ich auch über die Regeln bestimmen. Eine Mutprobe ist eine Mutprobe, Boy – wenn du jetzt nach Hause gehst, erzähle ich Jack und allen anderen, dass du gekniffen hast!«

Sie lief weiter, ohne sich umzublicken. Das war auch nicht nötig, denn sie konnte seine Schritte hören, die hinter ihr durchs Gras stapften.

»Die Mutprobe ist bestanden, wenn dieser Pfad endet. Okay?«

»Okay.« Sie lächelte.

Boy marschierte schnurstracks an ihr vorbei und auf den Wald zu. Violet verfiel in einen leichten Trab, um mit ihm mitzuhalten.

Schon bald führte der Trampelpfad sie unter das üppige Blätterdach. Die Äste wuchsen so dicht, dass das morgendliche Sonnenlicht Mühe hatte, hindurchzudringen.

Violet wurde es mulmig.

»*Du* wolltest unbedingt hierherkommen.« Boy zuckte mit den Schultern, als er ihre Anspannung bemerkte.

»Keine Sorge, mir geht's bestens«, log sie.

Nach einer Weile stießen sie auf einen hohen Stapel gefällter Baumstämme, der ihnen den Weg versperrte. Dort endete auch der Pfad.

»Das war's. Mutprobe bestanden!« Grinsend drehte Boy sich um.

So leicht wollte Violet sich nicht geschlagen geben. Schließlich hatten sie immer noch nichts gefunden! Sie schob sich an ihm vorbei und kletterte an den Baumstämmen hoch. »Ich wette, auf der anderen Seite geht's weiter!«

Keuchend zog sie sich nach oben, bis sie bäuchlings auf dem Stapel lag. Sie lugte über den Rand nach unten und spürte, wie ihr ganz schwummrig wurde. Hastig hielt sie sich an dem Baumstamm unter ihr fest. Auf dem Pfad stand Boy und blickte zu ihr hinauf.

»Und?«, rief er.

Langsam wälzte Violet sich herum, bis sie mit dem Rücken zu Boy lag, und drückte sich dann in den Vierfüßlerstand hoch. Von dort versuchte sie, sich mit zitternden Knien aufzurichten, um besser sehen zu können, was vor ihr lag.

Plötzlich rutschte der Stamm unter ihr weg. Violet schnappte erschrocken nach Luft. Sie geriet ins Straucheln, verlor sofort das Gleichgewicht und stürzte kopfüber in die Tiefe.

Auf einmal geschah alles wie in Zeitlupe. Die Stämme

wichen auseinander. Dazwischen kam ein Gewirr aus Seilen emporgeschossen und umschlang Violet.

Im nächsten Moment lief alles wieder in gewohnter Geschwindigkeit ab. Violet wurde himmelwärts geschleudert, unfähig, sich zu befreien. Sie zappelte buchstäblich wie ein Fisch im Netz.

Kapitel 9

Schwester Powick

Violet hing zusammengeknüllt im Netz. Ihre Knie stießen beinahe an ihre Nase. Sie versuchte, ihre Beine in eine bequemere Position zu bringen, was jedoch nur dazu führte, dass ihr beengtes Gefängnis anfing, sich um die eigene Achse zu drehen. Die Welt draußen kreiselte an ihren Augen vorbei. Violet sah hoch. Das Netz hing an einer Schlinge von einem dünnen Ast, der sich unter ihrem Gewicht bedenklich bog.

»Violet!«

Sie schielte nach unten und rang nach Luft. In ihr drehte sich alles – und um sie herum auch. Boy war nirgends zu erkennen. Dafür schien der Boden, der unter ihr vorbeisauste, meilenweit entfernt zu sein.

»Boy?«, rief sie.

»Hier unten!« Das Netz verlor ein wenig an Fahrt, sodass sie Boy gerade eben so ausmachen konnte. Er winkte vom Trampelpfad zu ihr hoch.

»Was ist passiert? Wie bin ich hierhergekommen?« Alles wirkte undeutlich und verschwommen.

»Keine Ahnung«, antwortete er. »Ich hab ein Klicken gehört und dann bist du in die Tiefe gestürzt. Das ging alles so schnell. Ich dachte schon, du wärst erledigt, aber dann kam aus dem Nichts dieses Netz hochgeschossen! Das war echt cool!«

»Nicht ganz das Wort, das ich benutzen würde!«, entgegnete sie. Der Ast über ihr knarrte bedrohlich. »Was, wenn der Baum mein Gewicht nicht hält, Boy? Ich muss hier raus!«

Panik brach über sie herein. Ihr Herz raste und sie bekam keine Luft mehr. Verzweifelt versuchte sie, sich zu befreien, wodurch das Netz wieder anfing, sich wie wild zu drehen.

»Beruhig dich!«, schrie Boy. »Nicht bewegen. Ich lass mir was einfallen!«

»Wie soll ich mich bitte beruhigen?«, presste sie hervor. »Ich hänge in einem Netz an einem Baum!«

»Konzentrier dich aufs Atmen, Violet. Ein und aus. Ich hol dich da raus.«

Er machte sich daran, die Umgebung abzusuchen. Vio-

let schloss die Augen und zwang sich, langsam und gleichmäßig durch die Nase zu atmen. Schon bald ließ ihr hämmernder Herzschlag nach. Das sachte Schaukeln, mit dem das Netz ausschwang, hatte jetzt fast etwas Besänftigendes.

»Wonach suchst du?«, rief sie, die Augen immer noch fest geschlossen.

»Weiß nicht.« Boys Stimme klang weiter entfernt. »Ich dachte, vielleicht find ich irgendwo einen scharfen Stein, mit dem ich das Seil durchtrennen kann, aber …«

»Powicks Haus!«, platzte es aus ihr heraus. Durch die plötzliche Bewegung begann das Netz wieder stärker zu schwanken. »Die rostigen Messer im Operationssaal!«

»Echt? Das könnte aber eine Weile dauern.« Er wirkte nicht sonderlich überzeugt.

»Los, geh schon!«, drängte sie.

»Okay, ich beeil mich. Und falls ich ein bisschen länger brauchen sollte … lass dich nicht hängen!«

Prustend rannte er davon. Violet hörte, wie seine Füße dumpf auf den weichen Waldboden trommelten. Sie hätte mitgelacht, wenn sie nicht gerade in einem Netz hoch über dem Boden gehangen hätte.

Nachdem Boys Schritte in der Ferne verklungen waren, kehrte eine ohrenbetäubende Stille ein.

Ein sanfter Wind strich raschelnd durch die Wipfel. Während Violet in luftiger Höhe baumelte, gingen ihr tau-

send Gedanken durch den Kopf. Wieso war diese Falle hier? Und wer hatte sie aufgestellt?

Auf einmal war das Stapfen schwerer Schritte zu vernehmen, die sich durch das Unterholz näherten. Jemand murmelte unverständlich vor sich hin.

Boy konnte es nicht sein, so schnell war selbst er nicht. Außerdem kam das Geräusch aus der entgegengesetzten Richtung. Violet erstarrte. Wer auch immer es war, war direkt unter ihr stehen geblieben.

Ein schon vertrauter Fäulnisgeruch stieg ihr in die Nase und jagte ihr eine Gänsehaut über die Arme. Voller Angst zwang sie sich, die Augen einen winzigen Schlitz weit zu öffnen. Zwei große Zombies standen unter ihr auf dem Waldboden und starrten finster zu ihr hinauf.

Sie stieß ein entsetztes Quietschen aus, als einer der beiden hochsprang und sie zu fangen versuchte. Seine Finger streiften gerade eben so das Seil. Das Netz geriet ins Pendeln und schwang von den beiden weg.

Geistesgegenwärtig griff Violet nach oben und bekam den Knoten zu fassen, der das Netz zusammenhielt. Sie zog sich daran hoch, bis sie außer Reichweite der Kreaturen war. Ihre Arme zitterten und schmerzten vor Anstrengung, doch sie hielt eisern fest.

Beide Zombies waren mit den gleichen Stahlskeletten ausgestattet wie Schwester Powicks Geschöpfe. Darüber hinaus wies ihre Haut ähnlich markante Nähte und Flicken aus Teddyplüsch auf. Verängstigt sah Violet sich nach irgendetwas um, das ihr aus ihrer misslichen Lage helfen konnte.

Der größere der beiden Zombies sprang erneut, wobei er ein animalisches Knurren von sich gab. Diesmal verfehlte er die Unterseite des Netzes nur um Haaresbreite. Violet verlagerte ihr Gewicht, um das Netz wieder in Schwung zu bringen, was ihr auch tatsächlich gelang. Nach und nach versetzte sie es in einen gleichmäßigen Rhythmus, bis sie in weitem Bogen über den Zombies hin- und herschaukelte, die immer wieder hochsprangen und versuchten, nach ihr zu schnappen.

Der eine trug eine zerschlissene schwarze Nadelstreifenhose und ein ehemals weißes Oberhemd. Beide Kleidungsstücke schlackerten lose um seine geschundene Gestalt. In seinem fettigen grauen Haarschopf klaffte eine Lücke, wo ein Stück seiner Kopfhaut fehlte.

Der andere Zombie schien weiblich zu sein. Eine schmutzverkrustete Perlenkette zierte ihren sehnigen, violett verfärbten Hals. Ihr Rock war ausgefranst und einer der Ärmel an ihrer Spitzenbluse, die früher einmal cremefarben gewesen sein musste, war an der Schulter abgerissen.

Die Augen in ihren eingefallenen Gesichtern wölbten sich merkwürdig hervor. Violet war sich sicher, dass es sich um Augenpflanzen handelte, genau wie damals bei Hugo,

Denis und Denise. Die durchscheinenden hautähnlichen Blütenblätter klappten jedes Mal erwartungsvoll auf und zu, wenn Violet an den beiden vorbeischwang.

Demnach mussten sie ebenfalls von Schwester Powick erschaffen worden sein.

Aus Erfahrung wusste Violet, dass diese Kreaturen nicht allzu intelligent waren. Hugo war jedenfalls nicht in der Lage gewesen, eigenständig zu denken. Er hatte immer bloß gemacht, was man ihm gesagt hatte. So gesehen war sie vermutlich sicher. Von allein würden die Zombies niemals einen Weg finden, sie da runterzuholen.

Doch dann wurde ihr plötzlich ganz flau im Magen. Ihr war der Stall mit den drei Monitoren wieder eingefallen. Jeder dieser Monitore war mit den Augen eines Zombies verbunden gewesen und hatte alles wiedergegeben, was dieser gerade sah. Was, wenn Schwester Powick jetzt auf dieselbe Weise alles beobachtete?

Violets Lunge verkrampfte, sie bekam kaum noch Luft. Ihre Gedanken rasten. Wo blieb Boy nur?

Sie schloss die Augen und betete stumm, die Zombies würden verschwinden. In ihrem Kopf wiederholte sie ein ums andere Mal, dass das alles nur ein schlechter Traum war und sie jeden Moment aufwachen würde.

Nach einer gefühlten Ewigkeit hörte das dumpfe Stampfen der Sprünge auf und die Luft wurde besser. Vorsichtig öffnete Violet die Augen.

Die beiden waren verschwunden.

Ihre Erleichterung hielt jedoch nicht lange an – bestimmt würden sie bald wiederkommen. Sie musste sich dringend befreien.

Während sie sich den Kopf zerbrach, wie sie das schaffen konnte, erspähte sie endlich einen kleinen Punkt am Horizont. Boy. Sie hüpfte in ihrem Netz auf und ab, so gut es ging, um seine Aufmerksamkeit auf sich zu lenken. Er sollte sich gefälligst beeilen.

»Na, hängst du schön rum?«, ertönte seine Stimme schon von Weitem.

»Klappe!«, zischte sie und versuchte, ihm durch Gesten zu verstehen zu geben, dass er leise sein musste.

Grinsend winkte er ihr zu. Er hielt etwas in der Hand. »Ich hab ein Messer«, rief er und wedelte damit in der Luft herum.

Violet blickte sich um und lauschte angestrengt. Bestimmt hatten die Zombies sie gehört. Als sie sich wieder umdrehte, hatte Boy den Holzstapel bereits erreicht und war hinaufgeklettert.

Er balancierte auf den Zehenspitzen und streckte sich, bis er die Unterseite des Netzes zu fassen bekam.

»Nicht rühren«, befahl er.

»Schnell, Boy!«, flehte Violet. Sie sah sich erneut nach hinten um.

»Nichts zu danken!«, ächzte er. Sein Gesicht war knall-

rot. »Ich bin ja auch bloß deinetwegen den ganzen Weg zu Powicks Haus und zurück gerannt!«

»Hier waren Zombies! Gleich zwei auf einmal«, platzte Violet heraus.

Boy hielt mitten in der Bewegung inne. Ihre Blicke trafen sich. »Aber … was … wer … wie?«

»Mach weiter«, drängte Violet, während sie abermals die Umgebung absuchte. »Sie waren genau wie Hugo, die gleichen Metallskelette, Augenpflanzenaugen, alles! Sie sind aus dem Wald gekommen! Garantiert hat Schwester Powick die auch erschaffen!«

»Ist das ein weiterer Versuch, mich noch länger hier draußen zu halten, Violet?« Schnaufend säbelte ihr Freund am Netz herum.

»Was? Nein … jetzt beeil dich!« Violet war zu verängstigt, um sich über ihn zu ärgern.

Er sägte ein Loch ins Netz, das gerade groß genug war, damit Violet sich hindurchzwängen konnte. Sie ließ sich auf den Holzstapel fallen, dann hangelte sie sich auf den Boden hinab und lief sofort in den Wald, um sich zu verstecken. Die Ginsterbüsche, die wie Barrieren links und rechts des Pfades wuchsen, zerrissen ihr die Kleidung und hinterließen tiefe Kratzer auf ihrer Haut. Doch der Waldboden dahinter war moosig weich und dämpfte ihre Schritte.

Violet ging hinter einem Grüppchen eng beieinander-

stehender Bäume in Deckung. Boy folgte ihr dicht auf den Fersen. Auch er hatte sich das Gesicht und die Hände an den Ginsterbüschen zerkratzt.

»Was ist passiert?«, keuchte er.

Sie wollte gerade antworten, als ein Stück entfernt drei hochgewachsene Gestalten zwischen den Bäumen hervortraten.

Die beiden Zombies, die Violet bereits kannte, stapften knurrend auf das Netz zu. Hinter ihnen lief eine dritte Person – eine Frau in einem dunkelblauen Umhang aus dickem, schwerem Stoff, der am Hals über einer gestärkten weißen Bluse zugebunden war.

»Schwester Powick!«, hauchte Boy.

Kapitel 10

Das Labyrinth

»Es ist leer!«, rief Schwester Powick wütend, während sie mit einem langen Stock nach den ausgefransten Enden des Netzes schlug. »Der Alarm ist losgegangen, etwas muss in die Falle geraten sein. Ihr solltet Wache halten! Warum habe ich nur die Monitore nicht überprüft, ehe ich hergekommen bin? Als hätte ich nicht ohnehin schon genug zu tun! Je früher ihr lernt, für euch selbst zu denken, desto besser!«

Die Zombies gaben ein lang gezogenes Stöhnen von sich und sahen hoch zum Netz.

»Nutzlose Erbsenhirne!«, fauchte sie und nahm die Seilenden genauer unter die Lupe. »Scheint durchgeschnitten worden zu sein. Wer schleicht hier rum? Wir können kei-

nen Ärger gebrauchen. Nicht jetzt. Es sind nur noch ein paar Tage. Dafür hat er zu hart gearbeitet!«

Die Krankenschwester versetzte dem Netz einen weiteren Schlag mit dem Stock. Violet duckte sich noch tiefer, während Boy sich an dem Stamm des Baumes vor ihm festhielt und vorsichtig dahinter hervorlugte.

»Weit können sie nicht gekommen sein. Durchsucht die Umgebung!«, kommandierte Schwester Powick. »Ich sehe mir zu Hause die Monitore an. Wo ist Tom? Sollte er nicht eigentlich auf euch Idioten aufpassen? Muss ich denn immer alles selber machen?«

Erbost schob sie sich an den Zombies vorbei und lief tiefer in den Wald.

Ihre Geschöpfe rührten sich nicht von der Stelle.

»Ihr sollt suchen!«, kreischte sie.

Die Zombies stöhnten erneut und stapften über den Pfad ins Unterholz. Die dornigen Finger der Ginsterbüsche, die an ihnen zerrten, schienen sie gar nicht zu bemerken. Boy zog sich geräuschlos hinter seinen Baum zurück, dann drehte er sich um und bedeutete Violet, ihm zu folgen.

»Was hast du vor?«, flüsterte sie, als sie außer Hörweite der Kreaturen waren.

»Vor den Dingern da abhauen«, erwiderte Boy ebenso leise und zwängte sich unter einem umgestürzten Baumstamm hindurch.

»Aber wir brauchen einen Plan! Wieso ist Schwester Po-

wick hier? Sie hat gesagt, *er* hätte zu hart dafür gearbeitet und dass es nur noch ein paar Tage sind. Also stimmt es, was auf dem Zettel an meinem Fahrrad stand – irgendwas liegt in der Luft. Ich wette, Town schwebt *wirklich* in Gefahr!«

»Sie hat aber auch gesagt, dass sie sich die Monitore ansehen will, Violet.« Boy blieb stehen und schaute sie durchdringend an. »Die Zombies haben Augenpflanzen als Augen, weißt du noch? Über die kann sie dich in den Aufnahmen sehen. Und dann kommt sie wieder, um uns zu finden. Wir müssen hier weg.«

»Gut, dann sollten wir nach Hause gehen. Wir müssen Dad und William und die anderen warnen …«

»Ganz genau!«

»Und warum laufen wir dann hier lang? Der Brunnen liegt in die andere Richtung.«

»Weil ich versuche, an den Zombies vorbeizuschleichen, Violet. Wenn wir den Bogen weit genug schlagen, müssten wir es unbemerkt hier rausschaffen!«

»Okay.« Sie nickte ohne große Überzeugung.

* * *

Der Wald wirkte beinahe undurchdringlich. Ein Baum sah aus wie der andere und Violet hatte keine Ahnung, in welche Richtung sie unterwegs waren. Ihr Bauchgefühl riet ihr, lieber anzuhalten, doch sie folgte weiter ihrem Freund – in solchen Dingen kannte er sich für gewöhnlich besser aus als sie.

Sie liefen schweigend hintereinanderher. Das viele Laub rings um sie herum dämpfte sämtliche Geräusche, bis sie nichts anderes mehr hörten als das Knacken der Zweige im Unterholz und ihren eigenen Atem.

Bald wurde es immer dunkler. Violet hatte inzwischen jedes Zeitgefühl verloren und wusste nicht, ob es daran lag, dass die Sonne langsam unterging, oder ob der Wald noch dichter wurde. Ihr Herz pochte. Hatten sie sich verirrt? So lange konnte es doch niemals dauern, wieder aus dem Wald hinauszufinden!

»Hier waren wir schon mal«, wisperte sie, als sie über einen dicken Baumstamm hinwegkletterte. »Da bin ich mir sicher, Boy! Das ist jetzt das dritte Mal, dass ich das mache.«

»Vielleicht kommt dir das nur so vor – hier sieht doch alles gleich aus!« Boy hob einen Stock auf und kratzte seine Initialen in das Moos an der Rinde. »Wenn wir tatsächlich noch mal hier vorbeikommen, wissen wir es zumindest.«

Violet nickte und sie setzten ihren Weg fort. Allerdings wirkte Boy jetzt auch misstrauisch. Violet schluckte schwer, als sie bald darauf erneut vor dem markierten Baum standen.

»Wir gehen im Kreis!«, stammelte sie.

Boy sah sich um, als versuchte er, sich einen Reim darauf zu machen. Die Bäume ragten turmhoch über ihnen auf.

Plötzlich stürmte er vorwärts und verschwand um eine Ecke. Violet wurde nervös – sie wollte ihm gerade folgen, als er zu ihr zurückgerannt kam. In sein Gesicht stand purer Frust geschrieben.

»Ich weiß, es klingt verrückt, aber ich glaube, wir sind in einem Labyrinth«, keuchte Boy, als er haarscharf vor ihr abbremste. »Ein normaler Wald ist das jedenfalls nicht – die Bäume wachsen nämlich in Reihen. Und es sind auch keine normalen Bäume, nichts, was man sonst in freier Natur findet.«

Violet betrachtete den Baum, der ihr am nächsten war. Boy hatte recht. Der Stamm unter dem dichten Grün war relativ kurz, dennoch erreichte der Baum eine beachtliche Höhe. Mehr noch: Er lief nach oben hin spitz zu, irgendwie raketenförmig. Solche Bäume hatte sie in ihrem Biobuch in der Schule gesehen. Hier standen sie so dicht beieinander, dass sie zusammen eine regelrechte Wand bildeten, die zu beiden Seiten einen schmalen Pfad einrahmte.

»Das stimmt«, sagte sie, während sie sich umsah. »Es ist, als würden wir in einem Tunnel stehen.«

Langsam gingen die beiden weiter und bogen um die nächste Ecke. Dort empfing sie das gleiche Bild – ein weiterer schmaler Pfad, der links und rechts von dichtem Grün

gesäumt wurde. In ihrer Panik hatte Violet das zunächst nicht bemerkt. Sie war zu sehr darauf konzentriert gewesen, den Zombies zu entkommen.

»Ich war schon einmal in einem Labyrinth«, erinnerte sie sich, bemüht, Ordnung in ihre rasenden Gedanken zu bringen. »Als ich klein war. Ich hatte tierische Angst, weil ich den Weg nach draußen nicht finden konnte. Dad war bei mir. Er riet mir, die Hand nach der Hecke auszustrecken und immer daran entlangzulaufen, ohne loszulassen. Das hat tatsächlich funktioniert. Am Ende standen wir wieder draußen!«

»Bist du sicher? Ich kann mir nicht vorstellen, dass es so einfach ist, aus einem Labyrinth zu finden.«

»War es aber, Boy. Es hat funktioniert!«, beharrte sie.

Ihr Freund trat einen Schritt zurück. »Bitte, wenn du so eine Labyrinthexpertin bist, dann führ uns mal nach draußen.« Er bedeutete ihr, vorauszugehen, auch wenn er nicht sonderlich überzeugt klang.

Violet ging auf die Baumreihe zu ihrer Linken zu und streckte die Hand nach den nach Fichtenholz duftenden Ästen aus. Dann lief sie los.

»Mam und Dad machen sich bestimmt Sorgen«, flüsterte sie. »Wir sind schon ewig unterwegs!«

»Und wessen Schuld ist das?«

»Boy!«, fauchte Violet. »Ich kann ja wohl nichts dafür, dass …«

Mit einem Mal zog ihr Freund sie zwischen die Bäume. Es geschah so plötzlich, dass sie beinahe eine Ladung piksender Fichtennadeln in den Mund bekam.

»Was soll das …?«

Er hielt ihr mit einer Hand den Mund zu und zeigte mit der anderen auf etwas. An der Ecke vor ihnen, halb versteckt hinter einem der Baumstämme, wuchs eine kleine Pflanze mit durchscheinenden Blütenblättern. Ihr Augapfel glitt suchend hin und her.

»Wieso gibt es hier Augenpflanzen?« Violet schauderte.

»Weiß ich nicht«, flüsterte er, ohne den Blick von dem Gewächs abzuwenden, »aber wir müssen irgendwie dran vorbeischleichen. Wenn sie wieder nach links guckt, renn los.«

Die Augenpflanze ließ den Blick langsam über den Waldboden schweifen.

Violet schlug das Herz bis zum Hals.

»Jetzt«, raunte Boy und tippte ihr auf die Schulter.

Er sprang auf, sprintete um die Ecke und schlitterte unter den nächstbesten Baum. Violet flitzte hinter ihm her, wobei sie nur knapp vermied, mit dem Kopf voran gegen den dicken Stamm zu krachen.

»Wir müssen vorsichtiger sein«, wisperte Boy. »Es könnten noch mehr von den Dingern rumstehen. Die sind ziemlich gut versteckt. Ich hab diese hier auch nur bemerkt, weil sie sich bewegt hat!«

»Boy, wir haben uns verlaufen. Ich hab echt Angst.« Violet fühlte sich völlig überfordert.

»Ich weiß.« Er klang auch ziemlich beunruhigt.

»Was soll das hier alles? Erst die Falle, dann die Zombies und Schwester Powick und jetzt noch ein Labyrinth voller Augenpflanzen! Was geht hier vor?« Sie unterdrückte mühsam ein Zittern.

»Lass uns erst mal versuchen, nach Hause zu finden, Violet. Über alles andere können wir uns später noch Gedanken machen, wenn wir mit unseren Eltern geredet haben.«

Er zog sie hoch. Vorsichtig setzten sie ihren Weg fort, wobei sie an jeder Ecke anhielten und nach Augenpflanzen Ausschau hielten. Von Schritt zu Schritt wurde Violets Beklemmung größer. Sie liefen nun schon ewig hier rum und waren ihrem Zuhause trotzdem nicht näher gekommen. Ihr Magen knurrte, aber sie konnte jetzt nicht an Essen denken. Dafür war sie viel zu verängstigt.

Um sie herum wurde es kühler, es schien bereits Abend zu sein. Violet fröstelte, nahm die Hand jedoch nicht von der Wand aus Bäumen. Als sie schließlich um eine weitere Ecke bogen, hingen ihre Finger plötzlich in der Luft.

»Wir haben es geschafft!« Sie schrie beinahe vor Erleichterung und drehte sich zu ihrem Freund um, um ihn zu umarmen. »Wir sind aus dem Labyrinth entkommen, Boy!«

Er wirkte nicht ganz so begeistert. Verwirrt blickte sie sich um. Sie rechnete fest damit, irgendwo Schwester Powicks Haus und die Ställe zu sehen, doch stattdessen standen sie am Rand einer weitläufigen Lichtung.

»Wo … wo sind wir?«, flüsterte sie.

Kapitel 11

Violet sieht Gespenster

»Hier ist nichts, nur eine Wiese.« Violet trat auf die offene Fläche hinaus.

Sie befanden sich am Rand einer großen, runden Wiese, die zu allen Seiten von dichtem Wald umringt war. Der Himmel hatte eine dunklere Färbung angenommen, als bereitete er sich auf den Anbruch der Nacht vor.

»Ich dachte, wir würden am Eingang zum Wald rauskommen. Ich dachte, wir könnten zurück nach Hause, wenn wir es erst mal aus dem Labyrinth rausschaffen, Boy!« Panik schnürte ihr die Kehle zu. »Wo sind wir, was ist das für ein Ort?«

»Weiß ich auch nicht.« Boy kam zwischen den Bäumen hervor. »Aber egal, wo wir sind, ich glaube nicht, dass wir

hier sein *sollten*. Ich wette, die Falle, das Labyrinth, die Augenpflanzen – das alles dient nur dazu, die Leute fernzuhalten.«

»Fernzuhalten? Aber wovon? Von einer großen, leeren Wiese …? Das ergibt doch keinen Sinn!«

Boy begann, die freie Fläche zu umrunden. Hin und wieder blieb er stehen und lugte in den Wald. Währenddessen ließ Violet sich neben einem der Bäume nieder. Sie war erschöpft, hungrig und verwirrt. In ihrem Hals formte sich ein dicker Kloß.

Sie zog die Knie an die Brust und schlang die Arme darum, als ihr bewusst wurde, wie kalt es geworden war. Nun, da sie nicht mehr in Bewegung war, fühlte die Luft sich eisig an und ihr schweißfeuchtes Shirt ließ sie frösteln.

Auf der anderen Seite der Lichtung setzte Boy seine Erkundungstour fort. Violet hatte keine Ahnung, was er dabei zu finden hoffte. Sie folgte ihm mit den Augen, als sich plötzlich mitten auf der Wiese etwas zu regen schien. Violet lehnte sich vor und sah genauer hin. Doch da war nichts.

Sie rieb sich die Augen und guckte noch einmal. Nein, nichts. War sie so müde, hungrig und verloren, dass sie bereits anfing, sich Dinge einzubilden? Sie besaß nun mal eine überbordende Fantasie, das hatte sie oft genug zu hören bekommen. Trotzdem hatte sie ein ungutes Gefühl. Sicherheitshalber zog sie sich tiefer in die Deckung der Bäume zurück.

Wieder regte sich etwas, genau an derselben Stelle wie zuvor. Einen Moment lang schwebte ein Fuß in der Luft, dann folgte ein Arm und schließlich der Rest des Körpers.

Was ging hier vor? Die Gestalt schien buchstäblich aus dem Nichts zu kommen. Aber das war unmöglich! Violet rieb sich erneut die Augen – vielleicht war sie einfach übermüdet. Doch die Gestalt war immer noch da. Sie stand ganz still, als wartete sie auf etwas. Auf die Entfernung und in dem schwindenden Licht konnte Violet nur wenige Einzelheiten ausmachen: ein schiefes Bein, ein zerrissenes graues T-Shirt, eine fehlende Hand. Sie schauderte. Es war ein Zombie, aber ein anderer als die beiden, denen sie zuvor begegnet war.

Boy befand sich jetzt rechts von ihr, er hatte seine Runde beinahe beendet. Die Kreatur auf der Wiese hatte er offenbar nicht bemerkt. Violet musste ihn irgendwie warnen, doch sie wusste nicht, wie. Während sie sich darüber den Kopf zerbrach, verschwand die Kreatur auf einmal wieder. Wie von Zauberhand.

Violet war immer noch sprachlos, als Boy zu ihr zurückkehrte.

»Die Lichtung ist leer.« Er kauerte sich neben sie. »Und es gibt auch keinen anderen Eingang zum Labyrinth, nur den, durch den wir gekommen sind. Echt merkwürdig, hier ist rein gar nichts!«

Violet starrte wortlos vor sich hin und versuchte, sich

einen Reim auf das zu machen, was sie gerade gesehen hatte.

»Alles in Ordnung?«, erkundigte sich Boy und warf ihr einen Blick zu. »Du bist irgendwie komisch drauf. Ich glaub, ich konnte noch nie so viel am Stück reden, ohne dass du mich unterbrochen hast.«

»Da war ein Zombie«, stotterte sie und zeigte auf die Wiese. »Er ist aus dem Nichts gekommen und gleich wieder verschwunden!« Sie wusste selbst, wie verrückt das klang.

»Wie meinst du das? Wo?« Boy kniff die Augen zusammen und versuchte, etwas zu erkennen.

»Mitten auf der Wiese. Es sah aus wie Magie!«

»Magie?«, schnaubte er. »So was gibt es nicht!«

»Ich bin nicht verrückt!«

»Leute tauchen nicht einfach so auf und verschwinden wieder, Violet!«

»Ich weiß, aber so war es! Genau da.« Sie zeigte noch einmal auf die Stelle.

»Vielleicht haben dir deine Augen einen Streich gespielt. Es wird langsam dunkel. Dad sagt, nachts gaukeln uns unsere Augen manchmal Dinge vor, die gar nicht da sind. Deswegen glauben manche Menschen, Geister zu sehen.«

»Das war aber kein Geist, sondern ein Zombie!«, entgegnete sie verärgert. »Und außerdem ist es noch nicht Nacht!«

In dem Moment beugte Boy sich ruckartig vor. »Guck mal! Da drüben«, zischte er und deutete mit ausgestrecktem Finger auf die Wiese.

Der Zombie stand an derselben Stelle wie zuvor. Nur hatte er jetzt eine brennende Fackel dabei, deren gespenstischer gelber Schein weithin zu sehen war.

»Ich hab's dir ja gesagt«, flüsterte Violet, als hinter dem ersten Zombie ein zweiter erschien.

Den beiden folgten noch zwei weitere Gestalten, jede mit einer Fackel. Ein intensives gelbes Leuchten erfüllte die Lichtung. Die Gruppe setzte sich in Bewegung und stapfte zügig auf Violet und Boy zu.

Hastig zogen sich die Freunde zwischen die Bäume zurück und duckten sich ins Unterholz.

Violet hielt den Atem an und griff nach Boys Hand.

Als die Gestalten sich näherten, erkannte sie das Hinken und den massigen, Furcht einflößenden Körper von Hugo, dem Kinderfänger. Er war eines der ersten von Schwester Powicks Geschöpfen gewesen. Hinter ihm liefen noch zwei dieser Kreaturen. Das Ende des Trupps bildete eine deutlich kleinere und zierlichere Gestalt mit blasser Haut – Boys genaues Ebenbild, bis auf die kalten eisblauen Augen.

»Tom!«, wisperte Violet.

Die vier betraten das Labyrinth, wobei sie Violet und Boy gefährlich nahe kamen. Die Zombies starrten dumpf geradeaus, die Münder zu einer dauersabbernden Grimas-

se verzogen. Der mit dem grauen T-Shirt gab bei jedem Schritt ein leises Grollen von sich. Tom wirkte angespannt. Seine Augen huschten nervös umher und folgten jedem noch so kleinen Geräusch. Er war von Kopf bis Fuß in Schwarz gekleidet, genau wie sein Bruder.

»Tom ist mit diesen Zombies unterwegs – und du denkst, er sei ein guter Mensch!«, flüsterte Boy, als die brennenden Fackeln sich entfernten.

»Aber …« Violet war atemlos. »Warum hätte er mir sonst diese Warnung schreiben sollen?«

Boy schüttelte den Kopf. »Du weißt doch gar nicht, ob die Nachricht von ihm war. Egal, dafür haben wir jetzt keine Zeit. Die Zombies sahen anders aus als die vorhin im Wald. Was glaubst du, wie viele von den Dingern Schwester Powick noch erschaffen hat?«

»Keine Ahnung.« Violet zitterte am ganzen Leib. »Und wo kamen sie überhaupt her, Boy? Sie sind einfach so aus dem Nichts aufgetaucht.«

Mit wackligen Knien richtete sie sich auf und lief auf die Wiese. Boy joggte an ihr vorbei zur Mitte der Lichtung. Er hatte gerade die Stelle erreicht, an der die Zombies erschienen waren, als er plötzlich rückwärts umfiel und mit einem dumpfen Krachen ins Gras plumpste.

Violet eilte zu ihm.

»Alles in Ordnung …? Was ist passiert?«

»Ich … ich bin mit irgendwas zusammengestoßen«,

ächzte er und rieb sich den Kopf. Dann stützte er sich mühsam auf die Ellbogen auf. »Aber da … da ist nichts.«

Violet sah sich um. Die Wiese war immer noch vollkommen leer.

Ein Schauer prickelte ihr über den Rücken und ließ die Härchen auf ihren Armen zu Berge stehen. Sie streckte die Hände vor sich aus und schlich ganz langsam vorwärts. Beinahe sofort berührten ihre Fingerspitzen etwas Festes.

Vor ihr war eindeutig etwas – sie konnte es spüren, auch wenn sie es nicht sehen konnte. Sie spreizte die Finger und legte die Handflächen auf das unsichtbare Gebilde. Es war groß, stabil und fühlte sich seltsamerweise wie der Stoff von einem der alten Kleider ihrer Mam an. Ihr Herz pochte.

Im nächsten Moment stand Boy neben ihr. Er streckte die Arme aus und ließ die Hände über das unsichtbare Gebilde wandern. Sein Anblick erinnerte Violet an die schwarz gekleideten Männer mit den weiß geschminkten Gesichtern, die sie mal im Zirkus gesehen hatte.

»Fühlst du das auch?«, flüsterte er.

Violet nickte. Sie legte ihre rechte Hand auf das Ding und ging nach links, genau wie sie es im Labyrinth getan hatte. Als sie bereits einigen Abstand zwischen sich und Boy gebracht hatte, griffen ihre Finger plötzlich ins Leere.

Sie führte ihre Hand wieder dorthin zurück, wo sie das Objekt zum letzten Mal berührt hatte, und tastete es nach

einer Ecke ab. Es gab tatsächlich eine. Sie bog herum und lief weiter, bis ihre Finger wieder abglitten. Von dort bog sie um die nächste Ecke und wiederholte das ganze Spiel. Allem Anschein nach stand mitten auf der Wiese ein großes rechteckiges Gebilde. Trotzdem konnte sie Boy seltsamerweise immer noch sehen. Es wirkte, als läge nichts als ein leeres Stück Wiese zwischen ihnen, doch ihr Tastsinn sagte etwas anderes.

Gerade als sie zu ihrem Freund zurückgekehrt war, ertönte ganz in der Nähe ein Klicken. Verrückterweise klang es genau wie der Riegel eines Schlosses. Bevor die beiden die Flucht ergreifen konnten, trat nur wenige Meter von ihnen entfernt eine Gestalt in einem dunklen Umhang aus dem unsichtbaren Gebilde. Violet und Boy erstarrten. Wie Statuen standen sie da und wagten es nicht, auch nur mit einem Muskel zu zucken, aus Angst, dass die Gestalt sie dadurch bemerken würde.

Priscilla Powick ragte breitschultrig und kerzengerade vor ihnen auf, eine große, brennende Fackel fest in der erhobenen Hand. Mit der anderen Hand nestelte sie kurz an dem hohen Kragen ihres Umhangs herum, dann marschierte sie mit großen Schritten über die Wiese und verschwand im Labyrinth.

Boy rannte zu der Stelle, an der sie scheinbar aus dem Nichts erschienen war, und begann, in der Luft umherzutasten.

»Gefunden!«, sagte er, als seine Hand sich um einen halbrunden Gegenstand schloss. Gleich darauf ertönte wieder dieses Klicken. Boy stemmte die Füße in den Boden und zog mit sichtlicher Anstrengung an etwas.

»Schnell, Violet, komm her!«, zischte er. »Hier ist eine Tür!«

Sie eilte an ihm vorbei und blieb abrupt stehen. Für einen Moment fühlte sie sich schrecklich desorientiert. Direkt vor ihr schwebte ein gepflasterter Pfad mit einem Stück Steinmauer am Ende mitten auf der Wiese.

»Geh durch!«, drängte er. »Mach schon, wir müssen rauskriegen, was hier abgeht!«

Von seinem ursprünglichen Zögern war nichts mehr zu spüren.

Kapitel 12

Ein Zombieheer

Violet trat durch die unsichtbare Tür und fand sich auf einem kopfsteingepflasterten Weg wieder, der durch eine Grasfläche verlief. Boy folgte dicht hinter ihr. Violets Kopf hatte Mühe, das alles zu erfassen: die leere Wiese in ihrem Rücken und den Weg vor ihr, an dessen Ende das riesige Holztor einer gigantischen Burg wartete. Die Burg sah aus, als stammte sie aus einem Märchen. An jeder der vier Ecken ragte ein hoher Turm empor und die Mauern formten ein nahezu perfektes Quadrat. Dahinter lag bestimmt ein prächtiger Burghof, dachte Violet. Die Türme waren mit Zinnen bekrönt, die aus der Ferne wie Zahnreihen erschienen.

Wie konnte etwas derart Großes sich einfach so mitten auf der Wiese verbergen?

»Glaubst du, das ist so eine Art Magie?«, flüsterte Violet, als sie den ersten Schock überwunden hatte.

Boy schüttelte den Kopf. »Magie gibt es nicht. Da muss irgendetwas Wissenschaftliches dahinterstecken«, antwortete er, während er sich in die Richtung umdrehte, aus der sie gekommen waren.

Er japste erschrocken auf und taumelte seitwärts, wodurch er mit Violet zusammenstieß.

»Was ist?« Sie blickte sich ebenfalls um.

Vor Schreck verschlug es ihr den Atem. Keuchend rang sie nach Luft, während sie zu begreifen versuchte, was sie sah.

Wo die Wiese und das Waldlabyrinth hätten sein sollen, ragte nun eine hohe Metallwand auf. Sie schien bis in den Himmel zu reichen. Um das obere Ende ausmachen zu können, musste Violet den Kopf so weit in den Nacken legen, dass ihr ganz schwindelig wurde. Schweißnähte, die ein wenig an Narben erinnerten, verbanden die einzelnen Metallplatten. In regelmäßigen Abständen wurde das massive Bauwerk von dicken Stahlträgern gestützt, die sich tief in den Boden gruben. Es wirkte wie eine Grenzmauer, die einmal um die gesamte Burg reichte.

»Glaubst du, das ist es, was wir von draußen gefühlt haben? Das unsichtbare Ding, mit dem du zusammengestoßen bist?«, fragte sie atemlos.

»Muss es ja wohl.« Boy schüttelte ungläubig den Kopf.

»Aber die Wand ist nicht unsichtbar und außerdem ist sie aus Metall – das, was ich ertastet habe, war weich und glatt. Ein bisschen wie dieses eine Kleid, das meine Mam früher immer getragen hat.«

»Tja, was es auch ist, es funktioniert jedenfalls einwandfrei. Das Ding schafft es, eine komplette Burg zu verbergen.«

»Denkst du, Schwester Powick hat das alles gebaut?« Violet schauderte.

Boy machte einen nervösen Eindruck. »Keine Ahnung, aber wenn sie es nicht war, wer dann? Wir sollten lieber zusehen, dass wir von diesem Pfad runterkommen. Sie und die anderen könnten jeden Moment zurückkehren.«

Während sie über das Kopfsteinpflaster vorwärts schlichen, fielen Violet die seltsamen Kreaturen auf, die rings um die aufwendig verzierten Fensterrahmen der Burg in den Stein gemeißelt waren und aussahen, als würden sie von dort oben nach Eindringlingen Ausschau halten: Wölfe mit menschlichen Körpern, Männer mit zwei Gesichtern und brüllende Löwen.

Das gewaltige Holztor vor ihnen war mit großen dunklen Eisennägeln gespickt. Über dem größten Schlüsselloch, das Violet jemals gesehen hatte, befand sich ein enormer schmiedeeiserner Türknauf. Oberhalb des Tores prangte ein steinernes Wappen, das eine Burg und zwei Männer mit Pfeil und Bogen zeigte. Links und rechts des Durch-

gangs hingen große, brennende Fackeln an der Wand. Ihr flackerndes Licht ließ finstere Silhouetten über das Gras tanzen.

»Ich weiß nicht, ob ich da reinwill«, stammelte Violet beklommen, als sie im Schatten des großen Tores standen. »Glaubst du, Schwester Powick lebt jetzt hier? Aber warum hat sie dann früher in dem kleinen Häuschen gewohnt, wenn diese Burg die ganze Zeit schon da war? Und was führt sie im Schilde, Boy? Es muss was wirklich Schlimmes sein – in der Nachricht hieß es, diesmal könnten wir nicht gewinnen …«

»Hör auf, Violet!« Boy packte sie an den Schultern. »Wir dürfen jetzt nicht die Nerven verlieren, nicht hier – wir müssen einen kühlen Kopf bewahren. Noch wissen wir nicht, was vor sich geht und inwieweit Schwester Powick da mit drinsteckt. Lass uns rausfinden, was hier los ist, dann können wir nach Hause zurück und uns alle zusammen einen Plan überlegen …«

Violet atmete tief durch. Boy hatte recht, sie musste ruhig bleiben. Was allerdings nicht so einfach war, wenn die gruselige Fratze eines Wasserspeiers vom Torbogen aus auf einen hinabstarrte.

Boy versuchte, das schwere Tor aufzustemmen. Sein Gesicht glühte vor Anstrengung, doch die massive Holztür rührte sich nicht vom Fleck.

»Es muss noch einen anderen Eingang geben«, flüsterte

Violet, die langsam ihre Fassung wiedergewann. »Ich war in den Ferien mal mit Mam und Dad in einer Burg. Da gab es haufenweise Türen, die hineinführten.«

Zügig verließen sie den Pfad und liefen über das Gras um die Burg herum. An der nächsten Mauer erhellten fünf brennende Fackeln die Nacht, doch sie achteten darauf, außerhalb der Lichtkegel im Dunkeln zu bleiben. Unterwegs entdeckten sie zwei kleinere Holztüren, die aber beide verschlossen waren.

Mit einem kleinen Vorsprung bog Boy um den Fuß des nächsten Turmes und war gleich darauf wie vom Erdboden verschluckt.

»Violet. Hier drüben!«, zischte er.

Ein offenes Eisentor führte in den Turm. Violet blinzelte angestrengt in die Dunkelheit. Nur mit Mühe konnte sie Boy erkennen, der auf den Stufen einer steinernen Wendeltreppe auf sie wartete. Schnell huschte sie hinein und stieg hinter ihm die Treppe hinauf, wobei sie gehörig aus der Puste kam.

Ein seltsames Summen war zu hören, das mit jeder Stufe lauter wurde. Als sie sich der Turmspitze näherte, pfiff ihr ein scharfer Wind um die Nase und ließ sie frösteln. Eine Treppenumdrehung später trat sie ins Freie und erblickte die Sterne, die am Himmel funkelten. Die Nacht war endgültig hereingebrochen.

Der Wind zerrte an ihrer Kleidung. Eine Befestigungs-

mauer umschloss die Turmspitze und es dauerte einen Moment, bis sie Boys schattenhafte Gestalt erspähte, die an einer der Zinnen lehnte.

Er drehte sich zu ihr um.

»Ich weiß jetzt, warum in der Nachricht stand, dass wir Town diesmal nicht retten können.« Seine Stimme klang irgendwie wacklig und sein Gesicht war so bleich, als hätte er ein Gespenst gesehen.

»Was ist los?«

Er antwortete nicht, sondern zeigte bloß nach unten.

Violet schlang die Arme um den Oberkörper, um sich vor dem Wind zu schützen, und schob sich vorsichtig auf die Brüstung zu. Was meinte Boy? Das Summen war inzwischen unheimlich laut. Sie erreichte die Mauer und lugte durch einen Spalt zwischen den Zinnen.

Anfangs hatte ihr Gehirn Mühe zu begreifen, was sie da sah. Doch dann wurde ihr plötzlich ganz flau im Magen. Sie würgte, aber es kam nichts.

»Pst.« Boy geriet in Panik. »Sonst hören sie dich!«

Unter ihnen im Burghof standen unzählige Soldaten wie bei einer Truppenparade in Reih und Glied. Nur dass es keine gewöhnlichen Soldaten waren, sondern Zombies.

Kapitel 13

Gefangen

»Was … was ist da los?«, stammelte Violet, ohne den Blick vom Burghof abzuwenden.

»Ich weiß es nicht«, flüsterte Boy.

Die Zombies reihten sich von einem Ende des gepflasterten Innenhofs zum anderen wie ein Heer, das bereit war, in den Krieg zu ziehen. Bei dem Gedanken bekam Violet weiche Knie.

Flackernde Fackeln hüllten die grausigen Gesichter der Zombies in tiefe Schatten. Jede einzelne der Kreaturen stand vollkommen still, mit geschlossenen Augen und gesenktem Kopf. Sie alle waren in Richtung des großen Haupttores gewandt.

Die Ähnlichkeit zu Hugo war unübersehbar. Schwester

Powicks Handschrift zeigte sich in den groben Nähten und den Flicken aus Teddyfell, die ihre Körper überzogen. Ihre Kleider waren schmutzig und verschlissen, als wären sie frisch aus ihren Gräbern geholt worden. Die Haut war grünlich oder gelblich verfärbt und wies dunkelviolette Flecken auf. Einigen von ihnen fehlten Arme oder Beine, bei anderen standen die Knochen in einem unnatürlichen Winkel ab. Ein Monster hielt den Kopf so schief, wie es nur mit einem gebrochenen Genick möglich war.

Auch diese Zombies waren mit Außenskeletten aus Metall ausgestattet. Dicke Stäbe aus Stahl waren an ihren Wirbelsäulen und Gliedmaßen befestigt, mit Drähten, die tief in ihre Haut schnitten. Um den linken Fuß trug jede der Kreaturen einen breiten Metallring, der mit einer kurzen, kräftigen Kette im Boden verankert war.

Neben diesen Fußketten stand jeweils eine kleine schwarze Box. Von dort schlängelte sich ein rotes Kabel zur Mitte des Stahlstabs hoch, der an der Wirbelsäule der Kreaturen angebracht war. Das mussten die Batterien sein, mit denen die Zombies aufgeladen wurden.

Zittrig drehte Violet sich um, ließ sich zu Boden sinken und lehnte sich mit dem Rücken gegen die Befestigungsmauer. Boy folgte ihrem Beispiel. Eine Weile saßen sie Seite an Seite da und schwiegen benommen. Das Summen, das Violet schon beim Erklimmen der Wendeltreppe gehört hatte, schien sie nun vollständig zu umschließen.

»Was ist das für ein Geräusch?«, fragte sie.

»Die Batterien, nehme ich an«, antwortete Boy. »Ich schätze, die Zombies werden gerade geladen.«

»Für die Schlacht …« Die Worte waren aus ihrem Mund, bevor sie sie zurückhalten konnte.

Boy widersprach nicht, was es nur noch schlimmer machte.

Hugo war stark – sein stählernes Skelett verlieh ihm eine Kraft, die alles übertraf, was Violet je gesehen hatte. Was würde geschehen, wenn Hunderte Hugos in den Straßen von Town aufmarschierten? Boy hatte recht, vielleicht ergab die Nachricht nun wirklich einen Sinn – wenn Schwester Powick eine Art Zombie-Invasion plante, hatten sie dagegen nicht die geringste Chance. Diesmal nicht.

»Was hat Schwester Powick gegen Town? George und Edward kann ich ja noch irgendwie verstehen, zumindest ein bisschen. Sie hassen William, weil er Iris' Liebling war, deshalb wollten sie sich an ihm rächen.« Violet überlegte laut, um irgendwie Ordnung in ihre Gedanken zu bringen. »Aber Powick? Sie hat keinen Grund, uns oder Town was anzutun, oder? Eine derart große Armee aufzustellen, muss Jahre gedauert haben. Was bedeutet, dass sie diesen Plan schon eine Ewigkeit gehegt haben muss – aber warum?«

»Ich weiß es nicht, Violet.« Boy schüttelte ungläubig den Kopf. »Vielleicht braucht sie ja keinen Grund dafür. Was, wenn sie einfach vollkommen verrückt ist?«

»Das ergibt doch alles keinen Sinn! Es sei denn, sie macht es für Edward und George … oder vielleicht sogar für Tom? Aber so, wie sie Tom behandelt, scheint sie ihn nicht sonderlich zu mögen. Und in der Nachricht stand *die beiden* …«

Ein lauter Knall hallte von den Mauern wider. Hastig rappelten sich Boy und Violet auf und blickten zwischen den Zinnen nach unten. Schwester Powick, Tom, Hugo und die beiden Zombies von vorhin standen im Burghof, direkt vor dem großen Tor.

»Sie sind zurück«, wisperte Violet. »Wir müssen hier weg, und zwar schnell! Wir müssen Hilfe holen!«

»Leise!«, zischte Boy.

»Von hier oben können sie mich ja wohl kaum hören«, fauchte Violet.

Im nächsten Moment setzte Schwester Powick sich in Bewegung und eilte schnellen Schrittes durch die Zombiereihen nach hinten. Tom folgte ihr wie ein Schatten.

»Sie muss hier irgendwo sein! Bring sie mir!«, kreischte die Frau. Ihre schrille Stimme gellte durch den Burghof.

Boys Zwillingsbruder nickte matt.

»Wir haben so hart gearbeitet, um bis hierhin zu kommen. All die Jahre der Opfer und Entbehrungen! Ich lasse nicht zu, dass dieses verfluchte Gör alles kaputt macht! Er wartet schon viel zu lange!«

»Ich glaube, damit bin ich gemeint …« Violet zitterte.

»Aber wer ist *er*?«, fragte Boy. Seine dunklen Augen waren riesengroß. »Wer wartet schon viel zu lange?«

Violet schüttelte den Kopf. Sie brachte kein Wort heraus.

»Egal, du hattest jedenfalls recht. Wir müssen Hilfe holen, und zwar schnell!«, fuhr er fort. »Was auch immer hier vorgeht, die Nummer ist zu groß für uns! Los, laufen wir zurück zum Labyrinth – wenn wir es auf die andere Seite schaffen, ist es nicht mehr weit bis nach Town.«

Sie rannten zur Treppe, stürmten die Stufen hinab und flogen förmlich auf die Grasfläche vor der Burg hinaus.

Nervös schlichen sie den Weg zurück, den sie gekommen waren. Boy hatte bereits den ersten Turm umrundet und war außer Sicht, als hinter Violet ein Lachen ertönte.

Sie erstarrte.

»So ist es richtig, Schätzchen, gib lieber gleich auf! Wegrennen hat keinen Zweck«, kicherte eine Frauenstimme.

Violet drehte sich langsam um. Schwester Powicks hochgewachsene Gestalt ragte vor ihr auf. Die flackernden Schatten der Fackeln verliehen ihr etwas Hexenartiges.

»Das macht mir die Arbeit erheblich leichter«, gackerte sie. »Du solltest wirklich vorsichtiger sein und nicht ständig allein umherstreifen – hat dir niemand beigebracht, dass die Welt ein gefährlicher Ort ist? Meine Geschöpfe haben dich im Wald entdeckt, weißt du? Als du wie eine Ratte in der Falle saßt. Und dann haben die kleinen Schönheiten dort dich beobachtet.«

Violets Blick folgte Schwester Powicks ausgestrecktem Finger. Jetzt erst bemerkte sie die winzigen Augenpflanzen, die entlang der Metallmauer wuchsen. Ihr entfuhr ein Stöhnen – warum hatte sie nicht besser aufgepasst?

»Meine Zombies sind wie Hunde, musst du wissen. Nur dass sie sich sehr viel leichter dressieren lassen. Denn soll ich dir was verraten? Anders als Hunde können die Toten nicht selbstständig denken. Deshalb tun sie alles, was ich ihnen befehle!«

Violet verstand nicht gleich, worauf sie hinauswollte, doch dann traten zwei massige Zombies hinter Schwester Powick aus der Dunkelheit. Sie richteten ihre blutunterlaufenen Augen auf Violet, während Sabber von ihren aufgesprungenen Lippen troff.

»Schnappt sie euch!«, schrie die Krankenschwester.

Violet machte kehrt und rannte zum Ausgang. Sie musste irgendwie das Labyrinth erreichen, wo sie zumindest eine Chance hatte, sich zu verstecken. Sie hörte die dumpfen Schritte der Zombies, in die sich das mechanische Surren und Klicken der Metallskelette mischte, das jede ihrer Bewegungen begleitete. Eine Hand krallte nach ihrer Schulter ... sie duckte sich weg, doch das Monster bekam ihr Shirt zu fassen und riss sie zurück.

»Was hältst du von meinen verbesserten Geschöpfen?« Schwester Powick sah lächelnd zu, wie Violet sich in den Armen des Zombies wand. Sie strich mit den Fingern durch das schlammverkrustete Haar der Kreatur und zog einen verfilzten Knoten heraus.

»Hugo war mein erstes Experiment«, fuhr sie fort, »aber diese stattlichen Exemplare hier sind das neueste Modell – die nächste Generation, wenn du so willst. Jahrelange Arbeit macht sich nun mal bezahlt. Diese Geschöpfe sind schnell, wie du festgestellt haben dürftest, und verfügen über einen ausgeprägten Geruchssinn. Sobald sie eine Fährte aufnehmen, gibt es praktisch kein Entkommen mehr. Zudem lassen sie sich viel leichter steuern. Die idealen Waffen also. Es hat eine Weile gedauert, sie so weit zu bringen, aber man lernt schließlich nie aus. Stimmst du mir da zu?«

Violet schlug das Herz bis zum Hals. Sie versuchte verzweifelt, sich irgendwie aus der Umklammerung zu befreien.

»Lass gut sein, Liebes. Er ist so stark wie zehn Männer und du, Schätzchen, bist lediglich ein armseliges kleines Gör. Bring sie nach drinnen!«, befahl Schwester Powick. »In meinen Operationssaal. Nein, warte, ich muss erst einen OP-Tisch freiräumen. Bring sie in mein Zimmer – da kann sie keinen Ärger machen! Stellt euch nur mal die Gesichter der Leute vor, wenn ihre mickrige kleine Heldin als frisch gebackener Zombie in Town einmarschiert, mit dem Ziel, sie alle zu vernichten!«

Violets Mund öffnete sich zu einem stummen Schrei und

sie versuchte noch angestrengter, sich loszureißen, während der Zombie sich umdrehte und mit ihr schnurstracks auf die Burg zustapfte. Sie durchschritten den riesigen steinernen Torbogen und fanden sich kurz darauf im Burghof wieder.

Das Monster hielt Violet fest in seinen Armen, als wäre sie ein zappelndes Baby. Nun, da sie ihm so nah war, konnte sie die kleinen Wundkrater in seinem bläulichen Gesicht erkennen. Die hauchdünnen Blütenblätter der Augenpflanzen öffneten und schlossen sich wie Lider beim Blinzeln. Hatte Schwester Powick das auch mit ihr vor? Würde sie Violet in eines ihrer Ungeheuer verwandeln?

Violet kniff die Augen zu und versuchte, die scheußliche Vorstellung abzuschütteln. Sie schlug sie erst wieder auf, als sich um sie herum die Temperatur änderte.

Der Zombie hatte das Innere der Burg betreten. Er trug sie durch eine weitläufige Eingangshalle und stapfte eine aufwendig verzierte Holztreppe hinauf, die sich ins nächste Stockwerk hochschraubte. In dem langen, nur von Kerzenlicht erhellten Korridor vor ihnen standen vereinzelt Möbelstücke aus dunklem Holz – Beistelltische und Kommoden, deren Beine mit Schnitzereien von brüllenden Löwenköpfen oder Affenpfoten verziert waren. Dazwischen hingen große Schmuckteppiche an den Wänden, die bei genauerer Betrachtung ziemlich schmutzig erschienen. Kleine Löcher klafften in den eingewebten Kriegsszenen, in denen Männer in roten Armeejacken auf weißen Pferden in die Schlacht ritten.

Violet dachte an Boy. Wenn er entkommen war, konnte er vielleicht Hilfe holen, bevor … bevor …

Das Monster hielt vor einer massiven Holztür an, ging leicht in die Knie und stieß sie mit der Schulter auf. Es gab ein kurzes Knurren von sich, dann ließ es Violet los. Sie plumpste auf den kalten Steinfußboden und landete schmerzhaft auf der Seite. Der Zombie beförderte sie mit einem Fußtritt in den Raum hinein, dann schloss er die Tür und verriegelte sie von außen.

Kapitel 14

Dr. A. Archer

Das Zimmer war stockfinster.

Violet lag da und lauschte dem Hämmern ihres Herzens, während sich die schweren Schritte des Zombies durch den Korridor entfernten. Dann wurde es vollkommen still um sie herum.

Vorsichtig richtete sie sich in eine sitzende Position auf, wobei ein stechender Schmerz durch den Teil ihres Rückens fuhr, mit dem sie auf den Boden geknallt war.

Alle möglichen Gedanken spukten durch ihren Kopf, einer schrecklicher als der andere.

Was, wenn Schwester Powick sie wirklich in einen Zombie verwandelte und zwang, Town anzugreifen? Was, wenn Boy ebenfalls geschnappt worden war und in diesem Moment irgendwo in der Burg operiert wurde? Was, wenn sie ihre Eltern niemals wiedersehen würde?

Die Was-wenns überschlugen sich in ihrem Kopf, während sie sich in eine Ecke des kalten Raumes zurückzog und versuchte, sich so gut wie möglich gegen das abzuschirmen, was in der Dunkelheit lauern mochte.

Doch sie durfte ihrer Angst auf keinen Fall nachgeben, ermahnte sie sich, als ihr Körper zu zittern begann. Wenn sie eines aus ihren Begegnungen mit den Archer-Zwillingen gelernt hatte, dann, dass Angst einen dazu brachte, die dümmsten Dinge zu tun, wenn sie einmal die Oberhand gewann.

Sie musste zusehen, dass sie sich in den Griff bekam. Denn jetzt galt es, einen klaren Kopf zu bewahren und einen Weg hier raus zu finden.

Ihr rasender Herzschlag verlangsamte sich. Gleichzeitig gewöhnten sich ihre Augen an die Dunkelheit. Ein schmaler Lichtstreifen, der unter der Tür hindurchdrang, spendete gerade genug Helligkeit, dass sie mit etwas Mühe ihre Umgebung erkennen konnte.

Sie rappelte sich auf und tastete sich durch Schwester Powicks Zimmer zur Tür vor. Mit den Fingern fuhr sie über das Holz, bis sie auf einen dicken Eisenring stießen – das musste der Türgriff sein. Sie drehte ihn und spürte, wie unter ihrer Handfläche der Rost abblätterte. Doch ansonsten tat sich nichts.

Also machte Violet sich auf die Suche nach etwas, das ihr bei der Flucht helfen konnte.

Das Zimmer war groß und beinahe leer. Alles wirkte grau und farblos. In der dicken Außenmauer klaffte ein schmaler Schlitz, der wohl als Fenster diente und durch den eisige Luft hereinsickerte. Die Kälte machte den Raum noch ungemütlicher, als er ohnehin schon war.

Unterhalb des Fensters stand ein schmales stählernes Bettgestell an der Wand. Daneben befand sich ein alter Schreibtisch mitsamt Stuhl, der von aufeinandergestapelten Kartons umgeben war.

Auf dem Schreibtisch lag ein abgetragener Werkzeuggürtel aus Leder, ähnlich dem, den Mr Hatchet, der Metzger, meist um seine ausladende Körpermitte trug. Daran hingen diverse scharfe Instrumente aus rostfreiem Stahl.

Violet zog ein langes, dünnes Werkzeug, das ein wenig an eine Stricknadel erinnerte, aus dem Gürtel und ging damit zurück zur Tür. Sie hatte Boy und Jack oft genug beim Knacken von Schlössern zugesehen, da sollte sie das ja wohl auch selbst hinbekommen. Sie stocherte mit der Nadel im Schlüsselloch herum, während sie mit der anderen am Türgriff zog. Nichts geschah.

Schließlich schleuderte sie die Nadel frustriert von sich. Das Instrument fiel klappernd zu Boden. Es hatte keinen Sinn, sie war eingesperrt. Ohne Hilfe würde sie es niemals nach draußen schaffen.

Ihre Brust schnürte sich zusammen und sie bekam kaum noch Luft. Sie brauchte etwas, das ihr Hoffnung gab. Die Kartons! Vielleicht entdeckte sie darin ja etwas, das sie weiterbrachte.

Hastig kniete sie sich vor einen Stapel eingedellter Pappboxen und öffnete die erstbeste. Ihre Finger ertasteten weiches Fell und als sie danach griff, förderte sie einen violetten Teddy mit einem Kopfverband zutage. Violet besaß schon seit Jahren keine Plüschtiere mehr – für so was war sie zu alt, fand sie. Nun jedoch presste sie den Teddy dankbar an sich. Dann machte sie sich über die weiteren Kartons her.

Der nächste war voller Bücher. In einigen ging es ums Nähen und Stricken, andere befassten sich mit Operationen und der große Rest drehte sich um Märchen, Mythen und Legenden.

Tief unter den Büchern vergraben steckte ein kleines braunes Kästchen mit einem eingravierten Herz. Violet zog es heraus und öffnete es. Darin befand sich ein ordentlicher Packen Briefe, der von einer braunen Schnur zusammengehalten wurde.

Ohne den violetten Teddy loszulassen, zog Violet einen der Umschläge aus dem Stapel. Er war vergilbt und abgegriffen und schien uralt zu sein. In zierlich verschnörkelten Buchstaben stand eine Adresse darauf: *Schwester Powick, Büro von Dr. Spinners, Hegel-Universität.*

Violet schnappte nach Luft. Das war doch die Universität, von der die vermissten Wissenschaftler stammten. War Schwester Powick etwa auch dort gewesen? Hatte sie etwas mit ihrem Verschwinden zu tun?

Nervös faltete Violet den Brief auf, während sie mit einem Auge den Spalt unter der Tür im Blick behielt, um rechtzeitig gewarnt zu sein, falls sich jemand näherte.

Liebe Priscilla,

ich fühle mich geschmeichelt, dass Du meiner Arbeit solche Bewunderung entgegenbringst. Es wird zunehmend schwieriger, meine Kollegen dazu zu bewegen, mich anzuhören. Ich glaube, der Bereich der Lebensforschung jagt ihnen Angst ein und niemandem mehr als Deinem Vorgesetzten, meinem einst geschätzten Freund Dr. Spinners.

Ich danke Dir für Dein Bemühen, meine Karriere voranzutreiben. Ich weiß Deine Arbeit sehr zu schätzen und verspreche, dass Dr. Spinners nichts davon erfahren wird. Das bleibt unser Geheimnis.

Darüber hinaus möchte ich Dir für die Unterlagen über gespaltene Seelen danken, die Du mir in Hinblick auf meinen Sohn William geschickt hast.

Du hast durchaus recht, seit seiner Geburt scheint mich das Glück verlassen zu haben. Ich begebe mich nicht oft in das Reich der Mythen und Sagen, aber ich bin für alle Denkanstöße offen und ein Teil Deiner Recherchen liefert interessante Ansätze.

Ich freue mich auf unsere Diskussionen und Dein mir stets freundlich zugewandtes Ohr. Die Art, wie meine Arbeit mittlerweile wahrgenommen

wird, selbst in meiner eigenen Familie, erfüllt mich mit wachsendem Verdruss, doch Deine Briefe spenden mir ein wenig Trost.

Mit dankbaren Grüßen

Dr. A. Archer

Violet lief ein Schauer über den Rücken. In dem Schreiben war von einem Sohn namens William die Rede – konnte damit William Archer, Boys Dad, gemeint sein? Bedeutete das, dass der Verfasser dieses Briefes an Schwester Powick Boys Großvater war? Und noch dazu war von gespaltenen Seelen die Rede. War ihr dieses Thema nicht auch schon mal begegnet?

Sie zog einen weiteren Brief aus dem Packen. Auch dieser war an Schwester Powick adressiert.

Liebe Priscilla,

sie versuchen, mir die Approbation zu entziehen. Meine Arbeit sei das Werk eines Verrückten, behaupten sie, und deswegen dürfe ich nicht länger als Arzt tätig sein! Alle meine Freunde und Kollegen haben sich gegen mich gewandt.

Danke für Deine neuerlichen lieben Worte – sie sind das Einzige, was mich noch bei Verstand hält. Wie Du sagst: Die GRÖSSTEN DENKER werden oft am meisten verlacht, aber eines Tages werden sie meine wahre Größe erkennen. Dennoch ist es schwierig, inmitten all dieser Anfeindungen nicht die Zuversicht zu verlieren.

Dr. Spinners macht mir das Leben besonders schwer. Lass mich noch

einmal betonen, wie wichtig mir Deine Arbeit ist und dass ich Deine Warnungen absolut ernst nehme. Das hier bleibt ganz und gar unter uns.

Zu Hause sorgt William mehr und mehr für Probleme. Mit diesem Kind stimmt irgendetwas nicht. Vielleicht hast Du in Bezug auf ihn recht, meine liebe Freundin.

Arnold

Violets Hand zitterte. Die Schrift war in beiden Briefen die gleiche, nur dass einer mit Dr. A. Archer unterschrieben war und der andere mit Arnold.

Arnold Archer. Den Namen hatte sie schon mal gehört!

Edward Archer hatte Arnold erst vor ein paar Monaten bei seiner Ansprache auf der Treppe vor dem Rathaus erwähnt. Er hatte gesagt, Arnold sei sein Vater, und behauptet, William hätte als Kind versucht, Arnold mit einem Schnürsenkel zu erwürgen. Sie wusste doch, dass ihr die Sache mit der gespaltenen Seele bekannt vorkam! Edward war in diesem Zusammenhang auch darauf zu sprechen gekommen – ihm zufolge waren Williams verschiedenfarbige Augen ein Hinweis darauf, dass er eine gespaltene Seele und damit verflucht und bösartig sei. Damals hatte Violet Edward nicht geglaubt. Außerdem hatte Iris versichert, dass nichts davon stimmte, und seither hatte die alte Dame kein Wort mehr darüber verloren.

Doch nun waren da diese Briefe von Arnold an Schwester Powick. Briefe, in denen stand, dass mit William etwas nicht stimmte, und in denen von einer gespaltenen Seele die Rede war. Violet hatte die ganze Zeit nach einem Grund gesucht, weshalb Schwester Powick tat, was auch immer sie vorhatte. Vielleicht war es das? Aber wie passte das alles zusammen?

Violet zerbrach sich schier den Kopf, um irgendeine logische Verbindung zwischen dem, was sie über die Familiengeschichte der Archers wusste, und dem Inhalt dieser Briefe herzustellen.

Plötzlich ertönte ein dumpfes Klopfen an der Tür. Hastig stopfte Violet die Briefe in ihre Tasche und warf alles andere zurück in den Karton. Dann stand sie auf und huschte zurück in ihre Ecke. Im nächsten Moment schwang die Tür auf. Draußen war niemand zu sehen. Vorsichtig durchquerte Violet den Raum und lugte hinaus.

»Schnell, komm mit!«, drängte eine Stimme.

Ein Stück den Gang hinab stand jemand mit dem Rücken zu ihr und wartete.

»Boy!«, japste sie. Vor Erleichterung bekam sie weiche Knie. »Wie hast du mich gefunden?«

»Hier entlang! Los!«, flüsterte er, ohne ihre Frage zu beantworten, und rannte los.

Violet sprintete hinter ihm her durch den Korridor. Boy schien sich erstaunlich gut auszukennen, denn er schlüpfte hinter einen der Wandteppiche und eilte eine verborgene Wendeltreppe hinab, die in einen weiteren Korridor im

Erdgeschoss führte. Als sie an einem Fenster vorbeiliefen, erspähte Violet das reglose Zombieheer im Burghof.

Plötzlich knallte ganz in der Nähe eine Tür. Violet zuckte erschrocken zusammen.

»Was soll der Lärm?«, donnerte eine tiefe Stimme.

Bevor Violet einen klaren Gedanken fassen konnte, war Boy bei ihr und stieß sie wortlos in ein dunkles Zimmer. Staub kitzelte ihr in der Nase und sie unterdrückte ein Niesen.

Ihr Freund blieb draußen im Flur. Was hatte er vor? Behutsam öffnete sie die Tür einen winzigen Spalt und linste hinaus.

»Hab ich dir nicht oft genug gesagt, hier drinnen wird nicht gerannt?«, brüllte ein Mann.

Eine kleine, stämmige Gestalt stapfte mit einer großen Kerze in der Hand auf ihren Freund zu. Violet wurde schlecht. Edward Archer? Aber wie war das möglich? Wie war er aus seiner Zelle im Rathaus entkommen?

Als der Mann näher kam, bemerkte sie die tiefen Furchen, die sein Gesicht durchzogen. Sein strähniges weißes Haar war fein säuberlich über seine Halbglatze gekämmt, als wollte er die kahle Stelle auf diese Weise verstecken. Es war nicht Edward, sondern jemand, der ihm außerordentlich ähnlich sah. Nur deutlich älter.

»Entschuldigung, Sir«, murmelte Boy mit zitternden Händen. »Ich war in Eile. Ich wollte nach den Truppen se-

hen. Die müssten jetzt fast vollständig geladen sein. Es war nicht meine Absicht, dich zu stören!«

»Aber du *hast* mich gestört, Junge. Absicht hin oder her!«

»Ich weiß, Sir. Tut mir leid, Sir. Es kommt nicht wieder vor.«

Violet musterte den Jungen, der ihr geholfen hatte, genauer. Er stand mit hängenden Schultern und gesenktem Kopf im Flur. Sie konnte seine Augen nicht sehen, aber die Haltung erkannte sie sofort. Auf einmal begriff sie – das war nicht Boy, es war Tom!

»Das will ich doch meinen! Komm mit, ich brauche jemanden, an dem ich meinen Tod-Bezwinger ausprobieren kann. Hab die ganze Nacht daran rumgeschraubt. Jetzt schnurrt er wie ein Kätzchen!«

»Aber ich …« Tom scharrte unbehaglich mit den Füßen.

»Du wagst es, dich zu widersetzen, Junge? Mitkommen!«, befahl der Mann und stürmte auf ihn zu.

Boys Zwillingsbruder zog den Kopf ein. Bei seinem Anblick musste Violet an einen geprügelten Hund denken, den sie als Kind einmal gesehen hatte.

Der Fremde polterte an ihr vorbei.

»Lauf nach Hause – durch das Labyrinth geht es geradewegs zurück zum Tunnel. Evakuiert Town noch heute Nacht! Es passiert übermorgen«, flüsterte Tom hastig ins Nichts, bevor er dem Mann folgte.

Violet blieb atemlos und völlig perplex zurück. Wer war dieser Mann? Was war der Tod-Bezwinger und wieso versuchte Tom schon wieder, ihr zu helfen? Wenigstens war sie sich jetzt absolut sicher, dass *er* ihr die Nachricht hinterlassen hatte.

Aber was würde übermorgen geschehen? Violet musste aus der Burg verschwinden, Boy finden und schnellstmöglich nach Hause zurückkehren. Egal, was es war, Town und seine Bewohner schwebten in Gefahr!

Kapitel 15

Arnold

Während Violet in ihrem Versteck wartete, bis die Luft rein war, flammte hinter ihr auf einmal ein grünes Licht auf. Sie drehte sich um und als sie erkannte, wo es herkam, stockte ihr der Atem.

Die Wände des Raums waren mit kleinen Monitoren übersät. Es waren die gleichen wie die, die in Powicks Stall gehangen hatten, nur um ein Vielfaches mehr. An jedem klebte oben links in der Ecke eine Zahl. Die meisten waren dunkel, doch fünf von ihnen – die, von denen das grüne Licht kam – zeigten körnige Schwarz-Weiß-Aufnahmen.

Dies musste der Kontrollraum sein, von dem aus Schwester Powick alles überwachen konnte, was ihre Zombies sahen.

Violet betrachtete den Bildschirm, der ihr am nächsten war. Es war ein seltsamer Gedanke, dass sie gerade durch die Augen einer der Kreaturen blickte. Dieser Zombie schien sich im Labyrinth zu befinden, denn links und rechts zogen hohe Bäume an ihm vorbei. Sie suchte auf den angeschalteten Bildschirmen nach Boy, entdeckte ihn zu ihrer Erleichterung jedoch nirgends. Vielleicht war er ja entkommen?

Sie huschte aus dem Raum und schlich den Korridor entlang, bis sie auf eine Tür stieß, die in den Burghof führte. Vorsichtig öffnete sie sie und lugte durch den Spalt.

Ein Summen wie von tausend Bienen hing in der Luft, das von den Ladestationen der Zombies stammte. Weit und breit war keine Menschenseele zu sehen.

Auf leisen Sohlen stahl Violet sich nach draußen in den Hof. Es war kalt und bei jedem Atemzug stieß sie kleine Wölkchen aus.

Das Summen der Batterien drang durch ihre Haut bis auf die Knochen und zerrte an ihren Nerven, als sie sich an dem Heer der Toten vorbeischlängelte und zum Haupttor der Burg lief.

Plötzlich landete eine Hand auf ihrer Schulter und zog sie in den Schatten der Mauer.

»Ich bin's nur!«, flüsterte Boy eindringlich, während sie nach Luft rang. »Nicht schreien!«

Sie fuhr herum und musterte ihren Freund mit einem messerscharfen Blick. Seine Augen waren schwarz wie die Nacht. Diesmal war er es wirklich.

»Wie hast du es geschafft, Schwester Powick zu entwischen?«, fragte er. »Der zweite Zombie ist mir nachgelaufen. Er war schnell, viel schneller als Hugo. Ich hatte echt Mühe, ihn abzuhängen, und als es mir endlich gelungen ist, konnte ich dich nirgends finden.«

»Tom … Tom hat mich gerettet«, keuchte sie, immer noch außer Atem.

»Tom? Bist du sicher?«

»Ja.« Sie nickte. »Ein Zombie hat mich in Powicks Zimmer eingesperrt – sie sagte, sie würde mich in eine von ihren Kreaturen verwandeln! Tom hat mich rausgeholt … Gut, ich dachte erst, du wärst es, aber dann kam dieser Mann und hat ihn angeschrien und …«

»Langsam, Violet. Erzähl mir haargenau, was passiert ist.«

Violet brachte ihren Freund auf den neuesten Stand – sie berichtete ihm von Schwester Powicks Zimmer, der Rettung durch Tom, dem Kontrollraum und dem seltsamen Mann im Flur.

»Wer war das?«, wollte Boy wissen.

»Keine Ahnung. Er sah aus wie Edward. Im ersten Moment dachte ich sogar, er wäre es, aber dann kam er näher. Er war alt, mindestens so alt wie Iris! Tom hatte Angst vor

ihm. Trotzdem ist er mit dem Mann mitgegangen, um ihm mit seinem … Tod-Bezwinger zu helfen.«

Boy schüttelte den Kopf. »Aber warum sollte Tom dich retten? Ich kapier das nicht!«

»Weil er ein guter Mensch ist, Boy! Er will niemandem wehtun, das merkt man. Wenn du mich fragst, zwingt Schwester Powick ihn dazu, so wie deine Mam vermutet hat! Er hat die Nachricht an meinem Fahrrad hinterlassen, da bin ich mir sicher. Und vorhin hat er mich noch mal gewarnt. Er meinte, wir sollen alle noch heute Nacht aus Town verschwinden. Weil *es* übermorgen passiert – was auch immer es ist!«, beharrte Violet. »Und außerdem hab ich die hier gefunden …«

Sie zog die Briefe aus der Tasche und gab sie Boy. Während er die Schreiben hastig überflog, blickte Violet sich nervös um.

»Arnold Archer?« Verwirrt sah er auf.

»Dein Großvater!«, flüsterte Violet.

»Ich hab noch nie von ihm gehört«, entgegnete Boy. »Man sollte doch wohl annehmen, dass mir jemand von meinem eigenen Großvater erzählt hätte!«

»Ich kenne seinen Namen auch nur, weil Edward ihn damals auf der Rathaustreppe erwähnt hat, als Tom so getan hat, als wäre er du. Du weißt schon, als du in dem Wohnwagen im Draußen eingesperrt warst …«

»Natürlich weiß ich das noch, Violet! Warum musst du

mich immer wieder daran erinnern?«, erwiderte Boy gereizt.

»Begreifst du es denn nicht?«, fuhr sie aufgeregt fort. »Mir war nicht klar, was Schwester Powick mit alldem zu tun hat, bis ich diese Briefe gefunden habe. Arnold Archer muss irgendwie dahinterstecken!«

»Glaubst du, er war der Mann im Flur?«, fragte Boy.

»Oh … hm, vielleicht, könnte sein. Ich meine, er sah echt genau wie Edward aus, aber … ähem …« Violet stockte und errötete. »Edward sagte, er … ähm … Na, ist ja auch egal, Boy. Wir sollten hier verschwinden, bevor uns jemand entdeckt!«

»Edward sagte was?«, hakte Boy nach.

»Hör zu, Iris meinte, Edward hätte das alles erfunden und nichts davon wäre wahr. Ich hab ihm nicht geglaubt, Boy. Und sonst wahrscheinlich auch keiner, jedenfalls nicht so richtig«, nuschelte Violet. Sie spürte, wie die Röte auf ihren Wangen immer kräftiger wurde. »Er wollte die Leute doch bloß davon überzeugen, dass er ein netter Kerl ist und alles besser war, als Town noch Perfect hieß. Er wollte, dass die Stadt sich gegen William wendet, sodass George und er wieder das Kommando übernehmen können. Das ist alles, Boy. Niemand hat darauf geachtet, was er gesagt hat, nicht wirklich …«

»Violet! *Was* hat Edward gesagt? Jetzt spuck's endlich aus!«

»Ähem … er sagte … er sagte, William hätte Arnold getötet, als er ein kleiner Junge war«, platzte sie heraus.

»Was?! Er hat behauptet, mein Dad hätte seinen eigenen Vater umgebracht?« Boy war außer sich vor Wut. »Warum hast du mir das nicht früher erzählt?«

»Weil es mir nicht wichtig erschien. Das waren doch alles bloß Lügen, Boy! Das hat jedenfalls Iris gesagt. Edward hat nur versucht, Town gegen William aufzubringen! Deswegen hat er auch den ganzen Unsinn mit den gespaltenen Seelen erzählt!«

»Davon hat Tom damals auch geredet, als er mich entführt hat«, überlegte Boy laut. Er hielt einen Moment inne, bevor er fragte: »Wenn Iris sagt, dass Edwards Geschichte nicht stimmt, hat sie dann auch erwähnt, wo Arnold jetzt ist?«

»I…ich glaube nicht«, stammelte Violet.

Boy öffnete den Mund, um etwas zu erwidern, als plötzlich ein Ruck durch den Zombie vor ihnen ging. Die beiden zuckten erschrocken zusammen. Die Batterie neben seinem Fuß zeigte an, dass er zu neunzig Prozent geladen war.

»Lass uns verschwinden. Wir müssen Hilfe holen!«, drängte Violet. »Die Zombies sind fast vollständig aufgeladen. Was auch immer Schwester Powick vorhat, wird übermorgen passieren. An deinem Geburtstag, Boy! Uns bleibt so gut wie keine Zeit mehr.«

Neben ihnen regte sich ein weiterer Zombie. Sein Arm schlug aus und traf Violet. Nach und nach erwachten auch die anderen Kreaturen ruckelnd und zuckend aus ihrem Schlaf, als würde jemand ihre Reflexe testen. Tiefes, beinahe schmerzerfülltes Ächzen und Stöhnen drang aus ihren Kehlen, während sie sich langsam aufrichteten. Eines der Monster drehte den Kopf und glotzte sie direkt an. In seiner Wange klaffte ein Loch, durch das Violet seine malmenden Zähne sehen konnte. Es stieß ein leises Grollen aus.

»Sie sind wach!«, flüsterte sie, vor Angst wie gelähmt. »Wir müssen hier weg, sofort. Los, zum Haupttor!«

Violet zitterte am ganzen Körper, als sie dicht an der Mauer entlang zum Ausgang schlichen. Im ganzen Innenhof begannen Hunderte von Zombies mit den Füßen zu stampfen und mit den Armen zu rudern. Sie zerrten an den Fesseln, mit denen sie im Boden verankert waren.

»Ohne Schlüssel kommt ihr da nicht raus!«, zischte jemand, als sie an einem vergitterten Fenster vorbeikamen.

»Hast du was gesagt?«, flüsterte Violet und blickte sich zu Boy um.

Ein knochiger Arm schob sich durch die schwarzen Gitterstäbe und zeigte mit einem langen, dünnen Finger auf eine Tür hinter ihnen.

»Das ist der Arbeitsraum der Schwester. Dort drin müssen irgendwo die Schlüssel hängen, ganz sicher! So ein gro-

ßer Ring mit mehreren Schlüsseln dran – ihr könnt ihn gar nicht übersehen«, krächzte die Stimme. »Falls ihr ihn findet, Kinder, wärt ihr so gut, uns rauszulassen, bevor ihr geht?«

»Wer sind Sie?«, fragte Violet neugierig.

Hinter dem Gitter erschien das gespenstische Gesicht eines alten Mannes. Seine Augen lagen tief in den Höhlen, die Wangen wirkten schlaff und eingesunken, was durch das flackernde Licht der Fackel neben seinem Zellenfenster noch verstärkt wurde.

»Ich bin Dr. Joseph Bohr«, antwortete er.

»Sie sind einer von den verschwundenen Wissenschaftlern?«, hauchte Violet. »Ihr Gehstock! Den hab ich in dem Haus gefunden. Ich wusste doch, dass da eine Verbindung besteht. Und dass Tom irgendwas damit zu tun hat!«

Sie warf Boy einen Blick zu.

»Ach ja, mein Stock. Ich hatte mich schon gefragt, wo der wohl ist. Ich muss ihn verloren haben, als diese Grobiane mich verschleppt haben, diese …«

»Dafür haben wir jetzt keine Zeit.« Boy zog Violet zu der Tür, auf die der alte Mann gezeigt hatte. »Wir kommen zurück und holen Sie da raus, versprochen«, flüsterte er.

Die Tür war unverschlossen. Boy drehte den eisernen Knauf und lugte hinein.

»Ich halte am Eingang Wache, während du nach dem Schlüssel suchst«, wisperte Violet.

Der Raum war dunkel und eisig kalt. Als das Licht aus dem Burghof hineinfiel, konnte Violet vier OP-Tische ausmachen.

Einer davon war leer, auf den restlichen drei lagen verwesende Körper, die denen der Zombies im Burghof ähnelten. Sie hatten noch kein stählernes Außenskelett erhalten, wodurch sie deutlich menschlicher wirkten. Violet unterdrückte mühsam einen Würgereiz.

»Hast du die Schlüssel gefunden, Boy?«, flüsterte sie. Sie konnte es kaum erwarten, hier endlich wegzukommen.

»Noch nicht, es ist schwer, was zu erkennen«, erwiderte seine Stimme irgendwo aus der Dunkelheit.

Plötzlich gellte ein schriller Schrei durch die Nacht. Violet zuckte zusammen und spähte vorsichtig hinter dem Türrahmen hervor. Sie erblickte Schwester Powick am anderen Ende des Burghofs, die schnurstracks auf sie zueilte. Schnell schloss Violet die Tür.

»Ich glaub, sie kommt hierher!«

»Versteck dich!« Boy klang panisch.

Im Dunkeln kämpfte er sich zur Rückseite des Raums vor, wobei er mehrfach an die Tische stieß. Violet folgte seinen Geräuschen zu einem frei stehenden, ziemlich windschiefen Schrank.

»Rein da«, stammelte er und riss eine der hohen Türen auf.

Hastig zwängte sie sich hinter ihm hinein. Die beiden

schafften es gerade noch, die Tür zuzuziehen, bevor die Krankenschwester hereinstürmte.

»Tom, Tom!«, schrie Priscilla Powick.

Neonröhren flackerten, einmal, zweimal und erwachten dann gleißend zum Leben. Sie tauchten den gesamten gruseligen Raum in ihr kaltes Licht. Dies schien der einzige Ort in der gesamten Burg zu sein, an dem es Elektrizität gab. Oder jedenfalls der einzige, den Violet gesehen hatte – überall sonst brannten Kerzen oder Fackeln. Sie linste durch einen winzigen Spalt zwischen den Schranktüren, bemüht, bloß keinen Mucks zu machen.

»Tom, komm sofort her!«, donnerte Schwester Powick wütend.

Eine stämmige Silhouette verdunkelte die Türöffnung.

»Oh, Arnold …« Powicks Stimme nahm einen völlig anderen Tonfall an. Sie klang jetzt beinahe unterwürfig.

Violets Herz hämmerte wie wild. Es war der Mann, den sie im Flur gesehen hatte.

»Schluss mit dem Gekreische! Bei dem Lärm kann ich mich nicht konzentrieren. Hier geht es zu wie im Irrenhaus: dein Geschrei, dazu die Biester, die da draußen herumstampfen! Kannst du sie nicht irgendwie ruhig stellen?!«

»Oh, entschuldige, ich wusste nicht, dass du wach bist, Arnie«, säuselte Schwester Powick einschmeichelnd. »Dein genialer Geist braucht Ruhe.«

So hatte Violet die Krankenschwester noch nie erlebt.

Die tiefen Zornesfalten, die normalerweise ihre Augen umrandeten und ihre Stirn zerfurchten, waren so gut wie verschwunden. Genau wie ihr mürrischer Gesichtsausdruck.

»Ruhe? Ruhe! Wie kann ich mich ausruhen, wenn ich an der Schwelle zu wahrhaftiger Größe stehe?«

»Aber es ist alles fertig, Arnold, mach dich nicht verrückt. Das Heer ist weitestgehend gerüstet und abmarschbereit. Morgen nehmen wir Town ein und legen den Grundstein für deinen heroischen Auftritt am Montagmorgen, der dich zur lebenden Legende machen wird!«

Violet griff nach Boys Arm und drückte zu, als ihr aufging, was sie da gerade gehört hatte. Morgen? Sie hatten vor, Town morgen schon anzugreifen? Aber warum hatte Tom dann behauptet, sie hätten noch Zeit bis übermorgen?

»Hetz mich nicht, Priscilla! Immerzu drängelst du.«

»Aber … du weißt doch, wie kostbar jedes bisschen Zeit ist, Arnold.« In Schwester Powicks sanfte Stimme hatte sich ein dringlicher Unterton geschlichen. »Dieser Augenblick kommt nicht wieder. Es muss *jetzt* geschehen, wenn Tom vom Jungen zum Mann wird. Die ganze Welt soll Zeuge deines Genies werden!«

»Das wird sie auch, Prissy, aber ich lasse mich nicht hetzen. Der Tod-Bezwinger ist noch nicht ganz da, wo ich ihn haben will. Wenn der große Moment gekommen ist, muss die Wissenschaft dahinter über jeden Zweifel erhaben sein. Meine Maschine wird genauestens unter die Lupe genommen werden! Ich will mich nicht blamieren, nicht noch einmal!«

»Aber der Geburtstag der Zwillinge …«, beharrte Schwester Powick. »Das Elixier des Lebens kann nur an ihrem dreizehnten Geburtstag hergestellt werden. Einen anderen Weg gibt es nicht, sonst wird der Fluch … Dies ist unsere göttliche Bestimmung! Darauf haben wir all die Jahre hingearbeitet. Wir haben alles dafür aufgegeben. Willst du dir denn nicht holen, was dir zusteht, Arnold?«

»Eli-was?«, wisperte Violet.

Boy schüttelte vehement den Kopf und bedeutete ihr, still zu sein.

Arnold Archer ballte die Hände zu erbitterten Fäusten. Schwester Powick ging auf ihn zu und sprach mit noch sanfterer Stimme. Gleichzeitig nahm sie eine leicht gebückte Haltung ein. Sie war größer als er und schien sich dessen nur allzu bewusst zu sein.

»Du bist nur nervös. Das ist ganz normal. Viele große Geister, die kurz vor ihrem Durchbruch stehen, bekommen es im letzten Moment mit der Angst zu tun. Und einen größeren Geist als deinen gibt es nicht, Arnie. Mächte jenseits unserer Welt haben sich vereint, um dir diesen Moment zu schenken. Eine perfekte Konstellation. Der Fluch, gepaart mit deinem Tod-Bezwinger, wird es dir ermöglichen, Spinners und anschließend unser Heer ins Leben zurückzuholen. Damit sicherst du dir einen Platz in den Geschichtsbüchern: der erste Wissenschaftler, der den Tod besiegt! All diese Ungläubigen, diese Spötter werden zusehen und weinen. Sie werden vor uns im Staub kriechen und uns um Gnade anflehen, wenn sie erkennen, was wir erschaffen haben. Deswegen habe ich dir mein Leben und meine Arbeit gewidmet! Ich bin deine ergebene Schülerin!«

»Du hast natürlich recht, Prissy«, murmelte er. »Alles läuft wie gewünscht. Ich bin einfach nur angespannt. Ich weiß, wir sind den Plan oft genug durchgegangen. Du befreist morgen meine Idiotensöhne George und Edward, dann besetzt ihr Town mit Unterstützung der Hüter und bereitet alles für den großen Tag vor. Daraufhin marschiere ich mit unserem glorreichen Heer ein und biete allen ein Schauspiel, das sie nie vergessen werden! Mithilfe deines Elixiers wecke ich Dr. Spinners von den Toten – der Schwachkopf, der sich von allen am meisten über mich lustig gemacht hat, wird von seinem ›geisteskranken‹ Freund ins Leben zurückgeholt! Und das alles wird live ausgestrahlt, sodass die ganze Welt Zeuge meiner Großtaten wird! Ich sehe die Gesichter der Zweifler schon vor mir. Sie hielten es für unmöglich, sie verhöhnten mich, als ich ihnen meine Erfindung in den geheiligten Hallen der Hegel-Universität enthüllt habe. Tja, diesen rückgratlosen Möchtegern-Wissenschaftlern werde ich es zeigen! Sie werden den Tag noch bereuen, an dem sie mich ausgelacht haben.

Denk dran, Priscilla, du musst unbedingt dafür sorgen, dass dich niemand sieht – die Menschen sind nicht bereit, etwas anzunehmen, was sie nicht verstehen. Es muss den Anschein haben, als hätte meine wissenschaftliche Arbeit allein den Tod überwunden!«

»Und das Heer, vergiss nicht, meine Geschöpfe auch ins Leben zurückzuholen!«, drängte Schwester Powick sachte.

Arnold ging zu einer der Kreaturen auf den Stahltischen. Er hob ihren Arm an und ließ ihn fallen, der Körperteil knallte steif und ungebremst zurück auf die kalte Metalloberfläche. Dann umfasste er ihren Kopf mit beiden Händen und drehte ihn grob nach links und rechts.

»Transmitter und Kontrollchip fehlen?«

»Ja, die ist noch ganz frisch«, antwortete Schwester Powick. Mit einem Kopfnicken deutete sie auf die Stahlstäbe am Boden. »Doch das dauert nicht lange. Ich bringe das Außenskelett und den Chip an, flicke die schlimmsten Löcher und lade sie auf, dann kann sie sich zu den anderen gesellen. Aber denk doch nur, Arnold, wenn diese Geschöpfe erst mal eigenständig denken können, brauchen sie das alles nicht mehr. Kein Außenskelett, keinen Chip. Sie werden wieder ganz lebendig sein. Wir sind ihre Schöpfer und sie werden für immer in unserer Schuld stehen. Mit diesem Heer im Rücken können wir alles erreichen.«

Wieder hob Arnold den Arm der Kreatur hoch. Diesmal fuchtelte er damit in der Luft herum und gab übertriebene

Zombiegeräusche von sich. »Dann lacht niemand mehr über mich.«

»Selbstverständlich nicht, Arnold. Ich habe dein Genie von Anfang an gesehen. Als die anderen, selbst Iris, sich von dir losgesagt haben, war *ich* an deiner Seite. Und das Universum hat deine Begabung ebenfalls erkannt, sonst hätte es dir diese außerordentlich seltene Gelegenheit niemals geschenkt. Gemeinsam stehen wir das durch. Wahre Größe zeigt sich erst im Angesicht schwierigster Herausforderungen. Was einst deine Schwäche war, wird schon bald deine Stärke sein!«

»So ist es, Priscilla … natürlich. Ich bin ein Genie!« Arnold lächelte.

Schwester Powick seufzte, als wäre ihr ein Stein vom Herzen gefallen. »Deine Maschine ist also einsatzbereit? Wir müssen sie für deinen großen Auftritt in Stellung bringen, Arnold.«

»Ja, wie geplant. Kurz vor Sonnenaufgang.« Er nickte. »Ist von deiner Seite aus auch alles so weit? Wissen die Hüter, wie sie die Kreaturen steuern können, wenn wir einmarschieren? Ich will nicht, dass irgendwelche Zombies aus der Reihe tanzen und wer weiß was anrichten! Sind meine Söhne eingeweiht? Und der Junge macht doch keine Schwierigkeiten, oder? Er erscheint mir ein wenig aufmüpfig in letzter Zeit. Ich habe manchmal so meine Zweifel …«

»Zweifel?« Schwester Powick schluckte.

»… ob du den richtigen Zwilling erwischt hast … Sein Verhalten entspricht nicht ganz dem, was ich erwartet hatte. Manchmal glaube ich, er ist ein Schwächling.«

Die Krankenschwester wandte den Blick ab und hielt einen Moment inne, bevor sie antwortete.

»Alles ist vorbereitet«, verkündete sie. »Vertrau mir. Tom wird seine Bestimmung schon erfüllen – er wird tun, was man ihm sagt. Die Hüter sind ebenfalls gewappnet.« Sie zog ein kleines schwarzes Kästchen aus ihrer Tasche und wedelte damit. »Sie alle haben eins von diesen – darum haben wir uns schon vor Wochen gekümmert. Zur selben Zeit, als Tom deinen Söhnen von unserem finalen Plan berichtet hat. Die Zombies werden ihnen gehorchen.«

Boy verlagerte unbehaglich das Gewicht.

»Gut.« Arnold nickte und schritt zur Tür. Mitten in der Bewegung hielt er plötzlich inne und drehte sich um. »Ach, und Priscilla …«

»Ja?« Sie lächelte erwartungsvoll.

»Deine Nähte werden schlampig!« Mit dem Kopf deutete er auf einen der Leichname. »Der da könnte ruhig noch ein bisschen mehr Sorgfalt vertragen.«

Ihr Lächeln fiel in sich zusammen. Ohne ein weiteres Wort verließ Arnold Archer den Raum.

Schwester Powick stapfte zu dem betreffenden Zombie hinüber und griff nach einem kleinen rosafarbenen Teddy, der neben ihm auf dem Tisch lag.

»Arnold liebt mich, das weiß ich! Diejenigen, die uns am meisten am Herzen liegen, behandeln wir oft am schlechtesten«, schniefte sie, während sie an einem Arm des Plüschtiers zog. »Ich weiß, das tut weh, du armer kleiner Kerl, aber ich brauche ein Stück von deinem Fell. Denk doch nur, wie sehr du Mami damit hilfst.«

Sie riss ihm den Arm ab und legte ihn beiseite. Dann nahm sie eine Mullbinde und wickelte den weißen Stoff behutsam um den Teddy, bis das frische Loch in seiner Schulter vollständig bedeckt war. Als Nächstes holte sie ein kleines braunes Fläschchen aus dem Metallregal neben ihr, zog die Flüssigkeit darin in eine Spritze auf und träufelte sie dem Bären auf das aufgenähte Maul.

»Du hast mich gerufen?« Tom steckte den Kopf zur Tür herein und durchbrach damit ihre Konzentration.

Schwester Powick sah hoch und schnauzte: »Ja, ich habe einen Tisch für diese Violet freigeräumt. Und als ich hochgegangen bin, um sie zu holen, war sie verschwunden! Sorg dafür, dass du diese vorlaute Rotzgöre findest, bevor sie noch mehr Ärger macht. Und sag bloß Arnold nichts davon! Nimm ein paar Zombies mit und durchsucht alles bis in den letzten Winkel. Ich will sie ein für alle Mal vom Hals haben!«

Tom nickte und zog sich zurück, während Schwester Powick nach einer langen spitzen Nadel griff und sich daranmachte, einen Faden hindurchzufädeln.

Im Burghof zerrten die Zombies immer noch geräuschvoll an ihren Eisenketten.

»Herrscht da draußen bald mal Ruhe!«, brüllte sie, knallte die Nadel auf die nächstbeste Werkbank und stürmte zur Tür hinaus.

Kapitel 16

Planänderung

»Wir müssen hier raus, und zwar schnell, bevor Schwester Powick zurückkommt! Und dann müssen wir Town warnen. Sie haben vor, die Archer-Zwillinge und die Hüter zu befreien – und ihr Zombieheer auf die Stadt loszulassen!« Boy sprang aus dem Schrank und rannte zur Tür.

Violet holte ihn ein, als er durch einen Spalt in den Burghof hinausspähte.

»Aber die Schlüssel, die Wissenschaftler ...« Sie packte ihn am Ellbogen und hielt ihn zurück.

»Dafür ist keine Zeit, wir müssen verschwinden, bevor sie wiederkommt. Wir finden einen anderen Weg!«

Leise huschten sie nach draußen und schlichen an der Hofmauer entlang, während die Zombies weiter an ihren

Fesseln zogen und zerrten. Hinter einem alten Steintrog gingen sie in Deckung.

Am anderen Ende des Innenhofs, direkt vor dem großen Haupttor, stand Schwester Powick in ihrer weißen, mit braunen Flecken übersäten Schürze. Sie klatschte zweimal kräftig in die Hände.

»Ruhe!«, blaffte sie. »Ich versuche zu arbeiten!«

Von einer Sekunde auf die andere kehrte Stille ein. Die Zombies senkten die Köpfe und sahen zu Boden. Violet schauderte, als Schwester Powick mitten durch ihr erstarrtes Heer zurückmarschierte. Das einzige Geräusch war das Klappern ihrer Sohlen auf dem Kopfsteinpflaster.

Violet und Boy bückten sich noch tiefer, als die Krankenschwester an ihrem Versteck vorbeieilte und sich in ihren Arbeitsraum zurückzog. Das Knallen der Tür hallte von den Mauern wider.

»Habt ihr die Schlüssel?«, zischte jemand.

Violet erschrak fast zu Tode.

Als sie sich umblickte, entdeckte sie denselben dünnen, faltigen Arm wie vorhin, der durch das vergitterte Fenster hinter ihnen winkte.

»Nein«, flüsterte sie und schlich näher, »aber wir holen Hilfe … irgendwie!«

»Bitte lasst uns nicht hier sitzen!«, rief eine Frauenstimme aus dem Gefängnis. »Arnold Archer ist vollkommen geisteskrank! Wer weiß, wozu er uns zwingen wird!«

»Er wird uns zu gar nichts zwingen, Teresa, das hab ich dir doch schon gesagt!«, knurrte eine andere Stimme irgendwo in der Zelle. »Er will uns bloß beweisen, dass er all die Jahre recht hatte!«

Violet griff nach den Gitterstäben und zog sich auf die Zehenspitzen hoch, um einen Blick in das dunkle Verlies zu werfen.

Joseph Bohr, der um ein Vielfaches älter aussah als auf seinem Foto in der *Tribune*, trat beiseite. Hinter ihm kamen vier weitere schattenhafte Gestalten zum Vorschein.

Boy zog an ihrem Ärmel.

»Wir müssen hier weg, Violet!«, drängte er.

Sie schüttelte ihn ab. »Sie sind alle hier – die fünf verschwundenen Wissenschaftler!«, sagte sie. »Ich wusste, Sie haben was mit der Sache zu tun!«

»Wir haben überhaupt nichts damit zu tun!« Bohr stürzte wieder ans Fenster, sodass Violet seine freundlichen braunen Augen sehen konnte. »Keiner von uns hat in irgendeiner Form etwas mit diesem Fiasko zu schaffen!«

»Aber warum sind Sie dann hier?«

Joseph schüttelte traurig den Kopf. »Einige von uns glauben, Archer will uns etwas beweisen. Das hat er immer schon angekündigt. Wie oft haben wir Drohbriefe von ihm bekommen, jeder und jede Einzelne von uns? Das hörte erst auf, als er verschwand. Nachdem Iris und seine Familie ihn verlassen hatten. Ich bin davon ausgegangen, dass er seine Besessenheit, die Toten wieder lebendig zu machen, aufgegeben hatte. Dass er sich sein letztes bisschen Würde bewahren wollte, indem er sich heimlich, still und leise aus der Öffentlichkeit zurückzog. Nie im Leben hätte ich damit gerechnet, dass er all die Jahre damit weitermachen würde. Sturer alter Esel!«

»Iris? Meinen Sie Iris Archer?«, hakte Violet nach.

»Ja, Iris hatte das Pech, Arnold geheiratet zu haben, als sie noch jung waren. Allerdings hätte niemand ahnen können, dass sich die Dinge so entwickeln würden. Arnold hat den Verstand verloren und ist eines Tages auf ihren jüngsten Sohn losgegangen. Offenbar war er fest davon überzeugt, dass seit der Geburt des Jungen ein Fluch auf der Familie lag. Tragisch, das alles. Danach blieb Iris natürlich keine andere Wahl, als ihn zu verlassen …«

»Schwester Powick hat doch auch einen Fluch erwähnt. Geht es dabei um diese Sache mit der gespaltenen Seele?« Boy hatte aufgehört, an Violet zu zerren, und zog sich neben ihr hoch ans Fenster, um an dem Gespräch teilzuhaben.

Dr. Bohr schnappte entsetzt nach Luft und wich zurück.

»Das ist der Junge, der mich entführt hat! Er hilft ihnen!«

Violet beruhigte ihn: »Nein, der, den sie meinen, ist Boys Zwillingsbruder Tom. Er hat blaue Augen. Die von Boy sind fast schwarz.«

»Der Fluch …«, drängte Boy, damit der Mann weitersprach.

Dr. Bohr beäugte Boy misstrauisch, fuhr dann aber fort. »Ja, genau, gespaltene Seele, so hat er es genannt. Arnold war der Meinung, dass seine Forschung wegen seines Sohnes unter einem schlechten Stern stand. Und dass das irgendetwas mit dessen verschiedenfarbigen Augen zu tun hätte. Er gab ihm die Schuld, dass kein Forscher weit und breit etwas von seinem neuesten Projekt wissen wollte. Natürlich konnte sein Sohn überhaupt nichts dafür. Er war ein Kleinkind. Arnold hatte eine Maschine entwickelt, mit der er die Toten ins Leben zurückholen wollte – das war der Grund, weshalb er in Ungnade gefallen ist. Der Tod-Irgendwas hat er sie, glaube ich, genannt …«

»Der Tod-Bezwinger?«, fragte Violet wie aus der Pistole geschossen.

»Ganz genau! Ja, der Tod-Bezwinger! Ich weiß noch, Arnold hatte einen Hund namens Arnold – er hatte ihn nach sich selbst benannt, das sagt doch wohl alles. Jedenfalls ist das arme Vieh gestorben. Und kurz darauf lud Arnold uns alle ins Auditorium der Hegel-Universität ein, um uns sein neuestes Werk vorzustellen. Wir hatten keine Ahnung, was uns erwartete, bis wir den Leichnam von Arnold, dem Hund, sahen, der an diese monströse Maschine angeschlossen war. Den Tod-Bezwinger. Arnold, also der Mensch, verkündete, dass er vorhatte, sein geliebtes Haustier von den Toten zu erwecken. Ihr könnt euch sicher denken, wie wir darauf reagiert haben. Iris war ebenfalls im Publikum.

Sie wurde ganz grün im Gesicht und sie war bei Weitem nicht die Einzige. Na ja, dann drückte er den Knopf, die Maschine ratterte und bebte und nichts geschah. Kann sein, dass das arme Tier einmal gerülpst hat, was für sich genommen schon recht beeindruckend war. Aber das war vermutlich bloß Gas, das sich in seinem Bauch gebildet hatte.«

»Und was ist danach mit Arnold passiert?«, fragte Boy, der nun auch von der Geschichte gefesselt war.

»Wir haben ihn beerdigt!«

»Den Menschen?«, keuchte Violet entgeistert. Die Vorstellung löste eine ganze Flut von Gedanken in ihrem Kopf aus.

»Himmel, nein! Den Labrador! Der Mensch Arnold war bei allen unten durch. Sein Niedergang hatte sich schon länger abgezeichnet. Er befasste sich damals bereits eine Weile mit dieser Von-den-Toten-erwecken-Thematik und machte sich damit wahrlich keine Freunde. Seine Aufsätze wurden abgelehnt und ihm wurde mehr und mehr die finanzielle Unterstützung entzogen. Niemand wollte mehr in seine Forschung investieren. Er war längst auf dem Weg, den Verstand zu verlieren. Und dann fing er an, William an allem die Schuld zu geben. Eines Tages kam er allen Ernstes mit einem Märchenbuch zu mir und zeigte mir einige Seiten, auf denen es um gespaltene Seelen ging. Er wollte wissen, inwieweit diese volkstümlichen Überlieferungen auf Fakten basieren. Ich war entsetzt, als ich in dem Buch las, dass es nur einen Weg gäbe, den Fluch zu brechen: Man müsste seinen Träger töten, in dem Fall also Arnolds Sohn William …«

Violet warf Boy einen Blick zu.

»Natürlich sagte ich ihm, dass das alles völliger Irrsinn war«, erzählte Doktor Bohr weiter. »Aber ich dachte nicht, dass er wirklich daran glaubte. Ich zog ihn damit auf, um die Sache ein wenig aufzulockern. Ein paar gutmütige Scherze, mehr nicht. Doch wie es scheint, lag ihm dieses Thema sehr viel mehr am Herzen, als mir damals klar war. Nach dem Debakel mit seinem Tod-Bezwinger ging er auf William los. Ich hatte solche Schuldgefühle! Ich meine, ich hatte gelesen, was in dem Märchenbuch stand, aber ich hätte nie geglaubt, dass Arnold zu so etwas imstande wäre. Und dann verschwand die arme Iris mit ihrer kleinen Familie – sie hatte keine Wahl. Niemand hat je wieder von ihr gehört. Eine schreckliche Tragödie, wirklich, aber …«

Der Mann brach plötzlich ab. Ein alarmierter Ausdruck war in sein Gesicht getreten. »Dein Zwillingsbruder, dieser andere Junge! Er kommt! Schnell, versteckt euch!«

Violet und Boy duckten sich und rannten zurück in ihr Versteck. Mucksmäuschenstill harrten sie hinter dem Trog aus, während Tom an ihnen vorbeilief. Er blieb vor Schwester Powicks Arbeitsraum stehen und klopfte an die Tür. Violet sah, wie er nervös mit den Füßen scharrte.

»Herein«, rief die Krankenschwester.

Tom öffnete die Tür und verschwand. Wenige Augenblicke später ertönte ein lautes Kreischen und Schwester Powick stürmte in den Hof hinaus.

»Ich bin von Idioten umgeben!«, schrie sie und pfefferte ihre Schürze auf den Boden.

Die Zombies zeigten keine Regung.

Tom folgte ihr zögernd und mit hängendem Kopf. Schwester Powick packte ihn am Kinn und zwang ihn, sie anzusehen. Wütend funkelte sie ihn an. Sein Gesicht wirkte noch bleicher als sonst.

Violet zitterte. Sie spürte, wie ihr die Tränen kamen. Am liebsten wäre sie aufgesprungen und hätte Boys Bruder an sich gezogen. Tom hatte niemanden, der für ihn da war.

»Ich habe gesagt, du sollst sie finden. Nicht mal das schaffst du! Jetzt müssen wir deinetwegen improvisieren. Da plant und plant man und du machst alles mit einem dummen Fehler zunichte! Haben sie dich bei der Geburt auf den Kopf fallen lassen? Und ich darf das jetzt Arnold erklären!«

Sie hielt einen Moment lang inne und atmete ein paarmal tief durch, als müsse sie sich sammeln.

»Nimm einen kleinen Trupp mit, zwanzig von meinen Geschöpfen. Beeilt euch! Wenn wir Glück haben, bremst das Labyrinth dieses Gör eine Weile aus. Dann schafft ihr es nach Town, bevor sie dort jemanden warnen kann. Holt

George und Edward heute Nacht noch raus – das ist zwar früher als geplant, aber uns bleibt keine andere Wahl. Dann befreit die Hüter. Erklär ihnen, was passiert ist! Ich will, dass ganz Town aus den Betten geholt und nach Niemandsland gebracht wird. So können die Leute keinen Ärger machen. Stellt Wachen rings um die Mauern auf, damit niemand ausbrechen und Alarm schlagen kann.«

»Was ist mit der Maschine und dem …«

»Du hast hier keine Fragen zu stellen, Tom! Ich komme später nach und dann bereiten wir alles für den großen Tag vor! Eigentlich sollte ich dich …« Sie hob die Faust, als wolle sie ihn schlagen.

Tom zog den Kopf ein. Schwester Powick lachte gehässig. Sie drehte sich um und lief zum großen Tor, um sich an ihre Zombies zu wenden.

»Erwacht, meine Geschöpfe!«, donnerte sie.

Die Zombies hoben ruckartig die Köpfe und richteten die Blicke auf sie. Die Härchen auf Violets Armen stellten sich auf.

Die Krankenschwester funkelte Boys Bruder böse an. »Mach die ersten zwanzig los!«

Violet krallte die Finger in Boys Arm, während Tom die beiden vorderen Reihen entlanghuschte. Geschickt löste er die Metallskelette von den Batterien und drückte auf einen kleinen schwarzen Knopf an den Fußfesseln, um sie zu öffnen.

»Meine Geschöpfe, holt euch eure Fackeln am Tor ab und entzündet sie beim Hinausgehen. Ich will, dass ganz Town bei eurem Anblick vor Entsetzen erstarrt! Ängstigt jeden, dem ihr begegnet, genau wie wir es geübt haben. Zeigt mir, wie gut ihr es könnt, meine Schätze!«, brüllte Schwester Powick.

Die Zombies fauchten und grollten, stampften mit den Füßen und krallten nach der Luft. Diejenigen, die immer noch angekettet waren, zerrten an ihren Fesseln, bis die Venen an ihren Schläfen und Hälsen wie violette Flussläufe hervortraten.

»Meine Kreaturen der Nacht«, Priscilla Powicks Stimme hallte von den Burgmauern wider, »eure Zeit ist gekommen. Helft uns, wahre Größe zu erlangen, und ich schenke euch eure eigene Stadt!«

»Aber doch nicht *unsere* Stadt?« Violet zitterte jetzt am ganzen Körper und umklammerte Boys Arm noch fester.

»Sie sollen weinen, wenn sie euch sehen! Zeigt mir eure Wut, zeigt mir euren Zorn!«

Die Monster stießen ein gewaltiges Brüllen aus, das die Burg bis in die Grundfesten erschütterte. Violet hielt sich mit beiden Händen die Ohren zu. Tränen strömten ihr über die Wangen, während Schwester Powick ihre Geschöpfe bis zur Raserei aufpeitschte.

Auf ihren Befehl hin öffnete Hugo das große Burgtor und trat beiseite.

»Ich bin eure Mutter!«, schrie Schwester Powick. »Geht und macht mich stolz!«

Die Zombies warfen die Köpfe in den Nacken und ließen ein vielstimmiges Kreischen in den Nachthimmel aufsteigen. Die Augen quollen ihnen förmlich aus den Höhlen, Speichel troff von ihren dunkel verfärbten, grotesk verzerrten Lippen. Der Boden vibrierte, als Hunderte nackter, madenzerfressener Füße aufs Kopfsteinpflaster stampften.

Die beiden vordersten Reihen fielen mühelos in Formation. Jeder von ihnen schnappte sich eine hölzerne Fackel von einem Stapel neben dem Tor und entzündete sie beim Hinausgehen. Dann folgten sie Tom Archer in Richtung Town.

Die Kreaturen, die zurückblieben, rissen begierig an ihren Fesseln. Sie konnten es kaum erwarten, sich den anderen anzuschließen. Schwester Powick klatschte in die Hände und befahl ihnen, sich zu beruhigen. Wie auf Knopfdruck ließen sie die Köpfe hängen und im Burghof kehrte erneut unheimliche Stille ein.

Kapitel 17

Warnt Town!

Violet war auf einmal ganz flau im Magen. Um sie herum drehte sich alles.

»Geht's dir gut?« Boy rüttelte an ihren Schultern. »Du bist kreidebleich!«

Sie nickte und hielt sich an dem Trog fest, um nicht umzukippen.

Schwester Powick inspizierte gerade die Fackeln. Die verbliebenen Zombies starrten ausdruckslos zu Boden, ohne sich zu rühren. Das Burgtor war immer noch offen.

»Wir müssen los, Boy! Vielleicht schaffen wir es irgendwie, vor ihnen nach Town zu kommen!« Atemlos zeigte Violet aufs Tor. »Wir könnten Schwester Powick ablenken und rausschlei–«

Plötzlich dröhnte ein lauter Knall durch den Innenhof. Violet, deren Nervenkostüm ohnehin schon angegriffen war, zuckte verängstigt zusammen.

»Würde mir vielleicht mal jemand verraten, was hier los ist?«

Violet und Boy lugten hinter dem Trog hervor.

Arnold Archer hatte sich mit dem Rücken zu ihnen vor Schwester Powick aufgebaut. So furchterregend sie gerade eben noch gewirkt haben mochte, in seiner Gegenwart schien sie förmlich zu schrumpfen.

»Ich kann das erklären, Arnold …«, beteuerte sie und ging auf ihn zu.

»Hier fehlen Zombies! Du hast das Heer aufgeteilt, Priscilla. Erklär mir das mal bitte!« Er klang fuchsteufelswild.

»Das ist wegen Violet Brown.« Die Krankenschwester stammelte jetzt regelrecht. »I…ich wollte dich nicht unnötig beunruhigen, aber sie war hier und hat rumgeschnüffelt. Ich hatte sie eingesperrt, trotzdem ist sie irgendwie entwischt. Und da hatte ich natürlich die Befürchtung, dass sie zurück nach Town gelaufen ist, um die Leute dort zu warnen. Deswegen habe ich Tom mit einem kleinen Trupp schon heute Nacht losgeschickt. Sie befreien die Hüter und sichern Town ab, nur eben ein bisschen früher als geplant. Wir folgen ihnen dicht auf den Fersen, wir müssen bloß noch deine Maschine und die Wissenschaftler einpacken.«

»Aber ich wollte an der Spitze des Heeres einmarschie-

ren! Und zwar des *ganzen* Heeres. Ich wollte ihr Gesicht sehen, wenn …«

»Wessen Gesicht …? Das von Iris? Ich wusste es!« Schwester Powick wirkte auf einmal eingeschnappt.

»Was soll das heißen, du wusstest es? Selbstverständlich will ich, dass Iris sieht, wie ich das Heer in die Stadt führe.« Arnold war sichtlich verwirrt. »Du weißt doch, was sie mir angetan hat, Priscilla. Wie sie meine Karriere ruiniert hat, weil sie unbedingt ihren missratenen Sohn schützen musste. Ich wäre niemals in Ungnade gefallen, wenn sie mir einfach erlaubt hätte, William zu töten. Und dann, als wäre das nicht schon schlimm genug, hat sie auch noch versucht, mich *umzubringen*! Warum also sollte ich nicht mit eigenen Augen sehen wollen, wie Iris leidet, wenn ich ihr ihr perfektes kleines Leben und ihr perfektes kleines Zuhause wegnehme? So wie sie es damals eiskalt mit mir gemacht hat …«

»Aber … aber du hast gesagt, du hättest dieses Städtchen als Geschenk für *mich* ausgesucht, als Belohnung, wenn all das vorbei ist. Und dass es nichts mit Iris zu tun hat. Ich habe dieses Heer für uns erschaffen, Arnold, um den perfekten Ort für uns zu erobern, an dem wir gemeinsam unseren Lebensabend verbringen können. Wo wir uns im Licht deines Erfolges sonnen können, nachdem wir aller Welt bewiesen haben, welch ein Genie du bist, und dir endlich die lang verwehrte Ehre zuteilwird, die dir gebührt. Einen Ort, an dem wir auf all dem aufbauen können, was wir bisher geleistet haben. Stell dir nur vor, wie mächtig wir mit diesem Heer wären, Arnold – was wir alles verwirklichen könnten …«

»Warum bist du immer so eine Jammertrine? Das alles *ist* für uns, Priscilla! Du benimmst dich schon genau wie sie. Denk doch mal an mich und nicht bloß an dich! Ich weiß das alles – aber was ist mit meiner Rache, meinem Triumph? Du nimmst mir meinen großen Augenblick weg und verwandelst ihn in deinen!« Arnold wurde immer wütender. »Manchmal frage ich mich, ob ich nicht einen dummen Fehler begangen habe, als ich mein Vertrauen in eine einfache Krankenschwester gesetzt habe. Ach was, Krankenschwester! Eigentlich bist du nichts anderes als … als eine Näherin!«

Violet sah, wie Schwester Powicks Gesicht in sich zusammenfiel. Arnolds Worte hatten sie schwer getroffen. Sie senkte den Blick, dann sammelte sie sich und hob den Kopf.

»Bitte entschuldige, Arnold. Es war nicht meine Absicht, dir etwas wegzunehmen. Ich wollte unseren Plan retten. Natürlich marschierst du an der Spitze des Heers in Town ein. Schau dich um, fast alle meine Geschöpfe sind noch hier! Und Violet Brown hat keine Zeit mehr, irgendwen zu warnen, da bin ich mir sicher. Es läuft weiterhin alles nach Plan. Niemand kann uns aufhalten.«

»Na, dann sollten wir uns wohl lieber mal auf den Weg machen!«, knurrte Arnold. »Bevor dieser Junge und seine Horde hirnloser Kreaturen alles verderben!«

»Heißt das, du kommst jetzt gleich mit? Dein großer Auftritt war doch für Montagmorgen geplant, wenn alles bereit ist.«

»Tja, wie du siehst, können Pläne sich ändern, Priscilla! Ich komme mit, um das Ganze zu beaufsichtigen, bevor ihr den Karren endgültig in den Dreck fahrt. Sobald ich sicher bin, dass alles wie gewünscht läuft, kehre ich zurück und marschiere dann an der Spitze meines grandiosen Triumphzugs ein!«

»Ja, selbstverständlich.« Schwester Powick wirkte überrumpelt. »Hugo, bring die Wissenschaftler her!«, rief sie dann.

»Und meine Maschine«, befahl Arnold.

Die Krankenschwester zeigte auf drei weitere Zombies, darunter die beiden, die Tom früher am Abend in den Wald begleitet hatten. »Holt den Tod-Bezwinger.«

»Und seid vorsichtig damit!«, blaffte Arnold, während er den Zombies im Eiltempo zu einem Raum am anderen Ende der Burg folgte.

»Wir müssen los!«, flüsterte Boy, nachdem Schwester Powick mit Hugo im Schlepptau gefährlich dicht an ihnen vorbeigestürmt war, um die Wissenschaftler aus ihrer Zelle zu holen.

»Was glaubst du, was sie mit ihnen anstellen?« Ein Schrei ertönte und Violet begann erneut zu zittern.

»Darüber können wir uns jetzt keine Gedanken machen. Das Tor ist immer noch offen«, sagte Boy. Sein Gesicht war aschfahl. »Wir müssen nach Hause. Komm schnell, jetzt bemerkt uns garantiert niemand!«

Er kroch hinter dem Trog hervor und Violet folgte ihm.

Alle waren anderweitig beschäftigt, sodass niemand die beiden Freunde entdeckte, als sie quer über den Hof sprinteten und zum Tor hinausflitzten. Auf dem Weg zu der seltsamen, unsichtbaren Mauer lieferten sie sich förmlich ein Kopf-an-Kopf-Rennen, so eilig hatten sie es, zu entkommen. Sie zwängten sich durch die Tür und fanden sich auf der kreisrunden Lichtung wieder.

Violet drehte sich noch einmal zu der Burg um und schüttelte den Kopf. Das Gebäude war vollständig verschwunden, als wäre alles, was sie gerade erlebt hatten, bloß ein grausiger Albtraum gewesen.

»Das Labyrinth!« Boy zeigte auf die Bäume vor ihnen. »Wenn wir uns ranhalten, holen wir die Zombies vielleicht noch ein und kommen heimlich an ihnen vorbei.«

Er lief in den Wald und schob sich mitten durch die Wand aus Bäumen, die den verwinkelten Pfad säumten. Violet folgte ihm, obwohl sie dabei mehr als einen Ast ins Gesicht bekam.

»Bleiben wir nicht auf dem Weg?«, fragte sie zweifelnd.

»So sind wir schneller!«, versicherte Boy. »Wenn wir immer geradeaus gehen, müssten wir genau auf der anderen Seite rauskommen. Vielleicht sogar noch vor den Zombies!«

Er schlängelte sich um die dicken Baumstämme, duckte sich unter Ästen und Zweigen hindurch und hielt dabei immer stur den Kurs. Violet kämpfte sich hinter ihm durchs dichte Grün. Schon bald waren ihr Gesicht und ihre Hände völlig zerkratzt.

Ganz in der Nähe des Holzstapels stießen sie wieder auf den Pfad. Das ausgefranste Netz hing immer noch über ihren Köpfen. In der Ferne konnte Violet gerade so die Zombies ausmachen, die auf Schwester Powicks ehemaliges Häuschen zustapften.

So schnell sie konnten, rannten die Freunde weiter. Schließlich hatten sie fast zu Tom und seinem Zombietrupp aufgeschlossen. Außer Atem ließen sie sich ins Gras fallen und robbten vorwärts, bis sie beobachten konnten, was geschah.

Tom stand neben dem Brunnen, der in den Tunnel zum Friedhof führte, und wies die Kreaturen an, auf die Plattform zu steigen. Sie waren ruhig und unaufgeregt, ganz anders als zuvor im Burghof. Jeder Zombie hielt eine brennende Fackel in der rechten Hand, deren Flammen sich warm vor dem dunklen Nachthimmel abzeichneten, und wartete geduldig, bis er an der Reihe war.

»Keine Chance, da noch vorbeizukommen und die anderen zu warnen«, meinte Boy seufzend.

Violets Gedanken rasten, während sie verzweifelt nach einer Lösung suchte.

»Weißt du noch, damals im Stall, als du Hugo rumkommandieren konntest, weil er dich für Tom gehalten hat?«, fragte sie plötzlich aufgeregt. »Vielleicht funktioniert das bei diesen hier ja auch. Die Zombies passen nicht alle auf einmal auf die Plattform. Ich könnte Tom ablenken und ihn kurz vom Brunnen weglocken. Dann könntest du dich auf der Plattform zwischen den Zombies verstecken und mit der ersten Gruppe in den Tunnel runterfahren. Ich wette, sie glauben, du wärst er, und gehorchen dir aufs Wort. Wenn es funktioniert, läufst du vor und warnst alle in Town …«

»Das könnte klappen«, pflichtete Boy ihr bei. »Diese Zombies scheinen mir auch nicht intelligenter zu sein als Hugo. Ich versteck mich hinter dem Baum da, während du Tom ablenkst. Dann übernehme ich!«

»Okay.« Violet nickte beklommen.

Ohne ein weiteres Wort krabbelte Boy los. Sie sah zu, wie er in geduckter Haltung durch das Gras huschte und hinter dem großen knorrigen Baum neben dem Brunnen in Deckung ging.

Tom war vollauf damit beschäftigt, die Zombies auf die Plattform zu dirigieren, sodass er nicht mitbekam, wie Vio-

let näher heranrobbte. Sie versuchte, sich zu konzentrieren, obwohl sie vor lauter Müdigkeit, Kälte und Angst am ganzen Körper zitterte.

Währenddessen ließ sie Tom nicht aus den Augen. Sie hielt erst an, als sie sicher war, dass er sie bemerken würde, wenn sie auch nur einen Millimeter weiterkroch. Links von ihr stand Schwester Powicks altes Häuschen. Sie rollte unter dem gelben Zaun hindurch und schlich zur anderen Seite, sodass Tom nun mit dem Rücken zu ihr stand. Zwischen den verwilderten Rosenbüschen kauerte sie sich nieder.

Sie sah, dass Boy hinter dem Baum hervorspähte.

Wie sollte sie Tom bloß ablenken? Violet suchte die Umgebung nach einem Stein oder einem anderen Wurfgeschoss ab, fand jedoch nichts. Dann fiel ihr Blick auf einen grünen Gartenhandschuh, der ein Stück entfernt im Gras lag. Hastig krabbelte sie darauf zu, schnappte ihn sich und kehrte in ihr Versteck zurück.

Der Handschuh war aus Stoff und nicht besonders stabil. Wahrscheinlich würde er so nicht weit fliegen. Sie riss einige Klumpen Gras und Erde aus und stopfte ihn bis obenhin damit voll.

Tom würde vermutlich misstrauisch werden – ein mit Gras gefüllter Handschuh fiel schließlich nicht einfach so vom Himmel –, aber eine bessere Idee hatte sie nicht. Zudem vertraute sie tief in ihrem Innersten immer noch da-

rauf, was Macula gesagt hatte. Tom war ein guter Mensch, das spürte Violet. In der Burg hatte er sie schon wieder gerettet. Das war jetzt schon das dritte Mal.

Sie ging in Stellung und wog das Geschoss in ihrer Hand, während ein Zombie nach dem anderen auf die Plattform stieg. Dann holte sie aus und warf es, so fest sie konnte.

Kapitel 18

Der Hinterhalt

Der fliegende Gartenhandschuh traf Tom an der Schulter. Normalerweise war Violet keine besonders gute Werferin, aber unter Druck wuchs sie offenbar über sich hinaus!

Tom drehte sich um und sie ging eilig hinter dem dornigen Rosenbusch in Deckung. Sie grub die Finger ins Gras und lauschte mit angehaltenem Atem, als seine Schritte auf sie zukamen und nicht weit von ihr entfernt stehen blieben.

Durch den Busch konnte sie gerade so den unteren Teil seiner Beine erkennen. Tom stand eine gefühlte Ewigkeit da und sah sich um, bevor er sich abwandte und auf seine Position am Brunnen zurückkehrte. Jetzt endlich wagte Violet, die aufgestaute Luft aus ihrer Lunge entweichen zu lassen.

»Der Nächste«, rief Tom den verbliebenen Zombies zu, die immer noch gehorsam warteten, bis sie an der Reihe waren.

Keinem von ihnen war auch nur das Geringste anzumerken, sodass Violet sich bereits fragte, ob Boy seinen Teil des Plans auch wirklich durchgezogen hatte.

Durch eine Lücke im Rosenbusch beobachtete sie, wie noch zwei weitere der Kreaturen vortraten und auf die Plattform stiegen. Tom befahl einem der Zombies, mit seinem nackten Fuß die Buchstaben R, U, N, T, E, R anzutippen, und im nächsten Moment bewegte sich die Plattform in die Tiefe.

Violet konnte Boy hinter dem Baum nicht mehr sehen. Sie blickte sich nach links und rechts um, ob sie ihn auf der zugewucherten Straße irgendwo entdeckte, doch von ihm fehlte jede Spur. Also schien der Plan zu funktionieren – er musste es auf die Plattform und in den Tunnel geschafft haben.

Violet seufzte erleichtert auf, auch wenn ihr immer noch mulmig war. Sie huschte hinters Haus, wo sie sich zumindest ein wenig sicherer vorkam, und wartete im Schutz der weiß getünchten Mauer, bis Tom mit dem Rest der Zombies im Boden versank.

Obwohl sie sich bemühte, konnte sie nicht verhindern, dass ihre Gedanken zu Boy und Town wanderten. Was wohl gerade geschah? Sie lehnte sich gegen die Mauer und schaute zum Himmel hinauf, um sich zu sammeln. Sterngucken war eine Lieblingsbeschäftigung ihres Dads. Die Nacht war kühl und klar und der Anblick des Großen Wagens tröstete sie. Sie hoffte, dass ihr Dad ihn ebenfalls sah und dass ihrer Mam und ihm nichts passieren würde. Dass es Boy irgendwie gelingen würde, Town zu warnen, und alle rechtzeitig fliehen konnten, bevor etwas wirklich Schlimmes geschah.

Schließlich hatte Tom auch die letzten Zombies auf die Plattform gelotst. Er gesellte sich zu ihnen und sie glitten in den Brunnen hinab.

Violet wartete noch eine Weile ungeduldig, dann rappelte sie sich auf. Inzwischen mussten Tom und die Zombies das Ende des Tunnels erreicht haben. Sie rannte zum Brunnen und blickte in einen pechschwarzen Schlund. Natürlich hatten sie die Plattform nicht wieder raufgeschickt. Daran hatte sie nicht gedacht.

Wie sollte sie jetzt nach Hause kommen? Violet versuchte, nicht in Panik zu geraten. Es musste eine Möglichkeit geben, die Plattform nach oben zu holen. Ihr fiel wieder ein, wie sie den Tunnel damals mit Jack entdeckt hatte – um ins Draußen zu kommen, hatten sie gleich mehrere Rätsel lösen müssen. Vielleicht galt das jetzt ja auch? Mit den Fingern fuhr sie über die hervorstehenden Steine in der Brunnenmauer, doch keiner ließ sich bewegen. Als Nächstes suchte sie das Gras rundherum nach irgendwelchen Auffälligkeiten ab, fand jedoch nichts. Zu guter Letzt beugte sie sich sogar über die Mauer in den finsteren Schacht, aber auch das brachte keinen Erfolg.

Schließlich weitete sie ihre Suche aus. Sie tastete den knorrigen Baum nach ungewöhnlichen Knoten oder Ästen ab, dann nahm sie den Wegweiser unter die Lupe, auf dem in kräftigen schwarzen Lettern DRAUSSEN geschrieben war. Zwischen einigen Buchstaben schien der Abstand größer zu sein, sodass dort eigentlich D RAUS SEN stand. Neugierig drückte Violet auf den mittleren Wortteil. Es klickte und gleich darauf ertönte ein leises Rumpeln. Mit klopfendem Herzen lief sie zurück zum Brunnen und sah, wie die Plattform heraufgefahren kam.

Schnell trat sie darauf und drückte auf die Steinfliesen. Die Plattform glitt wieder nach unten, während über ihr der Nachthimmel zu einem immer kleineren Kreis zusammenschrumpfte. Sobald sie den Boden erreicht hatte, rannte sie los in Richtung Friedhof. Ihre Schritte erzeugten ein Echo, das durch die enge Röhre hallte. Im Nu war sie an der Treppe, öffnete das Grab und stürmte hinaus. Klare Nachtluft umfing sie, als sie sich zügig zwischen den Grabsteinen hindurchschlängelte und zum Drehkreuz eilte.

Das Erste, was ihr ins Auge fiel, waren die kleinen Lichtpunkte am Horizont. Dadurch, dass der Friedhof auf dem Hügel lag, konnte sie bis ans andere Flussufer und nach Town sehen. Eine kleine Ansammlung brennender Fackeln bewegte sich zügig die Wickham Terrace entlang. Von hier oben erinnerten sie fast ein bisschen an Glühwürmchen. Das mussten Tom und die Zombies sein, die auf dem Weg zum Rathaus waren, um George und Edward Archer mitsamt ihren Hütern zu befreien.

Eine Gänsehaut lief Violet über den Rücken, als sie beobachtete, wie die Gruppe den Marktplatz betrat. Im nächsten Moment trug der Wind ein entferntes Krachen heran, in das sich nach und nach auch Schreie mischten. Die Geräusche waberten unheimlich über den Friedhof.

Die Muskeln in ihren Beinen brannten wie Feuer, als sie den Hügel hinabsprintete und in halsbrecherischem Tempo durch die Geistersiedlung raste. Auch wenn sie es insgeheim besser wusste, hoffte sie immer noch verzweifelt, dass Boy es irgendwie geschafft hatte, die Bewohner zu warnen.

»Du kommst zu spät!«, rief jemand, als sie auf das Augenpflanzenfeld zurannte.

Violet blieb abrupt stehen. Die Stimme kannte sie nur allzu gut. Langsam drehte sie sich um. Aus dem Schatten der Pfeiler, die den Eingang der Siedlung markierten, trat ein Junge mit einem Raben auf der Schulter.

Toms kalte blaue Augen leuchteten förmlich in der Dunkelheit. Hinter ihm lauerte ein großer, grässlich entstellter Zombie und knurrte wie ein Hund kurz vor dem Angriff.

»Aber … Town, die Zom–«

»Town ist in Gefahr, deswegen habe ich euch ja gewarnt!

Ich gehe davon aus, dass die Hüter inzwischen frei sind und meine Onkel vermutlich auch. Ich werde mich ihnen demnächst anschließen, aber zuvor muss ich mich um dich kümmern. Du hast doch wohl nicht gedacht, ich würde glauben, dass dieser Handschuh einfach so vom Himmel gefallen ist, oder, Violet?« Tom seufzte.

Er sah Boy so unwahrscheinlich ähnlich. Violet suchte angestrengt nach Worten, aber ihr fiel partout nichts ein.

»Ich habe euch zur Eile gedrängt. Euch geraten zu fliehen, solange es euch noch möglich ist. Aber ihr habt mich nicht ernst genommen, habe ich recht?« Tom wählte seine Worte sorgfältig und mit Bedacht. So wie er drückten sich sonst nur Erwachsene aus, die besonders gebildet wirken wollten.

»Aber ich …« Ihre Kehle war wie ausgedörrt.

Wieder ertönte ein lautes Krachen, gefolgt von entsetzten Schreien. Violets Blick huschte Richtung Town.

»Warum habt ihr meiner Nachricht keine Beachtung geschenkt? Die Anweisungen waren wahrlich simpel genug!« Tom wirkte aufrichtig ratlos.

»Ich wusste nicht, ob die Nachricht echt ist!«, rief sie verzweifelt. Sie wollte zu ihrer Familie, und zwar schnell. »Boy meinte, da hätte uns bloß jemand einen Streich gespielt. Woher hätte ich ahnen sollen, dass du mir helfen wolltest?«

»Ich wollte dir nicht helfen!«, blaffte er sie unerwartet

aggressiv an. »Ich habe nur … Ich wollte …« Nun war er es, der vergeblich nach einer Erklärung suchte.

Der Zombie trat vor, sodass er fast an Toms linker Seite stand. Seine Augen waren auf Violet gerichtet und er zog einen Mundwinkel bedrohlich hoch. Dahinter kam schwarz verfärbtes Zahnfleisch zum Vorschein, jedoch kein einziger Zahn mehr.

»Was willst du, Tom?«, fragte Violet. »Ich weiß, du bist nicht wie Schwester Powick oder Arnold Archer. Ich glaube nicht, dass du irgendwem etwas zuleide tun willst. Du hast Boy freigelassen, als Schwester Powick auf der Flucht war, nachdem … nachdem sie Macula getötet hatte. Dafür hast du sicher schrecklichen Ärger bekommen. Und ich weiß, dass du manchmal das Grab deiner Mutter besuchst. Ich hab dich dort gesehen …«

Eine Weile kehrte Stille ein.

»Ich … ich habe meine Mutter umgebracht!«, platzte es plötzlich aus ihm heraus. Er sah ihr dabei direkt ins Gesicht.

»Nein … nein, das stimmt nicht, Tom. Schwester Powick hat deine Mam getötet. Sie hat Macula geschubst. Ich war dabei, ich hab es selbst gesehen!« Violet ging auf ihn zu und streckte die Hand nach ihm aus.

»Aber ich war daran beteiligt. Ich habe vorgegeben, Boy zu sein, und Edward geholfen. Wenn ich das nicht getan hätte, wäre meine Mutter niemals gezwungen gewesen, um

Town zu kämpfen. Ohne mich wäre das alles niemals geschehen! Ich bin kein guter Mensch – ich bin der böse Zwilling, das hat sie mir selbst gesagt. Halte dich lieber von mir fern!«

»Es war nicht deine Schuld, Tom, du hast bloß Befehle befolgt. Genau wie jetzt. Macula wusste das. Sie ist gestorben, weil sie versucht hat, ihre Familie zurückzubekommen. Sie ist gestorben, weil sie dich retten wollte. Als sie noch in der Geistersiedlung war, hat sie dir fast jeden Tag geschrieben – ich habe die Briefe mit eigenen Augen gesehen. Und nach ihrer Befreiung hat sie unablässig nach dir gesucht.«

»Das ist gelogen!«, schrie Tom. Er bebte auf einmal vor Wut.

Erschrocken wich Violet zurück. Der Zombie schien den Stimmungsumschwung zu spüren, denn er trat noch einen Schritt vor, ohne Violet aus den Augen zu lassen.

»Macula hat nie nach mir gesucht! Sie war der Meinung, ich sei nicht gut genug für ihre Familie. Sie wollte mich nicht in ihrer Nähe haben. Deswegen hat sie sich für Boy entschieden!« Tom spuckte die Worte förmlich aus.

»Haben Schwester Powick oder Arnold dir das erzählt? Dann lügen sie«, erwiderte Violet. »Was auch immer sie behaupten, es ist nicht wahr! Sie sind verrückt, Tom, hör nicht auf sie. Verrate mir lieber, was du für sie tun sollst. Bitte! Was ist hier los?«

»Das wirst du schon sehen.« Tom hatte sich wieder beruhigt. Ein leichtes Lächeln umspielte seine Lippen. »An unserem Geburtstag wird Boy bezahlen.«

»Was passiert an eurem Geburtstag?« Violets Stimme zitterte. »Was will Arnold mit seiner Maschine machen? Schwester Powick hat irgendwas von einem Fluch erwähnt – was meint sie damit? Geht es um die Sache mit der gespaltenen Seele? Warum wollen sie Town einnehmen, was haben sie vor, Tom …? Bitte! Du musst uns helfen!« Ein weiterer lauter Knall erschütterte die Nacht. Tom sah an Violet vorbei in die Richtung, aus der das Geräusch gekommen war.

»Sie sagt, ich bin etwas Besonderes«, flüsterte er.

»Inwiefern besonders, Tom? Hat das etwas mit Arnolds Maschine zu tun, diesem Tod-Bezwinger?« Violet wollte ihn unbedingt dazu bringen, ihr alles zu erzählen.

Er schüttelte den Kopf. »Die Maschine funktioniert nicht – jedenfalls nicht richtig. Schwester Powick sagt, *ich* besäße die wahre Macht. Aber ich kann sie nur an meinem dreizehnten Geburtstag wachrufen, wenn ich vom Jungen zum Mann werde. Das ist mein Schicksal, dafür hat der Fluch gesorgt. Ich wurde für diesen Augenblick geboren. Wir haben darauf hingearbeitet, seit … seit ich denken kann. Es ist meine Bestimmung …«

Er brach abrupt ab, als hätte er sich um ein Haar verplappert.

»*Was* ist deine Bestimmung, Tom? Was verlangen sie von dir?«

»Warum willst du das wissen?«, fauchte er. Seine Wut kochte wieder hoch. »Dich interessiert das doch gar nicht! Früher wolltest du auch nicht mit mir befreundet sein, warum tust du dann jetzt auf einmal so?«

Der Zombie legte den Kopf unnatürlich schief und sein Knurren wurde lauter.

»Früher?«, fragte Violet verwirrt. »Du meinst, vor ein paar Monaten?«

Als es das letzte Mal in Town rumort hatte, hatte sie tagelang das Gefühl gehabt, dass jemand ihr folgte. Wohin sie auch ging, war ihr dieser Rabe aufgefallen, aber damals hatte sie noch nicht gewusst, dass es sich um Toms tierischen Freund handelte.

»Heißt das, du warst jedes Mal in der Nähe, wenn ich deinen Vogel gesehen habe? Wenn du mit mir befreundet sein wolltest, warum hast du es dann nicht einfach gesagt, Tom? Warum hast du alldem kein Ende bereitet?«

»Weil ich es nicht konnte! Ich kann nicht.« Er ballte die Fäuste so fest, dass seine Knöchel weiß hervortraten.

»Natürlich interessiert es mich, Tom. Ehrlich. Ich weiß, dass du kein schlechter Mensch bist!« Violet flehte ihn jetzt förmlich an. »Ich … ich habe Macula versprochen, dich zu finden und zu deiner Familie zurückzubringen. Ich hatte sogar vor, das als Geburtstagsgeschenk für Boy zu organisieren, aber dann ist all das hier dazwischengekommen. Ich glaube an dich, Tom, genau wie deine Mam an dich geglaubt hat.«

»Du sollst nicht lügen, das ist eine Sünde!« Seine kalten blauen Augen bekamen etwas Wildes. »Priscilla sagt, es ist unmöglich, jemanden wie mich zu mögen. Weil ich eine dunkle Seele habe!«

»Hör nicht auf sie, Tom!«, drängte Violet. »Ich hab dich mit deinem Vogel beobachtet. Du hast keine dunkle Seele – so jemand wäre nie so liebevoll zu einem Tier wie du! Bitte, Tom, glaub mir. Schwester Powick ist die Böse.«

»Sag das nicht! Sie war die Einzige, die für mich gesorgt hat, als Mam mich nicht wollte.« Seine Miene verhärtete sich. Der Zombie nahm eine lauernde Haltung ein, als ob er sich zum Sprung bereit machte. »Ich habe dir so viele Chancen gegeben, Violet, aber du willst es einfach nicht begreifen! Ich habe genug davon. Schnapp sie dir!«, brüllte er.

Violet wirbelte herum, stolperte dabei jedoch über den Rand eines tiefen Schlaglochs. Beim Versuch, sich abzufangen, riss sie sich die Handflächen am grobkörnigen Asphalt auf. Im nächsten Moment griff der Zombie nach ihr. Schreiend und zappelnd wurde sie hochgehoben.

»Du hättest auf mich hören sollen!«, knurrte Tom.

Dann ging er an dem Monster vorbei und lief in Richtung Town.

Kapitel 19

Der Tod-Bezwinger

Der Zombie warf sich Violet über die Schulter, sodass ihre Beine an seinem Rücken herabbaumelten. Sie zappelte und wand sich nach Leibeskräften, während sie Tom durch das Augenpflanzenfeld folgten, doch es half nichts – die Kreatur war einfach zu stark. Bald mischte sich das mechanische Klicken des Außenskeletts mit dem Rauschen des Flusses und dem Lärm aus Town, der immer lauter wurde, je näher sie dem Städtchen kamen.

Tom hatte bereits die Wickham Terrace erreicht, als der Zombie auf die Fußgängerbrücke trat. Die Bretter knarrten beängstigend unter seinem Gewicht. Sie waren beinahe in der Mitte der Brücke, da erklang hinter ihnen plötzlich das Geräusch schneller Schritte.

Im nächsten Moment warf sich jemand auf den Zombie und ging auf sein stählernes Rückgrat los. Es gab einen lauten Knall, dann ertönte ein kurzes, erschrockenes Winseln und schließlich das Scheppern von Metall. Der Zombie sackte zusammen und kippte nach vorne um.

Violet schrie entsetzt auf, als sie auf den Boden der Brücke zuflog und hart mit der Schulter aufschlug. Das Monster stürzte auf sie und begrub sie unter sich. Boy packte sie am Handgelenk und zog sie unter dem schweren, bewegungslosen Körper hervor. Während Violet benommen versuchte, sich aufzurappeln, packte der Zombie sie überraschend am Knöchel. Boy trat nach seiner knochigen Hand, bis er losließ, und schleppte Violet zurück zum Ufer.

So schnell gab der Zombie sich jedoch nicht geschlagen. Obwohl sich der untere Teil seiner stählernen Wirbelsäule gelöst hatte und er dadurch seine Beine nicht mehr benutzen konnte, stützte er sich auf seine Arme und kroch ihnen knurrend und grollend hinterher.

»Hier lang!«, kommandierte Boy und lief in Richtung Geistersiedlung.

Keuchend trabte Violet ihrem Freund nach. Beinahe stürzte sie erneut, als sie sich nach dem Zombie umsah, der sie immer noch verfolgte.

Am Himmel zeichneten sich bläuliche Streifen ab, die ersten zarten Vorboten der Morgendämmerung, als sie die Pfeiler am Eingang der Siedlung passierten.

»Wo willst du hin?«, fragte Violet, während sie sich ein weiteres Mal umblickte. »Wir müssen nach Town. Wir müssen helfen!«

»Ja, aber den Weg können wir nicht nehmen. Sie haben den Marktplatz abgeriegelt, wir kommen also weder rein noch raus, ohne dass uns jemand entdeckt. Wir gehen durch den Tunnel. Den, der zu Archer & Brown führt.«

Violet hatte schon fast vergessen gehabt, dass dieser Tunnel überhaupt existierte. Erst als sie am Vortag gesehen hatte, wie Iris Archer ihn benutzt hatte, war er ihr wieder in den Sinn gekommen. Er führte in den Arbeitskeller ihres Vaters unter dem Brillengeschäft. Auf diesem Weg würden sie also mitten ins Herz von Town gelangen – oder zumindest bis zu der Ecke, wo die Edward Street auf die Splendid Road traf.

»Okay«, schnaufte sie, während sie im Eiltempo den Hügel erklommen, auf dessen Kuppe die einsame Straßenlaterne emporragte. »Aber verrate mir wenigstens, was passiert ist. Konntest du noch jemanden warnen?«

»Nein, die Zombies waren zu schnell. Tom hat ihnen gesagt, was sie tun sollen, und sie sind losgeprescht. Ich konnte nicht mithalten. Als ich ankam, waren die Straßen bereits abgeriegelt, deswegen hab ich draußen auf dich gewartet. Da hab ich dann Tom und den Zombie gesehen und …«

»Wie hast du es geschafft, den Zombie auszuknocken?«,

unterbrach Violet, der die Situation noch deutlich vor Augen stand.

»Ich hab die Drähte an seinem Rückgrat gekappt! Erst hatte ich keine Ahnung, wie ich dich retten sollte, aber dann fiel mir ein, dass die Zombies ja eigentlich nicht lebendig sind. Ohne das Metallskelett wären sie zu nichts zu gebrauchen. Im Grunde sind das bessere Roboter. Also dachte ich, ich versuch's mal – ich hab den Metallstab unten an seinem Rücken abgerissen und so die Verbindung zu seinen Beinen unterbrochen!« Er grinste zu ihr herüber, während sie sich dem Friedhof näherten und auf das Drehkreuz zuliefen.

»Violet!« Jemand rief ihren Namen.

Sie fuhr herum und erblickte Tom, der unten auf der Straße zur Geistersiedlung stand. Er hatte einen weiteren Zombie bei sich und sah sich suchend um.

»Ich werde dich finden, Violet!«, schrie er.

Boy legte wieder einen Zahn zu. Als er gegen das Drehkreuz drückte, um hindurchzugehen, gab es ein rostiges Kreischen von sich, das die Stille des Friedhofs jäh durchbrach. Tom schaute hoch und entdeckte die beiden. Umgehend machte er sich an die Verfolgung.

Panisch schob Violet Boy vor sich her. Ihre Gedanken rasten, während Boy und sie zwischen den Reihen aus verwitterten Grabsteinen und Kreuzen hindurchsprinteten. Wo war noch mal der Eingang zum Tunnel?

Tom hatte bereits das Drehkreuz erreicht, da erschütterte ein lauter Knall den Friedhof. Der Boden bebte unter ihren Füßen und schleuderte die Freunde mit dem Gesicht voran ins Gras. Als Violet den Kopf hob, sah sie eine gewaltige Rauchwolke, die von der anderen Seite des Friedhofs zum Himmel aufstieg.

Ihr klingelten die Ohren. Mühsam richtete sie sich auf und krabbelte auf allen vieren zu Boy, der mit aschfahlem Gesicht hinter einem Grabmal lag. Ein dünnes Rinnsal aus Blut lief aus seinem Mundwinkel. Seine Lippen bewegten sich, aber sie verstand nicht, was er sagte.

Plötzlich lösten sich mehrere schattenhafte Gestalten aus der Dunstwolke.

Schwester Powick stand in der Mitte des Friedhofs. Auf den Schultern ihres langen blauen Umhangs hatte sich eine feine Staubschicht abgesetzt. Sie fuchtelte mit den Händen, als würde sie ein Orchester dirigieren. Gleichzeitig schien sie zu schreien, doch das Dröhnen in Violets Kopf war zu laut, um irgendwas zu hören. Neben der Krankenschwester, dort, wo sich bis gerade eben noch der Einstieg zu dem Tunnel ins Draußen befunden hatte, klaffte ein großer Krater, aus dem nun Arnold heraufkletterte.

»Was machst du denn hier?«, schimpfte Schwester Powick, als sie Tom auf dem Friedhof erblickte. Violets Gehör erholte sich langsam, sodass sie die Worte mit etwas Mühe verstehen konnte.

»Ich … ähm … ich wollte nachsehen, ob ihr Hilfe braucht«, stotterte Tom.

»Du sollst dafür sorgen, dass im Rathaus alles glattgeht!«, keifte Schwester Powick, einen Hauch von Panik in der Stimme. »Sieh zu, dass du dorthin zurückkommst, aber zackig!«

Violet hielt den Atem an. Sie rechnete fest damit, dass Tom sie verraten würde. Mit hochrotem Kopf ließ Boys Bruder den Blick über die Gräber schweifen.

»Ich sagte zackig, Tom!«, donnerte Schwester Powick.

***

Violet atmete erleichtert auf, als der blauäugige Zwilling zurückwich, sich umdrehte und den Hügel hinablief, ohne ein Wort zu sagen. Er hätte sie problemlos verpetzen können, aber das hatte er nicht. Schon wieder. Sie sah Boy an. Er reagierte nicht.

Als Nächstes stieg ein Zombie aus dem dunklen Krater und stapfte durch den dünner werdenden Rauch, wobei er jemanden hinter sich herschleifte.

Violet war sich sicher, dass es sich um Dr. Joseph Bohr handelte, den Mann, mit dem sie durch die Gitterstäbe seiner Zelle gesprochen hatte. Sie konnte ihn jetzt besser erkennen. Er sah alt aus, und zwar so richtig. Sein weißes Haar war oben schütter und bildete um seine Ohren einen flaumigen Kranz. Die braunen Augen wirkten in seinem eingefallenen Gesicht riesig und seine Kleidung schlackerte um seine Schultern und Hüften, als bestünde er nur noch aus Haut und Knochen.

»Nimm deine grässlichen Griffel von mir«, schimpfte er und riss sich los. »Ich kann sehr gut allein gehen, vielen Dank!«

Vier ähnlich greise Männer und Frauen folgten. Jeder von ihnen wurde von einem Zombie eskortiert. Das mussten die anderen Wissenschaftler sein, die mit Joseph Bohr in der Zelle gewesen waren. Einer der Männer stolperte wimmernd und hustend durch den Rauch, dann stürzte er ins Gras.

»Du warst schon immer ein Feigling, Magnus.« Arnold lachte. »Ein Kernphysiker, der keiner Fliege was zuleide tun kann. Wie lächerlich! Ich weiß noch, dass du die Viecher damals an der Hegel lieber aus dem Fenster gescheucht hast, statt sie einfach totzuschlagen. Was für eine Verschwendung deines Verstandes!«

Der alte Mann sah hoch. »*Ich* habe *meinen* Verstand verschwendet?!«, schnaubte er ungläubig. »Arnold, du bist hier derjenige, der nicht mehr alle Tassen im Schrank hat. Warum erledigst du uns nicht gleich und ersparst dir und uns das ganze Theater?«

»Euch erledigen? Weshalb sollte ich das tun? Das Beste kommt doch erst noch!« Arnold lächelte. »Ihr habt mich

vor all den Jahren verstoßen, mich mit Schimpf und Schande davongejagt. Ihr habt über meine Entdeckungen gelacht und meine Forschung in den Dreck gezogen. Doch nun werde ich euch endlich beweisen, wozu Arnold Archer imstande ist. Diesmal wird die ganze Welt dabei zusehen. Danach wird niemand mehr mein Genie verkennen!«

»Niemand interessiert sich für dein Genie, Arnold«, entgegnete Joseph Bohr verächtlich. »Das ist Schnee von gestern. Finde dich damit ab. Wir sind zu alt für solche Spielchen!«

»Ich soll mich damit abfinden?«, schrie Arnold. Sein Kopf sah aus wie eine überreife Kirsche kurz vor dem Platzen. »Das mag dir vielleicht gelungen sein, Bohr, aber für mich war das nicht möglich. Du hast dich über mich lustig gemacht, ihr alle habt das, und ihr glaubt, das lasse ich euch durchgehen? Ich habe Spinners nicht vom Haken gelassen, wieso sollte ich mit euch gnädiger sein?«

»Dr. Spinners?«, fragte eine Frau und trat neben Joseph Bohr. Sie trug ein langes violettes Nachthemd, rosafarbene Pantoffeln und hatte sogar noch Lockenwickler in ihrem orangefarben schimmernden Haar. »Was hast du mit ihm gemacht? Sein Unfall damals war höchst verdächtig. Ich habe mich immer gefragt, ob du etwas damit zu tun hattest … Oh, Arnold … bitte sag mir, dass du nicht … Doch nicht etwa Mord …?«

»Sagen wir einfach, Dr. Spinners hat Arnold im Lauf der

Jahre gute Dienste erwiesen, Teresa.« Schwester Powick lächelte breit.

»Aber er … er ist tot«, stammelte Magnus.

»Tot?« Arnold lächelte ebenfalls. »Nun, in gewisser Weise mag das wohl stimmen, aber lange wird er es nicht mehr sein!«

»Schluss mit dem Unsinn, sonst …« Joseph Bohr machte einen Schritt auf ihn zu, doch Arnold Archer schob sich ungerührt an ihm vorbei und ging auf das Loch in der Erde zu.

»Was glaubst du, warum sie den Tunneleingang gesprengt haben?«, flüsterte Violet mit erstickter Stimme.

»Damit das da durchpasst, nehme ich an!« Boy, der sich etwas erholt zu haben schien, zeigte auf den Krater.

»Vorsicht mit meiner Maschine! Passt gefälligst auf, um Himmels willen!«, blaffte Arnold die vier Zombies an, die mit etwas, das wie ein großer Glaszylinder aussah, aus dem verbreiterten Loch stiegen.

Schwester Powick befahl den Zombies, den Gegenstand abzusetzen, und Arnold ging drum herum und nahm ihn von allen Seiten gründlich in Augenschein.

Die Maschine ähnelte einem riesigen Reagenzglas, das auf den Kopf gestellt war, sodass das geschlossene Ende gen Himmel zeigte. Das Glasrohr saß auf einer Art rundem goldenem Standfuß, an dessen Vorderseite etwas angebracht war, das wohl ein Bedienfeld darstellte. Im Inneren

der Röhre befand sich eine große goldene Platte, die ungefähr die Form eines menschlichen Körpers hatte. An den Händen und Füßen waren lederne Manschetten befestigt. Durch kleine Löcher in der Platte schlängelten sich blaue und rote Drähte.

»Was ist das?«, wisperte Violet.

»Das muss dann wohl der Tod-Bezwinger sein«, antwortete Boy.

»Wir haben das alles doch schon mal durchgemacht, Arnold.« Joseph Bohr klang verächtlich. »Deine Maschine mag inzwischen ein wenig anders aussehen, aber deswegen funktioniert sie trotzdem nicht besser. Du versuchst, das Unmögliche zu erreichen. Du bist ein Narr, Archer.«

»Unfug!«, bellte Arnold. »Ich zeige euch, was möglich ist! Schon bald läuft meine Maschine wie geschmiert und unser hochgeschätzter Kollege Dr. Spinners kehrt ins Reich der Lebenden zurück – und sei es nur, damit er an seinen eigenen Worten ersticken kann!«

»Nein, Arnold, das hast du nicht … nicht Spinners …«, stammelte Teresa.

Sie brach in unkontrolliertes Schluchzen aus. Joseph Bohr versuchte, die alte Dame mit dem orangefarbenen Haar zu trösten, während sie sich schwach an seinen Arm klammerte.

»Ist schon gut, Teresa!«, sagte er sanft, bevor er einen anderen Tonfall anschlug. »Du machst mir keine Angst, Ar-

cher. Du bist bloß ein Wirrkopf in einem weißen Kittel, daran hat sich nichts geändert!«

»Ein Wirrkopf, der dein Leben in Händen hält, Joseph. Wenn ich an deiner Stelle wäre, würde ich ein bisschen genauer auf meine Wortwahl achten!« Arnold Archer wandte sich an Schwester Powick und zeigte auf die Maschine. »Sieht alles gut aus!«

»Okay, Abmarsch!«, verkündete die Krankenschwester und gab den vier Zombies ein Signal.

Die Kreaturen bückten sich und hoben den Tod-Bezwinger mühelos auf, als würde er nicht mehr als eine Handvoll Federn wiegen. Dann verließ die Gruppe mit Schwester Powick und Arnold an der Spitze den Friedhof und bewegte sich den Hügel hinab in Richtung Town.

Kapitel 20

Die Rückkehr der Hüter

»Wer ist Dr. Spinners?«, flüsterte Violet. Sie zog Schwester Powicks Briefe aus der Tasche und überflog sie. »Guck mal, Arnold hat ihn in seinen Briefen erwähnt. Da steht, dass er Schwester Powicks Chef war und dass sie Ärger mit ihm hatten. Er muss gestorben sein, Boy. Vielleicht hat diese Frau ja recht und Arnold hat ihn ermordet!«

»Keine Ahnung, Violet«, erwiderte Boy leise. »Darüber können wir uns später noch Gedanken machen. Jetzt müssen wir erst mal Hilfe holen.«

Er stand auf und klopfte sich den Staub von den Kleidern. »Lass uns Dad und die anderen suchen, damit wir uns einen Plan überlegen können!«

Er nahm ihre Hand, zog sie hoch und rannte mit ihr über

den Friedhof zur hinteren Mauer. Vor einem Loch im Boden kamen sie schlitternd zum Stehen. Das war der Eingang zu dem Tunnel, der in den Keller von Archer & Brown führte. Wortlos ließ sich Boy hinab und verschwand in der Dunkelheit. Violet folgte ihm. Ihre Füße kribbelten schmerzhaft, als sie neben ihm auf dem harten Untergrund aufkam.

Im Nu begann sie zu frösteln. Dieser Tunnel verlief unter dem Fluss hindurch und sie hatte ganz vergessen, wie kalt es hier werden konnte. Gemeinsam eilten sie weiter. Das unheimliche Geräusch des Wassers, das von den feuchten Wänden tropfte, begleitete sie auf Schritt und Tritt.

»Schwester Powick hat Tom eingeredet, dass niemand ihn mögen kann, weil er eine dunkle Seele hat«, flüsterte Violet, nachdem sie eine Weile gelaufen waren. Das Gespräch mit Tom ging ihr einfach nicht aus dem Kopf und sie hatte das Bedürfnis, Boy davon zu erzählen. »Sie hat ihm weisgemacht, dass Macula sich für dich entschieden hat, weil er böse ist. Und dann hat er noch gesagt, dass *er* die eigentliche Macht hat, nicht Arnolds Maschine. Und dass Schwester Powick will, dass er diese Macht an eurem Geburtstag einsetzt! Es war seltsam und echt gruselig, Boy!«

Dass Tom außerdem vorhatte, Boy für alles bezahlen zu lassen, erwähnte sie nicht.

»Was soll das überhaupt heißen, eine dunkle Seele?« Die

Stimme ihres Freundes hallte von den steinernen Tunnelwänden wider.

»Weiß ich auch nicht. Aber ich glaube, es hat irgendwas mit diesem Fluch zu tun. Und mit eurem Geburtstag. Erinnerst du dich, wie Schwester Powick in der Burg mit Arnold darüber geredet hat? Nur … was soll das für ein Fluch sein? Der einzige, den ich kenne, ist der, den Edward in seiner Ansprache erwähnt hat. Und Arnold in seinen Briefen. Du weißt schon, die Sache mit der gespaltenen Seele. Aber ich dachte, dabei geht es um William, nicht um Tom oder dich.«

Während sie sprach, kam in Violet plötzlich eine vage Erinnerung hoch – es hatte etwas mit Macula zu tun, doch sie konnte nicht so recht den Finger drauflegen.

»Wenn Tom denkt, dass er die eigentliche Macht hat und nicht Arnolds Maschine, heißt das, er glaubt, dass er die Toten zum Leben erwecken kann?« Boys hämisches Kichern riss sie aus den Gedanken.

Violet zuckte mit den Schultern. »Ich hab ihn gefragt, wozu sie ihn zwingen, aber er wollte es mir nicht verraten. Egal, was es ist, ich glaube trotzdem nicht, dass er es wirklich tun will.«

»Jetzt fang nicht wieder mit diesem ›Er ist ein guter Mensch‹-Kram an, Violet! Er hat gerade erst diesen Zombie auf dich gehetzt. Wer weiß, was passiert wäre, wenn ich nicht gewesen wäre!«

»Aber Schwester Powick hat ihm eingeredet, dass er böse ist, seit er ein kleines Kind war … Stell dir doch nur mal vor, dir würde das ständig jemand sagen. Irgendwann würdest du es auch glauben. Er braucht jemanden, der ihn vom Gegenteil überzeugt. Der ihm klarmacht, dass er ein guter Mensch ist und alles wieder in Ordnung kommt! Er braucht jemanden, der ihn lieb hat, so wie eine richtige Mam eben …«

Violet brach abrupt ab. So hatte sie das nicht sagen wollen. Warum konnte sie nicht einfach mal nachdenken, bevor sie den Mund aufmachte, wie ihr Dad es ihr immer einschärfte?

»Tja, daran hätte er denken sollen, bevor er unsere Mam umgebracht hat!«, fauchte Boy.

In dem Moment erreichten sie Eugenes Labor am anderen Ende des Tunnels.

Violet schwieg.

Sie zwängte sich an den Metalltischen mit den Mini-Augenpflanzen vorbei und ging zum Schreibtisch ihres Vaters. Seine schnörkelige Handschrift füllte die Tafel an der Wand. Wo ihre Eltern jetzt wohl waren? Bei dem Gedanken hatte sie einen dicken Kloß im Hals. Vielleicht fühlte sich Boy auch so, wenn er an Macula dachte, nur noch viel, viel schlimmer. Immerhin würde Violet ihre Eltern zurückbekommen, während er seine Mam nie wiedersehen konnte.

Sie griff unter die dicke Holzplatte, streckte die Finger aus und tastete nach dem großen Metallschlüssel, der an der Unterseite der mittleren Schublade versteckt war. Damit rannte sie zur steinernen Wendeltreppe, die ins Geschäft hinaufführte.

Plötzlich hielt Boy sie zurück.

»Was soll das?« Violet schüttelte ihn ab.

»Hör mal.« Er zeigte zum oberen Treppenabsatz.

Eine Tür flog mit lautem Knall auf, dann ertönte das dumpfe Trappeln schwerer Schritte, als mehrere Leute über ihnen ins Gebäude strömten. Krachen und Splittern drang durch die massive Steindecke.

»Klingt, als würde jemand den Laden durchsuchen«, flüsterte Violet.

Eine weitere Tür knallte und im nächsten Moment erschienen vier große Schatten, die sich die Wendeltreppe hinabschraubten.

»Versteck dich!«, hauchte Boy entsetzt.

Violet krabbelte unter den Schreibtisch ihres Vaters, während ihr Freund hinter dem Sessel in Deckung ging. Gerade noch rechtzeitig, denn gleich darauf stürmten vier ganz in Schwarz gekleidete Männer herein.

»Da brat mir doch …!«, brüllte einer von ihnen und verpasste dem Beistelltischchen vor dem Kamin einen kräftigen Fußtritt. »Ham den Schuppen ja ganz schön runterkommen lassen, was?«

»Wisst ihr noch, als hier unser Zuhause war?«, erwiderte ein anderer. Er wischte die Unterlagen ihres Vaters achtlos beiseite und ließ sich auf den Schreibtischstuhl plumpsen. Seine Beine waren nur wenige Millimeter von Violet entfernt. »Frechheit, da einfach so 'n protziges Labor draus zu machen!«

»Denen zeig ich's.« Lachend schleuderte der Dritte im Bunde einen der großen Metalltische durch den Raum.

Violet zuckte zusammen, als das ohrenbetäubende Scheppern auf ihre geschundenen Trommelfelle traf. Die Männer brachen in Gelächter aus. Einer von ihnen begann, auf der Tafel herumzukritzeln. Sie benahmen sich wie einige der älteren Jungs aus der Schule, wenn sie besonders cool wirken wollten.

»Habt ihr Ed und George gesehn? Halten sich doch glatt für die Allergrößten, die beiden. All das Gelaber über denen ihrn Dad und dass sie hier wieder ans Ruder wolln. Wetten, die machen sich ins Hemd, wenn er erst vor ihnen steht? ›Ja, Dad, nein, Dad, aber natürlich, Dad‹!«, prustete ein anderer. »Ich wusst nich mal, dass die 'nen Vater ham. Klingt wie 'n echter Spinner, wenn ihr mich fragt!«

»Na, meine Stimme hat er jedenfalls, dieser Arnie. Und dabei bin ich ihm noch nie nich begegnet«, meinte wieder ein anderer. »Die Leutchen hier hätten uns im Leben nich rausgelassen! Und besser zahln soll er auch noch, hab ich gehört. Nich wie seine Söhne, die ollen Geizkrägen!«

Violet wurde ganz schlecht. Sie zog sich in die hinterste, dunkelste Ecke unter dem Schreibtisch zurück. Die Hüter waren frei!

***

Die Hüter hatten George und Edward als Wachleute gedient, als Town noch Perfect hieß. Seit dem Untergang von Perfect waren sie im Keller des Rathauses eingesperrt gewesen.

Und nun waren sie frei, genau wie Schwester Powick es geplant hatte.

Violet fröstelte. Wie sollten die Leute von Town es mit einem Heer aus Zombies und den Hütern zugleich aufnehmen? Tom hatte recht – vielleicht war ihre einzige Chance, die Flucht zu ergreifen und ihr Zuhause ein für alle Mal aufzugeben.

Die Hüter hatten hörbar Spaß. Sie begannen, sich gegenseitig mit den Labortischen anzurempeln, als wären sie beim Autoscooter.

»Ich mein, ich hätt ja nie behauptet, dass der Keller 'n Luxusschuppen is, Jungs. Aber selbst zu unsern Zeiten war's hier verdammt noch mal netter als jetzt!«, verkündete einer, bevor er seinen Kameraden mit einem der Tische rammte.

»Ey, was soll'n das?«, beschwerte sich der rundbäuchige

Mann, was der Übeltäter mit schallendem Gelächter quittierte.

Einer der Glaskästen segelte zu Boden und der lachende Hüter trat versehentlich auf die Augenpflanze. Ein schrilles Kreischen gellte durch den Raum, dann spritzte weiß-roter Glibber über den Steinfußboden.

»Igitt«, schimpfte er und hob den Fuß, um die zermalmte Augenpflanze von seiner Sohle zu kratzen. Angewidert schnippte er die Überreste von sich.

»Geschieht dir recht«, spottete der Mann, der den Tisch abbekommen hatte.

»Also gut, Jungs, Schluss jetzt. Dieser Boy is nich hier. Ab nach oben und berichten!«, wandte sich der Hüter, der vor Violet am Schreibtisch saß, an die anderen.

»Mach dich mal locker, Fists – wir sind doch grad erst gekommen! Es hieß, wir solln hier jeden Stein umdrehn, und das bedeutet: ›gründlich suchen‹. Wenn wir jetzt schon da rausgehn, und das auch noch mit leeren Händen, glauben die doch, wir ham unsern Job nich richtig gemacht! Du weißt, wie George und Edward sind!«

Fists? Unwillkürlich machte Violet sich noch etwas kleiner.

Er war der Anführer und zugleich einer der Furcht einflößendsten Hüter. Sie konnte sich noch gut an ihn erinnern, an das feuerrote Haar, das unter seiner schwarzen Wollmütze hervorlugte.

»Denkt dran, wir müssen auch noch in die Wickham Terrace, zu Will Archer nach Hause«, ermahnte er die anderen. »Sie wolln diesen Jungen um jeden Preis. Frag mich ja, was er jetzt schon wieder angestellt hat. Hätt ihm damals in Perfect am liebsten den Hals umgedreht. Wie der ständig über die Mauer geklettert ist wie so 'n verlaustes Eichhörnchen! Diesmal erwischen wir ihn! Und dann verfüttern wir ihn an die Zombies, das sag ich euch! Wenn wir Glück ham, geht uns dieser Will Archer auch gleich mit ins Netz. Konnte den Kerl noch nie ausstehen – bei denen fällt der Apfel echt nich weit vom Stamm!«

»So ganz geheuer sind mir diese Zombies ja nich. Einer von den Jungs meinte, 'ne Krankenschwester hat die gemacht. Powell oder so, glaub ich. Er meinte, sie hat die zusammengenäht!«, meldete sich ein anderer Hüter zu Wort.

»Wenn du mich fragst, sind das keine richtigen Zombies. Mehr so Roboter, aber aus Fleisch und Blut. Und dumm wie Brot.« Fists hielt ein schwarzes Kästchen hoch. Es sah aus wie das, das Schwester Powick Arnold gezeigt hatte. »Deswegen hat uns der kleine Archer, der mit den komischen blauen Augen, vor Wochen diese Dinger reingeschmuggelt! Damit kann man die Biester steuern, sagt er! Angeblich kommt demnächst 'ne ganze Horde von denen und mischt den müden Haufen hier mal 'n bisschen auf. Und da misch ich natürlich mit! Gebt mir 'n paar von den

Zombies und ich mach den Niemandsländern ordentlich Feuer unterm Hintern – das wird 'n Spaß!«

»Ich hab gehört, diesmal schicken sie alle nach Niemandsland. Nich mal die nervigen Perfectonis dürfen dann noch frei rumlaufen. Ich fand ja immer schon, Ed und George hätten gleich alle einsperren sollen. So kriegt man 'nen Aufstand viel leichter in Griff! Das war 'n Riesenfehler von denen, ehrlich«, meinte der stämmige Hüter.

»Los jetzt«, beharrte Fists. Diesmal sprang er auf und ging zur Treppe. »Zurück an die Arbeit, Leute! Hier is niemand, aber wir finden Boy Archer schon noch. Bevor der Tag rum is!«

»Alter Spielverderber!«, brummte einer der Männer leise vor sich hin, während sie die Wendeltreppe hinaufstiegen.

Kurz darauf fiel die Tür oben ins Schloss. Bevor Violet aus ihrem Versteck krabbeln konnte, steckte Boy bereits den Kopf unter den Schreibtisch. Sie erschrak so heftig, dass sie sich den Schädel an der Tischplatte anschlug.

»Herrje, mach das nie wieder!«, keuchte sie.

»Entschuldige.« Sein Gesicht war ernst. »Hast du gehört, was sie gesagt haben?«

»Ja.« Sie nickte. »Sie sind auf der Suche nach dir!«

»Aber warum?« Er wirkte zutiefst beunruhigt.

»Na, wenigstens wissen wir jetzt, dass sie William noch nicht erwischt haben«, erwiderte sie hastig. Das war zumindest ein Silberstreif am Horizont, wenn auch nur ein winzig kleiner. »Nun müssen wir ihn und die anderen bloß noch finden. Sie werden wissen, was zu tun ist. Wir müssen irgendwie nach Niemandsland kommen – dort werden ja offenbar alle hingebracht.«

Die Freunde rannten die Treppe hinauf, durch die massive Steintür und in den langen schmalen Raum, der hinter dem Geschäft lag. Früher hatten Regale aus Metall die Wände gesäumt, die bis obenhin mit Vorratsgläsern vollgestellt waren. Darin hatten die Archer-Zwillinge die gestohlene Fantasie der Menschen aufbewahrt. Violet konnte sich noch an das sanfte Leuchten aus den Gläsern erinnern, das den Raum erhellt hatte.

Vorne im Laden war die Türglocke zu hören, gefolgt von einem weiteren Knall.

»Ich glaub, sie sind weg«, flüsterte Violet.

Behutsam schlichen sie vorwärts. An der nächsten Tür hielten sie an und lauschten, ob noch irgendwelche Geräusche aus dem Geschäft drangen. Schließlich traten sie ein. Die Tür strich sachte über den dicken roten Teppichboden.

Nachdem sie den Laden von den Archer-Zwillingen übernommen hatten, hatten William und Violets Eltern nichts daran geändert. Sie hatten sowohl die Auslagen aus dunklem Mahagoniholz behalten, die an den Wänden entlangliefen, als auch die funkelnden Glasvitrinen, in denen diverse Brillenmodelle ausgestellt waren.

Etwas knirschte unter Violets Fuß. Sie senkte den Blick. Der Teppich war mit Glasscherben übersät. Die Vitrinen waren aufgebrochen worden und überall lagen Brillengestelle verstreut.

»Sie haben den Laden kurz und klein geschlagen«, sagte Boy wütend.

Violet wollte gerade ein verirrtes Brillenglas aufheben, als draußen ein Zombie vorbeistapfte. Schnell duckte sie sich hinter den Verkaufstresen und bedeutete Boy, sich ebenfalls zu verstecken.

Der Zombie blieb ruckartig stehen und starrte ins Schaufenster. Er schnüffelte, als ob er irgendetwas witterte. Starr vor Schreck sah Violet zu, wie das Ungeheuer vor dem Laden auf und ab tigerte und mit den Fingern an der Scheibe kratzte.

Nach einer gefühlten Ewigkeit kam hinter ihm ein anderer Zombie mit einer brennenden Fackel vorbei, woraufhin der Zombie sich umdrehte und ihm folgte.

Violet rannte zum Fenster. Draußen vor der Metzgerei standen zwei Zombies reglos Wache, während drinnen die Hüter ihr Unwesen trieben.

Ein großer, fast kahlköpfiger Mann wurde grob aus seiner Wohnung über dem Geschäft geschleift. Hinter ihm folgten seine Frau und die beiden Kinder verzweifelt weinend.

»Mr Hatchet und seine Familie«, flüsterte Boy entsetzt.

»Guck mal da drüben!« Violet zeigte in Richtung Splendid Road.

In der ganzen Straße zerrten Hüter Menschen in ihren Schlafanzügen aus den Häusern. Manche wehrten sich, aber die meisten waren zu verängstigt, um etwas anderes zu tun, als zu schreien.

Kapitel 21

Familienbande

»Wir müssen ihnen helfen!«, krächzte Violet heiser.

»Und wie sollen wir das bitte anstellen? Rausgehen und es ganz allein mit den Hütern und den Zombies gleichzeitig aufnehmen? Superidee!«, erwiderte Boy sarkastisch. »Lass uns bei unserem ursprünglichen Plan bleiben und Dad und die anderen suchen. Sie wissen bestimmt, was zu tun ist. Wahrscheinlich tüfteln sie schon längst was aus!«

»Na, dann sollten wir uns beeilen – wir müssen nach Niemandsland, und zwar schnell.« Violet zögerte. »Aber dafür müssen wir da raus.« Sie sah wieder aus dem Fenster. Draußen wurden die Menschen inzwischen wie Vieh zusammengetrieben. Einige schrien die Hüter an, während andere sich bloß weinend an ihre Familien klammerten.

Ihr Blick fiel auf eine Gruppe von Stadtbewohnern, die wie benommen an der Scheibe vorbeistolperten.

Sie machte Boy auf den Tumult aufmerksam. »Wenn wir jetzt losgehen, können wir uns unter die Leute dort mischen. Schnell!«

Boy nickte und öffnete vorsichtig die Ladentür. Schlagartig klangen die verängstigten Schreie und Rufe um ein Vielfaches lauter. Im Schatten des Hauseingangs schlichen die beiden nach draußen, huschten die Stufen hinab und reihten sich unbemerkt in den Zug der verängstigten Menschen ein.

Eine Frau in der Mitte der Gruppe, die Violet als Lehrerin aus der Schule kannte, hielt ihre weinende Tochter an der Hand und versuchte verzweifelt, die Kleine zu beruhigen.

»Halt's Maul, du Rotzlöffel«, brüllte ein Hüter an der Spitze der Gruppe.

Die Mutter schrie auf, als er ihr die Kleine abnahm und vor sich her nach vorne schubste. Violets Magen krampfte sich schmerzhaft zusammen, während sie in betretenem Schweigen vorwärts schlurften. Das einzige Geräusch, das jetzt noch zu hören war, war das anhaltende Schluchzen des kleinen Mädchens. So passierten sie das Rathaus und bogen in die Archers' Avenue.

Als die Gruppe sich in Richtung Rag Lane wandte, griff Boy nach Violets Hand und zog sie beiseite. Am Rand der hohen Mauer, die Niemandsland umgab, gingen sie in Deckung.

»Was machst du?«, zischte sie. »Ich dachte, der Plan wäre …«

»Wir sind fast bei Iris«, schnitt er ihr das Wort ab. »Vielleicht ist sie ja noch da? Sie weiß bestimmt, wo Dad und die anderen sind.«

Auf leisen Sohlen eilten sie die Straße entlang, liefen zur Rückseite des Hauses, in dem Boys Großmutter lebte, und kletterten über den Zaun in ihren Garten. Boy schob die Hand in den leuchtend gelben Blumentopf neben ihrer Hintertür, zog einen mit Erde verschmierten Schlüssel heraus und schloss auf.

»Iris?«, flüsterte er, während sie auf Zehenspitzen hineinschlichen.

Niemand antwortete. Es war bedrückend still im Haus. In der Küche war der Tisch noch gedeckt. Eine angebissene Scheibe Toast lag auf dem Teller und daneben stand eine Kanne Tee. Violet hielt die Hand an die Kanne.

»Warm«, sagte sie. »Sie kann noch nicht lange weg sein.«

Von der Küche ging sie weiter in den Flur. Iris' langer schwarzer Mantel hing am Garderobenhaken und ihre flachen Lederschuhe standen an ihrem gewohnten Platz. Auch wenn die alte Dame zu Hause meistens barfuß lief, zog sie normalerweise Schuhe an, wenn sie rausging. Vielleicht war sie doch noch da.

Violet wollte gerade den Fuß auf die Treppe setzen, um im oberen Stockwerk nachzusehen, als jemand an die Tür hämmerte.

»Iris, ich bin's, der Geist der Vergangenheit«, rief eine nur allzu bekannte Stimme von draußen. »Mach auf! Das ist kein Traum, mein Schatz, auch wenn du dir sicher wünschst, es wäre so!«

Violet spürte, wie sich ihre Nackenhaare sträubten. Sie warf Boy, der gerade aus der Küche kam, einen vielsagenden Blick zu. Die Haustür bebte unter den Schlägen.

»Arnold«, formte sie mit den Lippen.

»Sag der Kreatur da, sie soll die Tür eintreten, Vater!«, schlug eine zweite Stimme vor.

»Edward!«, flüsterte Boy alarmiert.

Mit einem Kopfnicken deutete Violet auf die Treppe. So leise wie möglich schlichen Boy und sie die hölzernen Stufen hinauf in Iris' Schlafzimmer, während unter ihnen weiter an die Tür gehämmert wurde. Boy kniete sich hin und kroch unter das Ehebett. Violet folgte ihm. Es war gerade genug Platz für sie beide.

Von unten kam ein lauter Knall, dann das Geräusch von splitterndem Holz. Zu guter Letzt flog die Tür mit einem gewaltigen Krachen auf. Es klang, als würde eine kleine Gruppe Menschen das Haus stürmen.

Violet erstarrte.

»Durchsucht die ganze Bude!«, befahl Edward Archer.

Kurz darauf näherten sich schwere Schritte und jemand kam ins Schlafzimmer gestapft.

Violet hielt den Atem an und Boy machte sich so klein, wie er konnte. Aus ihrem Versteck heraus sahen sie ein Paar bläulich schwarzer Füße, die ums Bett herumgingen. Die Nägel an einem Fuß waren fast alle grün und hatten fette Trauerränder, während sie am anderen Fuß vollständig fehlten. Dort ragte zudem ein Stück Knochen in einem seltsamen Winkel aus der löchrigen Ferse.

Violet blieb fast das Herz stehen, als der Zombie anhielt, ein grollendes Stöhnen ausstieß und sich aufs Bett warf. Die Sprungfedern quietschten und die Matratze sackte unter seinem Gewicht gefährlich durch. Boy und Violet pressten sich flach auf den Boden, während die Kreatur über ihnen herumkrabbelte und dabei schnüffelte wie ein Hund.

»Hey, du Faulpelz, schläfste jetzt schon bei der Arbeit, oder was?«, ertönte eine donnernde Stimme draußen im Flur.

Die runde, stahlkappenverstärkte Spitze eines schwarzen Stiefels, wie ihn die Hüter trugen, trat in ihr Blickfeld.

»Raus mit dir, durchsuch den Rest des Hauses!«

Die Matratze federte zurück und die nackten Füße des Zombies erschienen wieder neben der Bettkante. Die Kreatur stöhnte erneut, dann stapfte sie aus dem Raum.

Violet atmete ganz langsam auf. Sie befanden sich un-

mittelbar über dem Wohnzimmer und durch einen Spalt zwischen den Dielenbrettern konnte sie erkennen, wie Edward – der kleine, dicke Zwilling – eben hereinmarschierte und neben dem marmornen Kamin stehen blieb. Ihm folgte sein Bruder George, der so groß und dünn war, dass er sich bücken musste, um nicht gegen die niedrige Decke zu stoßen.

Eine dritte Person gesellte sich zu ihnen. Violet erkannte Arnold Archer. Er lief schnurstracks auf die goldgerahmten Familienfotos über dem Kamin zu.

»Ach, wie wir uns doch selbst belügen!« Lachend riss er eines der Bilder von der Wand und schleuderte es quer durch den Raum.

Violet zuckte zusammen, als das Glas zersplitterte.

»Wir durchsuchen das Haus natürlich gründlich und bis in den letzten Winkel, aber auf den ersten Blick hat es doch den Anschein, dass Mutter nicht hier ist.« Edward räusperte sich hüstelnd.

»Tja, dann schlage ich vor, ihr findet heraus, wo sie abgeblieben ist, und zwar schleunigst, Ed!«, knurrte Arnold.

»Gut möglich, dass sie bereits in Niemandsland ist. Ich schwöre dir, wir haben deine Anweisungen bis ins kleinste Detail befolgt, Vater. Kaum dass wir frei waren, haben wir die Hüter losgeschickt. Sie sind seit den frühen Morgenstunden damit beschäftigt, die Leute aus ihren Häusern zu holen …«

»Und jetzt erwartest du, dass ich dir deswegen gratuliere?«, fauchte Arnold gereizt.

»Nein … ähem … Ich wollte nur …«

»Ich habe euch zahllose Chancen gegeben!« Arnolds Stimme wurde lauter. »Ich habe dich gerettet, als eure Pläne für Perfect den Bach runtergegangen sind. Was wäre passiert, wenn ich nicht von Weitem zugesehen und Tom zum Friedhof geschickt hätte, um dich zu mir zu bringen? Ich habe dich in meine Pläne eingeweiht und dir sogar erlaubt, einige von deinen Ideen umzusetzen, die natürlich sofort wieder nach hinten losgegangen sind. Wo wärst du jetzt, wenn ich dir nicht erneut zur Hilfe geeilt wäre, nachdem du es nicht geschafft hast, Town gegen deinen Bruder zu wenden? Ich verrate es dir: Du würdest immer noch mit George in eurer Zelle im Rathaus versauern, während euer verfluchter Bruder William hier das Sagen hat!«

»Aber Vater …«

»Nichts aber, Edward. Du hast geschworen, dich meiner würdig zu erweisen, und ich Narr habe dir geglaubt. Und das Einzige, was du zustande gebracht hast, war, deinen hirnlosen Bruder zu befreien und euch dann gleich wieder verhaften zu lassen! Noch mal lasse ich nicht zu, dass ihr alles verbockt. Das hier ist kein Testlauf! Wenn ihr auch nur einen Millimeter vom Plan abweicht, sperre ich euch eigenhändig weg. Ohne mit der Wimper zu zucken.«

»Lass mich doch wenigstens erklä–«

»Schluss, Edward, ich will kein Wort mehr hören!« Arnold baute sich drohend vor seinem Sohn auf.

Der dicke Zwilling zog den Kopf ein. George wich bis zum Kamin zurück. Die Brüder wirkten wie verängstigte Kinder, nicht wie die furchterregenden Männer, als die Violet sie kannte.

»Ihr haltet euch für die ganz großen Macker hier – das war schon immer euer Problem, selbst als ihr noch klein wart. Ständig habt ihr versucht, euch bei mir einzuschmeicheln. Habt mir eure Experimente vorgeführt und versucht, mich mit eurer Kindergartenwissenschaft zu beeindrucken. Als ich in eurem Alter war, wurde ich auf der ganzen Welt für meine Forschung zu menschlichem Verhalten gepriesen. Und was habt ihr vorzuweisen? Ihr habt ein paar Menschen in dieser armseligen kleinen Stadt gesteuert. Werd erwachsen, Edward, und du auch, George! Von nun an werdet ihr keine einzige Entscheidung mehr treffen. *Ich* übernehme die Kontrolle über Town. Das Timing ist zu wichtig, als dass ich es irgendjemand anderem überlasse. Ich habe nicht Jahre meines Lebens damit vergeudet, mich in dieser baufälligen Ruine von einer Burg zu verstecken, nur um mir wegen ein paar kindischer Fehler alles in letzter Minute verderben zu lassen! Ihr tut, was ich euch sage, basta. Haben wir uns verstanden?«

Stille.

»Haben wir uns verstanden?«, brüllte Arnold.

»Ja«, flüsterten Edward und George mit gesenkten Köpfen.

»Gut.« Der alte Mann lächelte. »Dann los, findet eure Mutter und bringt sie zu mir! Und Boy auch, noch vor morgen! Priscilla braucht ihn, wenn alles funktionieren soll. Ich bin im Rathaus.«

Damit stürmte Arnold Archer aus dem Haus.

»›*Aber Vater …*‹«, spottete George nach einer Weile.

»Du hast nicht mal den Mund aufgekriegt, George, also mach dich gefälligst nicht lustig! Lass uns Iris suchen – ich wette, sie ist in Niemandsland. Wenn wir sie finden, sollte ihn das fürs Erste zufriedenstellen.«

»Ihn zufriedenstellen, Edward? Unseren Vater?« George schnaubte sarkastisch. »Ich habe gehört, wie diese Krankenschwester ihm vorgeschwärmt hat, was für ein zauberhafter Ort das hier ist. Das perfekte Zuhause für sie. Ich wette, er hat vor, die Stadt ihr und ihren Zombies zu überlassen, wenn er mit seiner Nummer durch ist. Und du hast behauptet, er hätte versprochen, sie *uns* zu geben, wenn wir ihm mit seinem idiotischen Plan helfen. Perfect ist alles, worauf wir hingearbeitet haben. Es sollte uns zustehen, niemandem sonst!«

»Das wird schon, George«, beschwichtigte Edward. »Erinnerst du dich, wie er früher immer war, bevor er eine Arbeit eingereicht hat? Er ist einfach nur gestresst. Wenn das alles erst mal vorbei ist, wird er seine Meinung schon noch ändern. Er sagt das bestimmt nur, um Priscilla Powick bei der Stange zu halten. Aber wir sind seine Familie, sein eigen Fleisch und Blut!«

»Das ist Boy auch.« George schüttelte mitleidig den Kopf. »Und ich habe gehört, was sie mit ihm vorhaben!«

Kapitel 22

Warum Boy?

Kaum hatten Edward, George und ihre Begleiter das Haus verlassen, schob sich Boy unter dem Bett hervor. Violet kroch hinter ihm her und setzte sich auf den Holzboden. Sie fühlte sich auf einmal entsetzlich müde.

»Wir müssen nach Niemandsland!« Boy rannte zum Fenster und sah hinaus. »Er will Iris und …«

»Und dich.« Violet warf ihrem Freund einen Blick zu. »Du hast Arnold doch gehört. Schwester Powick braucht dich, damit ihr Plan funktionieren kann! Ich weiß, dass sie die Toten zum Leben erwecken wollen, um der ganzen Welt zu beweisen, dass Arnold der größte Wissenschaftler aller Zeiten ist. Aber dafür haben sie doch den Tod-Bezwinger … Wozu brauchen sie dann dich?«

»Vielleicht kann Iris uns das sagen – sie war dabei, als er damals mit seinen Experimenten angefangen hat. Und sie muss wissen, wie er tickt – schließlich war sie mit ihm verheiratet! Wenn wir sie, Dad und die anderen finden, können wir versuchen, Licht ins Dunkel zu bringen. Gut möglich, dass sie jetzt schon mehr wissen als wir! Wir müssen unbedingt nach Niemandsland.«

»Okay, aber bevor wir irgendwo hingehen, brauchst du erst mal eine Verkleidung. Du darfst auf keinen Fall erwischt werden, Boy!« Violet stand auf, nahm eines von Iris' schwarzen Umhängetüchern aus dem Schrank und wickelte es ihm um Kopf und Schultern.

»Wunderschön«, zog sie ihn auf, »eine Augenweide!«

»Vergiss es«, erwiderte ihr Freund und riss sich das Tuch vom Kopf.

Violet hängte es ihm sofort wieder um. »Man kann auch in Schönheit sterben«, tadelte sie ihn, wie ihre Mutter es immer tat, wenn Violet mal wieder keine Lust hatte, ihren Fahrradhelm aufzusetzen.

»Na gut«, schnaubte er, »aber wehe, du erzählst jemandem davon!«

Sie bemühte sich nach Kräften, nicht zu lachen, als Boy, der nun wie eine alte Frau aussah, vor ihr die Treppe hinunterstieg. Er machte einen Abstecher in die Küche, während sie bereits über die zerstörte Haustür nach draußen kletterte. Sekunden später holte er sie ein.

»Ich war am Verhungern«, erklärte er und gab ihr eine Scheibe kalten Toast.

Ihr Magen knurrte vernehmlich, als sie hineinbiss.

Gemeinsam schlichen sie die Archers' Avenue entlang, bis sie zum Eingang der Rag Lane kamen. Violet eilte voraus, um sich zu vergewissern, dass die Luft rein war, kehrte jedoch sofort wieder zurück, nachdem sie einen Blick um die Ecke in Richtung Niemandsland geworfen hatte.

»Da können wir nicht lang«, hauchte sie und bedeutete Boy, ihr zurück in die Archers' Avenue zu folgen. Hinter einer eisernen Bank, die am Rand der kopfsteingepflasterten Straße stand, gingen sie in Deckung. »Der Durchgang wird von einer Reihe Zombies blockiert. Und ein Hüter bewacht die Zombies.«

Eine weitere Gruppe verwirrter Stadtbewohner kam an ihrem Versteck vorbei.

»Legt mal einen Zahn zu, ihr faulen Schweine!«, brüllte einer der Hüter, um sie anzutreiben.

»Was habt ihr mit uns vor? Was ist hier los? Ich verlange eine Erklärung!«, forderte eine blonde Frau tapfer. Sie trat aus der Reihe und baute sich vor dem Hüter auf.

»Ihr geht dahin, wo ihr hingehört! In diesen Straßen sind wir wieder der Boss!« Der Mann lachte ihr ins Gesicht.

»Das ist Madeleine Nunn«, flüsterte Violet. »Aber Anna ist nicht bei ihr!«

Madeleine Nunn war Annas Mam und Mitglied im

Stadtrat. Violets Dad hatte ihr mal erzählt, dass Madeleine härter arbeitete als alle anderen und über alles Bescheid wusste, was in Town geschah. Auch über Dinge, die sie eigentlich nichts angingen, bemerkte Violets Mam oft.

»Wir könnten zusammen mit der Gruppe reinschleichen?«, schlug Boy vor und machte Anstalten, sich aus dem Versteck zu wagen.

»Nein.« Violet schüttelte den Kopf. »Sie dürfen dich auf keinen Fall entdecken. Wir klettern über die Mauer!«

Diesen Weg hatte Boy Violet gezeigt, kurz nachdem sie sich kennengelernt hatten. Damals war er auf diese Weise heimlich von Niemandsland nach Perfect und wieder zurück gelangt.

Ihr Freund lächelte und seine Augen blitzten vergnügt. »Okay!«

Sie rannten los, an Iris' Haus vorbei und hielten an der Biegung in der Mauer an. Violet schluckte. Sie hatte ganz vergessen, wie hoch es dort hinaufging.

»Ich kletter rauf und werf das Seil runter!«, verkündete Boy, der sich bereits an den Aufstieg machte.

»Woher willst du wissen, dass das Seil noch da ist? Das ist doch ewig her!«

»Weil ich den Weg immer noch manchmal nehme!«, antwortete er.

»Oh.« Violet war überrascht – das hatte er ihr nie erzählt.

Geschickt hangelte Boy sich an den kleinen Rissen und

Vorsprüngen in der Mauer nach oben. Violet behielt mit einem Auge ihren Freund im Blick, mit dem anderen die Straße. Sie hoffte inständig, dass niemand um die Ecke biegen und sie erwischen würde. Sobald das Seil von oben herabfiel, stürzte sie sich förmlich darauf.

»Meine Kletterfähigkeiten sind ganz schön eingerostet«, verkündete sie keuchend, als sie sich schließlich über den Rand der Mauer hievte.

Mit schmerzenden Muskeln lehnte sie sich zurück, um wieder zu Atem zu kommen. Von den Dächern der Stadt hatte man einen tollen Ausblick über ganz Town.

»Ich liebe diesen Ort.« Boy lächelte ein wenig verlegen. »Hier komme ich immer her, um mit Mam zu reden.«

»Oh.« Violet wusste nicht so recht, was sie darauf erwidern sollte.

»Das machen die Leute immer.«

»Was?«, fragte sie.

»Sie verstummen. Sobald ich über Mam rede.«

Violet ließ sich das einen Moment lang durch den Kopf gehen. »Na ja, es ist halt irgendwie schwierig – was soll man darauf sagen? Letztes Mal, als ich sie erwähnt habe, hast du mich ziemlich angefahren«, gestand sie. »Ich hatte einfach Angst, dass ich dich wieder wütend oder traurig mache oder so. Ich dachte, du möchtest vielleicht lieber nicht über sie reden.«

»Doch, das möchte ich. Nur weil sie nicht mehr da ist,

heißt das ja nicht, dass es sie nie gab! Niemand traut sich, über die Toten zu sprechen.« Seine Stimme klang belegt. »Außer Arnold … Was, wenn …« Boy zögerte.

»Was, wenn was?«, hakte Violet nach.

»Was, wenn Arnold gar nicht verrückt ist? Was, wenn er den Tod tatsächlich besiegen kann? Vielleicht könnte er Mam zurückbringen!«

»Aber er kann es eben nicht, Boy«, flüsterte Violet mit Tränen in den Augen. »Niemand kann das.«

Die Freunde verfielen in Schweigen. Von unten drangen die Geräusche des Tumults in den Straßen zu ihnen herauf, vielstimmiges Schreien und Weinen durchschnitt die morgendliche Ruhe über den Dächern.

»Warum braucht Schwester Powick mich?«, fragte Boy leise, als wäre ihm die Bedeutung dieser Frage gerade erst bewusst geworden.

Violet schüttelte den Kopf.

»Ich weiß es nicht«, antwortete sie sanft.

»Ich …« Boy stockte und wandte den Blick ab. Er schaute in die Ferne.

»Was?«, ermutigte sie ihn sachte.

»Ich hab Angst.« Er wurde rot und sah sie nicht an.

»Sie kann dir nichts tun, nicht, solange … Das ist es!« Violet setzte sich auf. »Was, wenn du dich einfach bis nach deinem Geburtstag hier versteckst? Dann können die Pläne von Arnold und Schwester Powick doch eigentlich gar nicht funktionieren. Wenn wir hier oben auf dem Dach bleiben, finden sie uns bestimmt nicht und dir kann nichts passieren!«

Ein Schreckensschrei gellte durch die Straßen. Violet sprang auf und lugte über die Mauerkante. Schaudernd beobachtete sie, wie eine kleine Gruppe von Menschen die Absperrung durchbrach, auf die Archers' Avenue hinausstürmte und versuchte, in Richtung Edward Street zu fliehen. Drei Zombies waren ihnen dicht auf den Fersen. Im Nu hatten sie die Flüchtenden ergriffen und zu Boden geworfen.

Violet konnte nicht länger hinsehen, als die entsetzten Stadtbewohner schreiend in die Rag Lane zurückgeschleift wurden.

»Nein.« Boy schüttelte den Kopf. Seine Stimme war fest und er strahlte neue Entschlossenheit aus. Von seiner Angst war nichts mehr zu spüren. »Mam hat sich auch nicht versteckt, als ich sie am dringendsten gebraucht hab! Wir können nicht hierbleiben, Violet. Unsere Familien und ganz Town brauchen uns!«

Ihr Freund stand auf. Ohne ein weiteres Wort bahnten sie sich ihren Weg über die Dächer, bis sie zu dem alten Badezimmerfenster kamen, das ihnen zur Zeit von Perfect so oft als Fluchtweg gedient hatte. Violet, die darin nicht annähernd so geübt war wie Boy, geriet beim Hineinklettern bedrohlich ins Wanken und plumpste relativ unelegant auf die zerbrochenen weißen Fliesen in dem ansonsten kotzgrünen Raum.

»Pst!« Boy warf ihr einen warnenden Blick zu.

»Danke fürs Mitgefühl!«, raunte sie und rappelte sich auf.

Sie hatten sich kaum ins Treppenhaus mit der orangefarbenen Tapete vorgewagt, als ein Geräusch sie aufschrecken ließ. Vorsichtig schlich Violet zum wackeligen Geländer und blickte hinunter. Es war dunkel, doch sie nahm zwei schattenhafte Gestalten wahr, die von unten die Treppe hinaufkamen.

Kapitel 23

Zurück in Niemandsland

Hastig sah Violet sich nach einer Waffe um, irgendwas, womit sie sich im Notfall verteidigen konnten. Als sie aufblickte, stellte sie fest, dass Boy bereits die Treppe hinablief. Weil sie nicht wusste, ob er die Schatten ebenfalls bemerkt hatte, griff sie nach dem nächstbesten Gegenstand – einem alten Flaschenverschluss – und warf ihn nach ihm, um ihn zu warnen. Der Flaschenverschluss flog um Haaresbreite an Boys Schulter vorbei und prallte mit einem leisen *Pling* vom Geländer ab. Sie zuckte zusammen. Hoffentlich hatten die anderen sie nicht gehört.

»Jack …?« Boys Stimme drang durch die Dunkelheit.

Auf dem Treppenabsatz war ein leises Scharren zu vernehmen.

»Jack?«, zischte er erneut.

»Boy …? Boy, bist du das?«, flüsterte jemand nervös.

Im Stockwerk unter ihnen brach ein hektisches Rascheln und Huschen aus. Plötzlich schwebte Anna Nunns kleines rundes Gesicht hell erleuchtet im dunklen Treppenhaus. Sie hielt sich eine Taschenlampe unters Kinn und starrte zu ihnen hinauf, was ihr aus Violets Blickwinkel geradezu gigantische Nasenlöcher verlieh. Dann neigte sie die Taschenlampe, sodass auch Jack neben ihr zu sehen war.

»Anna, du hast mich zu Tode erschreckt!«, keuchte Violet, die fast über das Geländer gefallen wäre.

»Erwischt!« Die Kleine grinste.

In Violet stieg ein unkontrollierbares Kichern auf und im nächsten Moment krümmten sich alle vier vor Lachen.

»Was … was macht ihr hier?«, brachte Boy einige Minuten später mühsam hervor.

»Aus Niemandsland rausschleichen natürlich«, erwiderte Anna, als sei das ja wohl offensichtlich.

»Wir waren auf der Suche nach Annas Mam. Madeleine ist noch nicht hier und so langsam machen sich alle ein bisschen Sorgen«, erklärte Jack.

»Wir haben sie gesehen«, berichtete Violet. »Die Hüter bringen sie gerade her.«

»Geht es ihr gut?« Anna schlug die Hände vor den Mund.

»Ja, ihr ist nichts passiert«, versicherte Violet.

»Sagtest du *alle*?«, hakte Boy bei Jack nach.

»Ja.« Sein Freund nickte. »Alle haben sich in Merrills altem Spielzeugladen in Niemandsland versammelt. Um euch beide haben wir uns auch schon Sorgen gemacht. William hat überall rumgefragt, aber niemand hatte euch gesehen. Wir dachten schon …«

»Ist Iris auch da?«, unterbrach ihn Violet.

Anna nickte.

»Na, dann los, gehen wir«, kommandierte Boy und eilte die Treppe hinab.

»Nein!« Jack schaffte es gerade noch, Boy am Ärmel zurückzuhalten, bevor er aus dem Haus stürmen konnte. »Die Hüter suchen überall nach dir! Und wir haben den Verdacht, dass einige ehemalige Bewohner von Perfect ihnen helfen.«

»Was …? Wer hilft denn bitte freiwillig den Hütern?« Violet war aufrichtig verwirrt.

»Vincent Crooked und seine Kumpel.« Anna sah Boy durchdringend an. »Sonst niemand. Die anderen meinen, das kommt, weil Mr Crooked sauer ist, dass er seinen Platz im Stadtrat verloren hat. Wegen seiner Zusammenarbeit mit Edward letztes Mal. Violets Dad hat gesagt, Mr Crooked soll sich glücklich schätzen, dass er nicht gleich mit den Archer-Zwillingen eingesperrt worden ist. Und wenn wir das hier überstehen, will er eigenhändig dafür sorgen, dass er nicht noch mal davonkommt! Er war richtig wütend, Violet, er hat sogar …«

»Wisst ihr, warum sie nach mir suchen?«, schnitt Boy Anna das Wort ab.

Sie schüttelte den Kopf.

»Nein«, antwortete Jack. »Ich hab bloß gehört, wie ein paar Hüter über einen Arnold Archer geredet haben, der auf dem Weg hierher sein soll. Es klang, als hätte er irgendwas damit zu tun. Habt ihr eine Ahnung, wer das ist?«

»So ungefähr, ja«, sagte Boy und wandte sich wieder der Tür zu. »Aber wir glauben, dass Iris noch sehr viel mehr weiß. Wir müssen mit ihr reden.«

»Nein!« Jack zog ihn zurück. »Ich hab doch gerade gesagt, sie suchen nach dir. Du brauchst eine Verkleidung!«

»Na, was für ein Glück, dass wir zufällig eine dabeihaben.« Violet lächelte und nahm Boy das schwarze Tuch ab, der es nur äußerst widerwillig rausrückte. Sie wickelte es ihm wieder um Kopf und Schultern.

Jack bemühte sich vergebens, nicht zu lachen.

»Du siehst genau wie deine Granny aus!« Anna grinste breit.

»Vielen Dank auch.« Mit hochrotem Kopf schlich Boy zusammen mit den anderen aus dem Haus.

Die Forgotten Road lag im Licht der frühmorgendlichen Sonne noch weitgehend still da. Einige Menschen standen an den Häuserwänden, steckten die Köpfe zusammen und tuschelten aufgeregt miteinander. Andere irrten ziellos umher, als wüssten sie nicht, wohin mit sich. Dazwischen patrouillierten Hüter und hielten wahllos Passanten an, um sie einzuschüchtern. Violet beobachtete, wie einer der Männer einen kleinen Jungen am Kragen hochhob und dessen Eltern zurechtwies, weil sie ihm erlaubt hatten, auf der Straße mit seinem Spielzeugauto zu spielen.

Vereinzelt entdeckte sie auch Zombies – sie waren an allen größeren Kreuzungen postiert worden. Dort standen sie nun reglos und bedrohlich herum, als warteten sie nur auf weitere Befehle.

»Die sind so gruselig«, flüsterte Anna, als sie an einer Kreatur vorbeikamen, der ein halber Arm und der komplette Unterkiefer fehlten. »Ich wusste nicht, dass Hugo Freunde hat!«

»Wo er herkommt, gibt es noch jede Menge mehr«, erwiderte Boy leise.

»Hat euch eigentlich jemand gesagt, was hier los ist?«, fragte Violet schnell, in der Hoffnung, dass Anna Boy nicht gehört hatte.

»Nach allem, was wir uns zusammengereimt haben, sind die Zombies über Nacht hier eingefallen. Sie haben die Archer-Zwillinge und die Hüter freigelassen und seitdem wird ganz Town hierher nach Niemandsland verfrachtet. Die Leute, die bereits hier leben, haben angeboten, die anderen bei sich aufzunehmen.« Mit einer Kopfbewegung deutete Jack auf eine Gruppe vor ihnen, die gerade Lucy Lawns Haus betrat. »Aber langsam wird es echt eng. Momentan lassen sich alle, die nirgends mehr unterkommen, auf dem Marktplatz nieder. Aber niemand hat die geringste Ahnung, was die Archer-Brüder im Schilde führen und was das alles soll.«

»Seit wann seid ihr schon hier?«, erkundigte sich Boy.

»Nicht sehr lange«, antwortete Jack. »Bei uns sind die Hüter eben erst reingeplatzt. Ich dachte, ich träume, als die plötzlich die Treppe hochkamen. Mam hat geschrien – sie hatten einen Zombie dabei und der war echt eklig. Ich hab versucht, alle zu beruhigen, aber es war einfach nur schrecklich. Genau wie früher in Perfect, nur dass die Leute die Hüter diesmal sehen können!«

»Ich hab beobachtet, wie sie angekommen sind«, fügte Anna hinzu. »Ich hatte mich rausgeschlichen, um dich zu suchen, Violet. Weil ich nämlich wusste, dass du ohne mich im Draußen warst, obwohl du versprochen hast, das nicht mehr zu machen! Jedenfalls war ich gerade auf dem Marktplatz, als die Zombies einmarschiert sind. Ich hab mich sofort hinter dem Lumpenbaum versteckt. Sie hatten Fackeln dabei und ihre Augen waren riesig und ganz weit aufgerissen. Manche haben wie Hunde geknurrt und alle haben total gesabbert. Einer hat mich entdeckt und versucht, mich zu beißen, aber ich bin ihm entwischt. Das war echt unheimlich! Ich meine, ich hab schon Gruselfilme gesehen – aber das war viel schlimmer. Tom war bei ihnen. Er hat einigen von ihnen befohlen, auf dem Marktplatz zu bleiben, den Rest hat er losgeschickt, um Edward und George zu holen. Dann ist er verschwunden!«

»Da ist er wohl zurückgegangen, um mich zu suchen«, sagte Violet, während sie an einem Zombie vorbeieilten, der am Eingang einer der Gässchen stand, die zum Marktplatz führten.

Er drehte den Kopf, um ihnen nachzusehen, und zwar deutlich weiter, als es normalerweise hätte möglich sein sollen. Ein bisschen wie eine Eule, dachte Violet. Die konnten den Kopf auch einmal fast komplett rumdrehen, das hatten sie in der Schule gelernt. Sie schauderte.

Das vielstimmige Murmeln einer großen Menschenmenge wehte ihnen entgegen. Violet blieb am Ende der Gasse stehen und schaute sich um. Der gesamte Marktplatz war voller Menschen. Überall saßen Gruppen wütender Stadtbewohner auf dem Kopfsteinpflaster. Getuschel und misstrauische Blicke folgten den Patrouillen der Hüter.

Jack lief voraus und bahnte ihnen einen Weg. Mit gesenktem Kopf eilten sie durch die Massen, um zu der kleinen Gasse am anderen Ende des Marktplatzes zu kommen, in der halb versteckt der Eingang zu Merrill Marx' Haus lag. Merrill, der Spielzeugmacher von Town und Mitglied des Stadtrats, nutzte das Gebäude als Lager für seine Werkzeuge und Materialien, seit er seinen Laden in die Edward Street verlegt hatte.

Jack drehte den Messing-Türknauf und öffnete die Tür.

Ein kleines Glöckchen klingelte, gefolgt von einem Geräusch, als würde jemand hastig aufspringen. Kurz darauf kam ein leicht erhitzt aussehender Merrill hinter seiner Werkbank hervor.

»Boy, Violet, ihr seid das!«, rief er aus und stürzte auf sie zu. »Dem Himmel sei Dank.«

Er war barfuß und trug einen weiß-rot gestreiften Pyjama. Wäre Violet nicht so besorgt gewesen, hätte sein Anblick sie vermutlich zum Lachen gebracht.

Unter der Treppe kam ein Geräusch hervor. Dort befand sich ein kleiner Stauraum, in dem sie während der Befreiung von Perfect die Gläser mit der gestohlenen Fantasie aufbewahrt hatten. Langsam öffnete sich die holzvertäfelte Tür. William Archer spähte vorsichtig hinaus, bevor er sie vollständig aufriss und aus dem Verschlag gestürmt kam.

»Boy, wo hast du nur gesteckt? Ich hab überall nach dir gesucht! Oh, ich bin ja so froh, dass dir nichts passiert ist!«

»Warum versteckst du dich da unten, Dad?«, fragte Boy.

Ein weiterer Kopf erschien unter der Treppe.

»Die Hüter mögen keine Versammlungen, Boy. Vor allem nicht, wenn der Stadtrat involviert ist.« Eugene Brown zwinkerte ihm zu. »Sind halt ein bisschen argwöhnisch, die Herren. Am Ende glauben sie glatt, wir planen einen Aufstand!«

»Dad! Ich war nicht … Ich wollte nicht …«, stammelte Violet, während sie sich in seine ausgebreiteten Arme warf.

»Violet Brown«, schimpfte ihre Mutter von Merrills baufälliger Treppe herab, »das wird langsam zu einer lästigen Angewohnheit von dir, ständig zu verschwinden! Ich schwöre dir, ich kette dich eigenhändig an mir fest, wenn du nicht endlich aufhörst, dich alle naselang in gefährliche Abenteuer zu stürzen!«

»Wir waren nur …«

»Ihr wart was?«, unterbrach William, dessen Ärger nun ebenfalls die Oberhand gewann, nachdem die erste Erleichterung darüber, sie wohlbehalten wiederzusehen, verflogen war.

»Wir waren auf der Suche nach den Wissenschaftlern«, antwortete Boy.

»Was für Wissenschaftler?« William war sichtlich verwirrt.

»Doch wohl nicht die, die verschwunden sind?«, hakte Eugene nach.

»Doch, Dad.« Violet nickte und setzte zu einer Erklärung an. »Es ist so, ich hab Tom in der Nähe von Town gesehen – also, eigentlich hat Anna ihn zuerst entdeckt – und dann haben wir diesen Gehstock gefunden!«

»Ich wusste es!« Anna stampfte zornig mit dem Fuß auf. »Ich wusste, ihr wart auf einem Abenteuer!«

»Und dann hab ich den hier bekommen«, fuhr Violet fort, ohne auf Anna einzugehen. Sie zog den zerknüllten Zettel aus der Tasche und gab ihn ihrem Dad. »Ich hab Boy

überredet, mit mir ins Draußen zu gehen. Der Zettel ist von Tom. Ich glaube, er versucht, uns zu helfen …«

»Langsam.« William hob die Hand, um sie zu bremsen, während Eugene sich die Nachricht auf dem Zettel durchlas. »Erzähl uns ganz genau, was passiert ist.«

Und so berichtete Violet in allen Einzelheiten, wieso und weshalb sie ins Draußen zurückgekehrt waren. Sie achtete darauf, zu betonen, dass Boy sich anfangs geweigert hatte und sie ihn erst durch einen Trick dazu gebracht hatte. Sie erzählte von dem leer stehenden Häuschen und ihrem Abstecher in den Wald, von der Falle und ihrer Begegnung mit den Zombies. Dann beschrieb sie das Labyrinth mit dem Warnsystem aus Augenpflanzen und kam zu guter Letzt zu der unsichtbaren Burg und Schwester Powick.

»Also steckt diese üble Krankenschwester hinter alldem«, unterbrach William ihre Schilderungen kopfschüttelnd. »Was will sie damit bezwecken?«

»Nein, nicht nur sie, Dad«, stellte Boy klar. »Sie arbeitet mit einem Mann namens Arnold Archer zusammen. Wir glauben, das ist … er ist …«

Williams Gesicht nahm eine grünlich graue Farbe an.

»Er ist dein Vater, William.« Iris Archer erschien auf dem Treppenabsatz.

Kapitel 24

Iris' Geheimnis

William setzte sich, während seine Mutter langsam die Treppe herabschritt. Iris wirkte geschwächt und Rose Brown stützte sie am Ellbogen, als sie unten ankam.

»Ich glaube, jetzt wäre ein guter Zeitpunkt für eine Kanne Tee, Merrill.« Iris nickte ihm zu. »Arnold ist nicht unbedingt ein angenehmes Gesprächsthema.«

Merrill ging zu einer behelfsmäßig eingerichteten Küchenzeile im hinteren Teil der Werkstatt und schaltete den Wasserkocher ein.

»Erzählt mal, seid ihr Arnold begegnet?«, fragte Iris Boy und Violet mit ernster Miene.

»Nein.« Ihr Enkel schüttelte den Kopf. »Aber wir haben ihn gesehen und gehört, wie er mit Schwester Powick gere-

det hat. Er hat so eine komische Maschine … irgendwas mit Tod. Tod-Besieger oder so.«

»Also ist er tatsächlich noch am Leben. Ich wusste es«, flüsterte Iris. Sie brauchte einen Moment, um sich zu fangen. »Diese Maschine nennt sich Tod-Bezwinger«, fuhr sie schließlich fort. »Darum geht es also. Sein Ego hat Gegenschläge noch nie gut verkraftet. Dieser Mann hat das Gedächtnis eines Elefanten und einen unstillbaren Rachedurst.«

»Und die Wissenschaftler, die hat er auch«, ergänzte Violet schnell. »Wir haben mit Joseph Bohr gesprochen …«

»Das hatte ich schon befürchtet. Geht es Joe gut?«

»Ja. Aber er hat gesagt, wir sollen Hilfe holen! Arnold und Schwester Powick haben die Wissenschaftler heute Morgen hergebracht, zusammen mit der Maschine. Sie müssen jetzt also irgendwo in Town sein.«

»Was hat er mit ihnen vor?«, erkundigte sich Eugene Brown mit sorgenvoller Miene. »Das sind einige der klügsten Wissenschaftler – sie könnten entsetzlichen Schaden anrichten, wenn sie gezwungen werden, für eine dunkle Sache zu arbeiten.«

»Nein, nein, nein, Eugene.« Iris schüttelte den Kopf und lächelte traurig. »Mein Ex-Mann hält sich selbst für das einzig wahre Genie. Ich habe den Verdacht, dass er sie als Zeugen dabeihaben möchte, um irgendetwas zu beweisen. Sie waren zur gleichen Zeit wie er an der Hegel-Universität und haben miterlebt, wie er in Ungnade gefallen ist. Sie haben über ihn und seine Forschung gelacht. Damals hat er geschworen, sich zu rächen. Ich hätte nur nie …«

»Was ist hier los, Mam?«, mischte sich William ein. Seine Wangen glühten. »Du hast mir erzählt … Du hast mir erzählt, Arnold wäre tot … Und dass du ihn umgebracht hast!«

Alle im Raum schnappten hörbar nach Luft.

»Ich wusste, das würde mir eines Tages auf die Füße fallen.« Iris begann, auf und ab zu gehen. Violet hatte schon öfter bemerkt, dass das bei den Archers irgendwie dazuzugehören schien, wenn sie über irgendetwas nachdachten.

»Was ist hier los, Mam?«, wiederholte William und stand jetzt ebenfalls auf.

»Tja, woher soll ich das wissen, William?«, fuhr Iris ihn an. Sie wirkte fast ein wenig überfordert. »Ich höre das gerade auch alles zum ersten Mal! Ich hatte den Verdacht, dass er noch lebt, als die Wissenschaftler einer nach dem anderen verschwunden sind, aber … Ja, ich dachte, ich hätte deinen Vater umgebracht, aber offensichtlich habe ich mich geirrt!«

»Ihn umgebracht?«, fragte Boy verdattert. »Aber du … du kannst doch keiner Fliege was zuleide tun!«

»Ich hatte auch nicht vor, ihn zu töten, Boy. Es war gewissermaßen ein Unfall«, antwortete Iris. »Weißt du, dein Großvater Arnold war einmal ein angesehener Wissen-

schaftler. Mit der Betonung auf ›war‹. Damals wurde er auf der ganzen Welt für seine Erkenntnisse bewundert. Ihn faszinierten das Gehirn und vor allem der menschliche Verstand, ein Bereich, mit dem sich zu dieser Zeit nicht viele befassten und über den man noch kaum etwas wusste. Er hat alle möglichen wertvollen Entdeckungen gemacht, von denen einige bis heute Gültigkeit besitzen. Irgendwann begann er dann fast zwangsläufig, sich mit dem Thema Mortalität zu befassen …«

»Was bedeutet das?«, flüsterte Violet gebannt.

»Das ist ein anderes Wort für Sterblichkeit, Violet.« Iris ließ sich auf einen Schemel neben Merrills Werkbank sinken. »Während er sich immer mehr in seine Forschungen zum menschlichen Verstand vertiefte, kam mir langsam der Verdacht, dass er anfing, seinen eigenen zu verlieren. Er entwickelte eine unheimliche Faszination für den Tod und vor allem für die Frage, was das Leben ausmacht. Sein Ziel wurde es, herauszufinden, worin die Essenz des Lebens liegt. Wie der Körper rein mechanisch funktionierte, wusste er, aber er kam einfach nicht dahinter, was genau ihn lebendig macht – was dieser eine Funken ist, den manche als Seele bezeichnen. Und so fing er an, mit dem Tod zu experimentieren. Ein gefährliches Unterfangen. Er nahm tote Tiere und versuchte, sie ins Leben zurückzuholen. Damit erregte er viel Aufmerksamkeit, aber nicht unbedingt positive. Er verlor seine Freunde, sein wissenschaftliches Ansehen und zu guter Letzt seine Zulassung.«

»Aber das ist keine Erklärung, Gran! Warum hast du ihn umgebracht … beziehungsweise gedacht, du hättest ihn umgebracht?«, verbesserte Boy sich. Er wirkte immer noch zutiefst erschüttert.

»Bitte sieh mich nicht so an.« Iris schüttelte den Kopf. »Die Scham und Schuldgefühle haben mich all die Jahre verfolgt, auch wenn ich mich bemüht habe, meinen Frieden damit zu machen. Arnold war ein schrecklicher Mensch …«

Die alte Dame schien sich eine Weile in ihren Gedanken zu verlieren. Schließlich sprach sie weiter.

»Etwa zu der Zeit, als Arnolds Karriere ins Stocken geriet, wurde William geboren. Damals fing Arnold an, alle möglichen mystischen und spiritistischen Bücher zu lesen. Und Volkssagen aus aller Welt. Diese Bücher brachte er oft aus der Arbeit mit nach Hause. Ich wunderte mich ein wenig darüber, denn früher hatte er sich nie für solche nichtwissenschaftlichen Dinge interessiert. Doch plötzlich redete er ständig über ein Phänomen namens ›gespaltene Seele‹, von dem er in seinen Büchern gelesen hatte. Angeblich trat das bei Menschen auf, die mit verschiedenfarbigen Augen geboren wurden. Den Sagen zufolge waren diese Menschen verflucht und brachten nichts als Unglück über ihr Umfeld.«

»Davon hat Edward damals vor dem Rathaus auch gesprochen, erinnert ihr euch? Als er allen vorgespielt hat, er hätte Beatrice, Conor und mich gerettet«, warf Violet aufgeregt ein.

Iris nickte und fuhr fort. »Unser Leben geriet zusehends in Schieflage. Wir hatten praktisch kein Geld und nichts zu essen, weil Arnold kaum noch Forschungsaufträge erhielt. Zunächst ignorierte ich sein Gefasel, weil ich alle Hände voll damit zu tun hatte, uns irgendwie über Wasser zu halten. Bis mir irgendwann auffiel, dass er William immer so merkwürdig ansah. Da wurde mir klar: Er gab unserem Sohn die Schuld an seinem Niedergang. Und dann kam der Tag, William war noch ein Kleinkind, als Arnold plötzlich auf ihn losging.«

Im Raum war nahezu vollkommene Stille eingekehrt. Einzig Merrill konnte es nicht ganz vermeiden, beim Zubereiten des Tees hin und wieder ein Geräusch zu machen, was ihm jedoch sichtlich unangenehm war.

»Glücklicherweise schaffte ich es, ihn aufzuhalten, bevor er William etwas antun konnte. Doch danach konnte ich nicht länger bei ihm bleiben. Eines Nachts, als Arnold schlief, nahm ich unsere drei Kinder und floh. Meine Familie stammte ursprünglich aus Normal, wie Town damals noch hieß. Ich selbst war nie dort gewesen, aber als Kind hatte ich Geschichten darüber gehört, wie schön und gleichzeitig abgeschieden das Städtchen war. Genau das, was wir brauchten. Bis dahin hatte sich alles in unserem Leben um Arnold und seine Errungenschaften gedreht, daher war ich mir sicher, dass ich Normal ihm gegenüber nie erwähnt hatte. Dort konnten wir neu anfangen. Ich hatte heimlich etwas Geld zurückgelegt, von dem ich einen Laden kaufte und dort ein Brillengeschäft aufmachte. Immerhin hatte ich selbst an der Hegel-Universität studiert und einen Abschluss als Ophthalmologin gemacht.«

Iris seufzte. »Alles war gut … bis Arnold uns aufspürte. Eines Morgens tauchte er auf und verkündete, dass er vorhatte, uns wieder zu sich zu holen. Er würde den Fluch brechen und wir könnten in unser altes Leben zurückkehren. Damals waren die Kinder schon älter und William war zum Glück noch in der Schule. Während Arnold darauf wartete, dass William nach Hause kam, tat ich, als sei alles ganz normal, und fing an, meinem Ehemann etwas zu essen zu kochen. Bei der erstbesten Gelegenheit griff ich nach der Bratpfanne und zog sie ihm über den Schädel. Ich wollte ihn eigentlich nur k.o. schlagen, um mir genügend Zeit zur Flucht zu verschaffen, doch er lag da und rührte sich nicht mehr. In meiner Panik war ich mir sicher, dass ich Arnold umgebracht hatte. Also warf ich ihn in eine Schubkarre und brachte ihn durch den Tunnel unter dem Laden, den ich einige Jahre zuvor entdeckt hatte, auf den Friedhof oberhalb der Geistersiedlung. Ich fand ein altes Grab … Die Platte war zerbrochen und der Spalt war gerade groß genug, um seinen Körper hindurchzubekommen.«

Sie legte eine kurze Pause ein. »Damals habe ich zum letzten Mal von ihm gehört. Jedenfalls bis zu dem Moment, als Edward vor dem Rathaus auf seinen Vater zu sprechen kam und dabei auch die Sache mit den gespaltenen Seelen erwähnte. Ich fragte mich, woher er von diesem angeblichen Fluch wusste, denn *ich* hatte ganz sicher nie darüber geredet. Dann berichtete mir Macula von dem seltsamen Brief, den Priscilla Powick ihr geschrieben hatte und in dem es um Tom und den Fluch ging. Sie erzählte mir auch von dem fremden Mann, der kurz nach der Geburt ihrer Söhne bei ihr vor der Tür gestanden hatte. Er hätte sie beobachtet, sagte er, und warnte sie vor dem Fluch. Die Sache jagte Macula einen solchen Schreck ein, dass sie noch in derselben Nacht losging und ihre Babys zum Waisenhaus brachte, um sie zu schützen. Für mich klang ihre Beschreibung ganz nach Arnold. Das machte mich natürlich nervös, aber es fiel mir schwer, zu glauben, dass er wieder da war – es erschien einfach völlig unmöglich. Und dann begannen auf einmal die Wissenschaftler, alte Freunde von uns, als wir noch an der Hegel waren, einer nach dem anderen zu verschwinden …«

Violet hatte Powicks Brief an Macula ganz vergessen. Sie hatte ihn auch gesehen, denn Macula hatte ihn Jack, Anna und ihr gezeigt, nachdem sie das Foto im Waisenhaus gefunden und sie gefragt hatten, ob Boy einen Zwillingsbruder hatte. Nun hatte sie das Gefühl, irgendetwas zu übersehen, doch sie kam nicht darauf, was.

»Wieso haben die verschwundenen Wissenschaftler Sie an Arnold erinnert?«, fragte sie stattdessen. »Waren Sie deswegen gestern früh auf dem Friedhof?«

»Ihr habt mich gesehen?« Iris hob den Kopf.

Violet nickte.

»Nun ja. Ich dachte, wenn ich das Grab finde, in das ich ihn gelegt habe, könnte ich mich vergewissern, dass er immer noch dort ist. Dann hätte ich gewusst, dass das alles nur ein Zufall war. Aber mir wollte partout nicht mehr einfallen, wo das Grab war. Es ist ja auch schon lange her und der Friedhof hat sich seitdem verändert …«

»Aber warum haben die Nachrichten über die verschwundenen Wissenschaftler Sie so beunruhigt?«, hakte Violet nach.

»Weil sie seine früheren Kollegen waren. Sie haben ihn und seinen Tod-Bezwinger ausgelacht. Er hat ständig darüber geredet, es ihnen zu beweisen. Sie würden schon sehen, dass seine Maschine Tote zum Leben erwecken konnte, und dann würde er sich seinen Rang als einer der angesehensten Wissenschaftler der Welt zurückerobern.«

»Genau das hat er jetzt vor!«, berichtete Violet mit klopfendem Herzen. »Wir haben den Tod-Bezwinger gesehen.«

»Und Schwester Powick meinte irgendwas von wegen sie

würden der ganzen Welt seine Erfindung zeigen«, ergänzte Boy.

»Aber wie will er das anstellen?«, fragte Rose. »Wir sind doch bloß eine Kleinstadt!«

»Das Gehirn!« Eugene sprach schnell, wahrscheinlich, um mit seinen rasenden Gedanken mitzuhalten. »Damit könnte er es in die ganze Welt übertragen. Er muss bloß ein paar Augenpflanzen auf die Maschine richten und …«

»Ich glaube, noch wichtiger ist es ihm, dass *ich* es sehe. Er war der Meinung, ich hätte nie an ihn geglaubt.« Iris seufzte. »Der Witz ist: Natürlich habe ich an ihn geglaubt. Er war ein großartiger Wissenschaftler, ein echtes Genie – bis er den Verstand verloren hat!«

»Er ist auf der Suche nach Ihnen«, bestätigte Violet. »Wir waren gerade bei Ihnen zu Hause. Er ist dort eingebrochen und hat Edward und George befohlen, Sie zu finden. Sie schienen Angst vor ihm zu haben.«

Wieder seufzte Iris. Diesmal klang es traurig. »Edward und George haben ihren Vater immer schon ebenso sehr gefürchtet, wie sie ihn verehrt haben. Sie haben mir Vorwürfe gemacht, weil ich ihn verlassen habe, und waren wütend, weil ich William stets beschützt habe. Ich habe ihnen nie erzählt, was wirklich passiert ist – ich wollte sie nicht gegen ihren eigenen Vater aufbringen. Und irgendwie wollte ich sie auch nicht mit seinem Wahn konfrontieren. Aber das war vielleicht ein Fehler. Ich fürchte, deswegen sind sie so geworden, wie sie sind – das ist alles meine Schuld. Ich habe meiner Familie schrecklich geschadet.«

»Nein, das stimmt nicht, Mam«, versicherte William und nahm ihre Hand.

»Dein Ex-Mann will also die Toten lebendig machen? Ist es das, worum es hier geht?«, fragte Rose verwirrt. »Das ist doch total verrückt, wenn ihr mich fragt!«

»Natürlich ist es verrückt!« William war außer sich vor Wut. »Niemand kann die Toten zum Leben erwecken. Das ist unmöglich! Und wenn er glaubt, dass diese Zombies als lebendig durchgehen, macht er sich erst recht lächerlich. Das sind nichts als Roboter. Wenn man ihnen die Metallskelette und Batterien wegnimmt, sind sie genauso tot wie zuvor. Und was will er danach tun – was hat er mit uns und Town vor?«

»Schwester Powick glaubt, dass er Town ihr und ihren Zombiefreunden schenken wird«, flüsterte Violet. »Aber Edward denkt, dass er es ihm und George zurückgibt.«

»Klingt eins so grässlich wie das andere«, bemerkte Merrill, während er den Tee ausschenkte.

»Und warum hat er überhaupt so lange damit gewartet?«, fragte Eugene. »Saß er die ganze Zeit im Draußen und hat Rachepläne geschmiedet? Wenn er wirklich an diesen Fluch glaubt und daran, dass William das Problem ist, warum hat er dann nicht schon längst versucht, ihn umzubringen?«

»Na, vielen Dank auch, Eugene!«, schnaubte William empört, wenngleich er sich ein Lächeln nicht ganz verkneifen konnte.

»Ich glaube nicht, dass es bei dem Fluch noch um William geht, Dad. Aus irgendeinem Grund braucht er Boy und Tom, und zwar genau an ihrem Geburtstag«, antwortete Violet. »Wir wissen bloß nicht, warum. Tom sagt, Arnolds Maschine, dieser Tod-Bezwinger, funktioniert gar nicht, das ist alles nur Show …«

»Du hast mit Tom geredet?« William verschluckte sich fast an seinem Tee.

»Ja.« Sie nickte. »Er hat mich vor Schwester Powick gerettet. Er hat auch gesagt, dass er die wahre Macht hat und dass wir das an seinem Geburtstag sehen werden. Angeblich planen sie das alles schon seit Jahren. Nur ergibt das Ganze überhaupt keinen Sinn!«

»Aber sein … ihr … Geburtstag ist *morgen*!«, keuchte William.

»Wahrscheinlich suchen die Hüter deswegen überall nach Boy«, meinte Anna.

»Ich hab auch ein paar Briefe gefunden«, sagte Violet, obwohl sie sich nicht sicher war, ob sie in Iris' Gegenwart darüber reden sollte. »Von Arnold an Priscilla Powick. Sie hat sie in ihrem Zimmer in der Burg aufbewahrt. Ich glaube, er hat sie ungefähr zu der Zeit geschrieben, als seine Karriere den Bach runterging. Schwester Powick scheint

ihn darin bestärkt zu haben, dass William an allem schuld ist.«

Iris errötete. Sie wirkte überrascht. »Das könnte sogar passen. Ich hatte tatsächlich das Gefühl, dass irgendjemand ihn beeinflusst. Von sich aus wäre er niemals auf die Idee gekommen, in diesen Volkssagen nachzuschauen. Er war schon immer ein Geheimniskrämer – viel hat er mir nicht erzählt, aber ich habe mir trotzdem so meine Gedanken gemacht … Woher kannte er sie damals? Wir hatten denselben Freundeskreis und ihr bin ich ziemlich sicher nie begegnet …« Iris verstummte.

»Also, wenn ich das alles richtig verstehe, hat Arnold vor, morgen die Zombies zum Leben zu erwecken?« Eugene sah durch und durch verdattert aus. »Mithilfe seiner Maschine?«

»Er hat erwähnt, dass er erst einen gewissen Dr. Spinners aufwecken will, Dad. Und danach sind dann die Zombies dran, glaube ich!«

»Dr. Spinners?« Iris stutzte. »Aber der ist doch schon vor Jahren …«

»Also wird Town eine Zombiestadt!« Annas entsetzter Ausruf schnitt der alten Dame das Wort ab.

Kapitel 25

Vereint für Town

Das Glöckchen über der Tür bimmelte und als Violet sich umdrehte, sah sie eine verängstigte Madeleine Nunn in den Laden kommen.

»Ich bin gerade Billy Bobbins auf dem Marktplatz begegnet. Er hat mir gesagt, dass ich euch hier finde!«

»Mam!« Anna rannte zu ihrer Mutter und schlang ihr die Arme um die Taille.

»Anna! Ich habe mir solche Sorgen gemacht – du musst aufhören, ständig aus dem Haus zu schleichen!«, schimpfte Madeleine, dann drückte sie ihre Tochter an sich. Einige Augenblicke später richtete sie sich wieder auf und wandte sich an den Rest der Versammlung. »Sagt mir bitte, dass ihr wisst, was hier los ist! Ich bin von Zombies aus dem Bett geholt worden und jemand hat die Hüter freigelassen. Billy meinte sogar, er hätte Edward und George gesehen, als er durch Town geschleift wurde!«

»Wir versuchen gerade selbst, uns einen Reim darauf zu machen, Madeleine«, antwortete Eugene.

Anna setzte zu einer ausführlichen Zusammenfassung an und Violet steuerte die nötigen Korrekturen bei, wenn sie sich ein bisschen zu sehr zu Übertreibungen hinreißen ließ, was relativ häufig geschah.

Madeleine nahm auf einer alten Spielzeugkiste Platz, als ihre Tochter schließlich eine dringend benötigte Atempause einlegte. »Tja, das erklärt so einiges«, seufzte sie kopfschüttelnd.

»Was denn zum Beispiel?« William, der im Begriff gewesen war, einen Schluck von seinem Tee zu nehmen, hielt mit der Tasse an den Lippen inne.

»Am Rathaus waren sie gerade dabei, eine riesige Maschine unters Vordach zu hieven. Die Hüter haben daran rumhantiert und massenweise Kabel angeschlossen. Das Ding sieht aus wie eins von deinen Reagenzgläsern, Eugene, nur halt in groß.« Madeleine nickte ihm zu. »Groß genug, dass ein Erwachsener hineinpasst. Allerdings steht es mit der Öffnung nach unten. Und innendrin befindet sich so eine merkwürdige Metallplatte in Form eines Menschen …«

»Das ist der Tod-Bezwinger«, unterbrach Boy sie. »Wir

haben beobachtet, wie sie ihn auf den Friedhof gebracht haben!«

»Ansonsten pflanzen sie überall rund ums Rathaus neue Augenpflanzen ein«, fuhr Madeleine fort.

»So ist es natürlich ein Kinderspiel, die ganze Welt an Arnolds Experiment teilhaben zu lassen.« William klang besorgt. »Das Gehirn ist ziemlich leistungsstark. Wenn es ihnen gelingt, die Verbindung zu den Beeten in Town zu kappen und stattdessen die neuen Pflanzen anzuschließen, können sie das Gerät so programmieren, dass es alles, was die Pflanzen sehen, nach draußen überträgt. Ist im Grunde bloß eine Frage der richtigen Frequenz, gepaart mit etwas Fingerspitzengefühl. Dann kann jeder sehen, was Arnold im Schilde führt. Er wird sich vor der gesamten Welt zum Affen machen!«

»Und wenn das passiert, werden *wir* diejenigen sein, die nichts zu lachen haben, William«, mahnte Iris ernst. »Wir dürfen nicht unterschätzen, wozu dein Vater imstande ist. Mit Niederlagen konnte er noch nie gut umgehen.«

»Aber wir können ihn aufhalten«, wandte Violet ein, »und uns unsere Stadt zurückholen.«

»Nicht, solange wir in Niemandsland festsitzen.« Jack schüttelte den Kopf.

»Wollen sie uns denn für immer hier einsperren?«, fragte Anna beunruhigt. »So wie damals in Perfect?«

»Wir werden alles dafür tun, das zu verhindern, Anna.«

Eugene trat vor und fuchtelte mit einem Stück Holz herum, das er sich im Vorbeigehen von Merrills Werkbank geschnappt hatte. »Violet hat recht, wir können diesen Verrückten aufhalten! Wir haben die Pläne der Archers schon zweimal durchkreuzt, dann schaffen wir es auch ein drittes Mal …«

»Aber wie?«, wollte Rose wissen. »Arnold erscheint mir sogar noch gestörter als seine Söhne – bitte entschuldige meine Unverblümtheit, Iris. Und er hat ein ganzes Heer von Zombies dabei. Wir können es niemals mit ihnen und den Hütern zugleich aufnehmen!«

»Und was, wenn wir die Zombies ausschalten?« Jack stand auf. »Noch sind sie batteriebetrieben, nicht lebendig! Was, wenn wir es irgendwie hinkriegen, dass sie ihre gesamte Energie aufbrauchen? Dann wären sie komplett bewegungsunfähig. Wir hätten es nur noch mit den Hütern zu tun und mit denen sind wir letztes Mal auch fertiggeworden. Es müssten halt wieder alle zusammenarbeiten.«

»Bevor sie aufgebrochen sind, hat Schwester Powick erwähnt, dass die Zombies neue, extrem leistungsstarke Batterien haben«, entgegnete Violet, »die für lange Zeit nicht aufgeladen werden müssen … Aber Boy hat es geschafft, einen von ihnen auf der Fußgängerbrücke zu überwältigen. Er hat die Wirbelsäule seines Außenskeletts durchtrennt. Der Zombie ist danach zwar noch umhergekrochen, aber ohne Beine ist er nicht weit gekommen!«

»Dafür hab ich allerdings jede Menge Kraft gebraucht, Violet. Und der Zombie hat mich nicht kommen sehen. Ich kann mir nicht vorstellen, dass das bei dem gesamten Heer klappt … Aber die Skelette sind aus Metall …« Sie konnten Boy regelrecht beim Denken zuhören. »Vielleicht können wir ja eine Art Magnet benutzen, an dem sie hängen bleiben? Arnold hat doch vor, erst Dr. Spinners zum Leben zu erwecken und dann die Zombies. Das bedeutet, dass das gesamte Heer morgen irgendwo in der Nähe des Tod-Bezwingers versammelt sein müsste.«

»Hugo Spinners …«, flüsterte Iris vor sich hin, als versuchte sie, sich an etwas zu erinnern.

Violet wollte sie gerade bitten, das noch mal zu wiederholen, da lachte Anna laut auf. »Wie sollen wir denn so einen großen Magneten bauen? Der müsste größer sein als der Mond, damit alle Zombies draufpassen. Die einzigen Magneten, die ich kenne, sind die zu Hause an unserem Kühlschrank!«

»Sekunde …« Eugene blickte mit konzentrierter Miene auf. »Boys Idee ist vielleicht gar nicht so schlecht«, erklärte er nachdenklich. »Ich habe da neulich erst was gelesen … einen Artikel über ein Magnetfeld … Ich weiß, das stand in der *Tribune*! Verfasser war Dr. Joseph Bohr, einer der entführten Wissenschaftler – Magnetismus ist sein Spezialgebiet!«

Boy fiel aufgeregt ein: »Dann kann er uns ja vielleicht

helfen! Wir müssen ihn nur finden – er muss irgendwo in Town sein!«

»Na, wäre das nicht einfach wundervoll?« Iris lachte. »Ich wette, daran hat Arnold nicht gedacht, als er Dr. Bohr entführt hat. Wenn Joe einen Weg findet, die Zombies aufzuhalten, hat sich Arnold mit seinem Rachedurst selbst ein Bein gestellt!«

»Wir müssen uns sofort auf die Suche machen – uns bleibt nicht mehr viel Zeit. Im Moment wird uns niemand bemerken. Wir können wieder die Mauer nehmen, um rein- und rauszukommen, so wie damals in Perfect.« Boy sprach schnell, als würde er sich beim Reden bereits einen Plan zurechtlegen.

»Ein Waisenkind zu sein, hatte durchaus so seine Vorteile.« Jack lächelte und stand auf. »Ich begleite dich!«

»Ich auch!«, verkündeten Violet und Anna wie aus einem Mund.

»Am besten, wir teilen uns auf«, fuhr Boy fort. »So kriegen wir Town leichter abgedeckt – die Wissenschaftler könnten schließlich überall sein.«

Rose trat vor und schüttelte den Kopf. »Ich weiß nicht recht. Wollen wir die Kinder schon wieder die Drecksarbeit machen lassen? Ich finde, diesmal ist es wirklich zu gefährlich. Diese Zombies wirken alles andere als freundlich und wie die Hüter drauf sind, wissen wir ja wohl alle nur zu gut.«

»Wir haben es schon mal mit den Hütern aufgenommen, Mam, und die Zombies sind nicht gerade die Hellsten. Wir schaffen das schon!«, entgegnete Violet.

»Vertrau ihnen, Rose.« Eugene nahm seine Frau bei der Hand. »Wir könnten niemals so leicht in Town ein und aus gehen wie sie. Sie machen das nicht zum ersten Mal. Und ganz ehrlich, ich glaube, sie haben sehr viel mehr auf dem Kasten, als wir ahnen.«

Rose seufzte, dann beugte sie sich vor und umfasste Violets Gesicht mit beiden Händen. »Versprich mir, dass du vorsichtig bist, Mäuschen. Ich weiß, du bist unglaublich mutig, aber mach bitte keine Dummheiten. Die Zombies mögen nicht besonders schlau sein, doch diese Krankenschwester ist es!«

Violet umarmte ihre Mutter. »Versprochen, Mam«, sagte sie und diesmal verschränkte sie dabei nicht die Finger. »Wir finden Joseph Bohr und schauen, ob er uns helfen kann. Dann kommen wir sofort wieder zurück!«

»Ich gehe derweil nach Hause und sehe nach, ob ich ein paar Bücher über Magnetismus zutage fördern kann – ich weiß, ich habe mindestens eins irgendwo.« William ging zur Tür. »Hoffentlich kriegen wir bald eine Antwort. Je schneller, desto besser.«

»Ich komme mit.« Eugene folgte seinem Freund nach draußen.

Als William, Eugene, Violet, Anna, Boy und Jack Merrills alten Spielzeugladen verließen, stand die Sonne schon hoch über Town. Mit gesenkten Köpfen eilten sie zum Lumpenbaum, wo sie sich voneinander verabschiedeten. Die beiden Erwachsenen liefen weiter in Richtung Wickham Terrace Nummer 135.

»Alles klar.« Boy nickte seinen Freunden zu. »Als Gruppe erregen wir unnötig Aufmerksamkeit. Ich schlage vor, wir teilen uns auf und treffen uns auf dem Dach an der Mauer wieder.«

Eine Frau, die in ihrer Nähe auf dem Boden saß, rückte unauffällig heran. Dabei musterte sie Boy durchdringend. Er zog sich das Tuch tief ins Gesicht und die vier trennten sich.

Violet bog eben in eines der schmalen Gässchen ein, als hinter ihr jemand aufschrie. Sie drehte sich um und sah, dass die Frau von eben Boy am Pulli gepackt hatte. Die beiden rangen auf dem Marktplatz miteinander, wodurch sie natürlich die Aufmerksamkeit der Umstehenden auf sich lenkten.

»Lassen Sie mich los!« Boy versuchte, sich zu befreien.

»Die Hüter sind auf der Suche nach ihm! Er ist es!«, kreischte die Frau.

Die Menschen gingen auf den Tumult zu. Violet rannte zurück, griff nach Boys Arm und zerrte ihn weg. In der Nähe begann ein Zombie grollend zu stöhnen und sah sich unbehaglich um, als ob er auf weitere Anweisungen warte-

te. Aus dem Augenwinkel nahm Violet zwei Hüter wahr, die auf den Unruheherd zukamen.

»Was ist hier los?«, knurrte einer der beiden und drängelte sich durch die Menge.

»Nichts«, antwortete ein alter Mann und stellte sich dem Hüter in den Weg. »Nur ein unbedeutender Streit.«

»Davon überzeug ich mich immer noch selber.« Der Hüter stieß ihn rüde beiseite.

»Er hat doch gesagt, es ist nichts«, mischte sich eine andere Frau ein, während sie Boy hinter sich schob, um ihn vor den Blicken der Hüter zu schützen.

Violet kannte die Frau flüchtig, sie hatte sie schon öfter am Schultor gesehen. Ihre Tochter war ein paar Jahrgänge über ihnen.

»Schnell, beeilt euch! Wir haben gehört, dass bei Merrill Pläne geschmiedet werden. Was auch immer ihr vorhabt, Kinder, wir stehen hinter euch!«, raunte der alte Mann Violet und Boy zu, bevor er sich neben die Frau stellte und den Hüter herausfordernd anstarrte.

»Es ist Boy, er ist es!« Die erste Frau gestikulierte wie wild. »Vincent Crooked sagt, die Archer-Brüder haben eine Belohnung auf ihn ausgesetzt. Und dass ihr nach ihm sucht!«

Der Hüter verzog das Gesicht, nahm die beiden Freunde ins Visier und streckte die Hand nach Violet aus. Boy riss sie mit sich und gemeinsam stürmten sie durch die Menge auf die kleine Seitengasse zu. Der Hüter brüllte die Zombies an, sie aufzuhalten, während sie an ihnen vorbeisprinteten. Die Kreaturen setzten sich in Bewegung. Knurrend und zähnefletschend stapften sie über das Kopfsteinpflaster, immer hinter den Kindern her. Violet konnte den süßlichen Modergestank ihrer Körper riechen, als sie sich in halsbrecherischem Tempo durch eine Gruppe von Menschen drängte, die ihnen ausgerechnet jetzt entgegenkam.

Plötzlich hörte sie, wie die Menge auf dem Marktplatz zu buhen und pfeifen begann. Dann erhob sich ein unmenschliches, blutrünstiges Gebrüll, bei dem sich die Härchen in Violets Nacken sträubten. Als sie die Forgotten Road erreichte, warf sie einen schnellen Blick zurück – die Menschen in der Gasse wurden wie Puppen gegen die Mauern geschleudert, als sie versuchten, die Zombies zurückzuhalten.

Violet erspähte Lucy Lawns Haus gleich vor ihnen am Straßenrand. In ihrer Panik sprang sie über den niedrigen Lattenzaun in den Garten. Lucys Dad besaß außergewöhnliches handwerkliches Geschick und liebte es, alten Dingen neues Leben einzuhauchen. Ihre Mam sagte, er konnte einen rostigen alten Eimer in ein wahres Meisterwerk verwandeln. Dementsprechend war sein Garten bis obenhin mit seinen kunstvollen Kreationen angefüllt. Violet ging hinter einem riesigen Blumentopf in Deckung, der früher mal ein Heizkessel gewesen war. Von dort sah sie zu, wie

Boy hastig unter eine umgedrehte Schubkarre kroch, die nun als ausgefallene Sitzbank diente.

Vier Zombies stürmten aus der Gasse. Ihre Nasenlöcher bebten und die Augen quollen ihnen fast aus dem Kopf, als sie stehen blieben und witterten. Zwei Hüter folgten ihnen mit hochroten Köpfen und sichtlich außer Atem. Sie beugten sich vor, stützten die Hände auf die Knie und bellten keuchend einige Befehle. Ringsum verschwanden die Menschen in ihren Häusern oder versteckten sich in anderer Leute Hauseingängen, während die Zombies lauernd durch die Straße streiften.

Kapitel 26

Das Umstyling

Boy warf Violet aus seinem Versteck unter der abgedrehten Bank heraus einen fragenden Blick zu. Er kauerte mit dem Rücken zur Straße und konnte daher nicht sehen, was dort vor sich ging. Sie schüttelte den Kopf, um ihm zu signalisieren, dass er bleiben sollte, wo er war.

Die Hüter teilten sich auf – einer ging mit zwei Zombies nach links zum Waisenhaus, der andere nach rechts in Richtung Rag Lane. Genau dorthin, wo Boy und Violet hinwollten. Plötzlich blieb einer der Zombies stehen und schnupperte, als hätte er etwas gerochen. Violet erstarrte.

»Violet«, zischte eine leise Stimme hinter ihr.

Zitternd drehte sie sich um. Es war Lucy Lawn. Sie stand in der Haustür und winkte die beiden hastig herein.

Boy zögerte. Violet wusste, was in ihm vorging: Er traute Lucy nicht.

Lucy Lawn hatte ihn vor einigen Monaten beschuldigt, ihr Fahrrad gestohlen zu haben. Das war kurz vor Edward Archers Rückkehr gewesen. Doch Lucy hatte sich geirrt – nicht Boy hatte ihr Rad genommen, sondern sein Zwillingsbruder Tom.

Boy war immer noch empört, dass so viele Menschen in Town geglaubt hatten, er wäre zu den schrecklichen Taten imstande, die sein Bruder in seinem Namen begangen hatte. Violet hatte versucht, ihm klarzumachen, dass die anderen nichts dafürkonnten. Schließlich hatte niemand gewusst, dass er einen Zwillingsbruder hatte, vor allem einen, der ihm dermaßen ähnlich sah. Da war es ganz normal, dass es zu Verwechslungen kam. Boy fiel es trotzdem schwer, sich damit abzufinden. Violets Mam meinte, er würde wohl auch noch eine Weile brauchen.

»Schnell«, flüsterte Lucy, ohne die Straße aus den Augen zu lassen.

Violet sah ihren Freund an, dann den Zombie, der ganz in der Nähe herumschlich und alles beschnüffelte – sie hatten keine andere Wahl. Sie huschte durch den Garten und an Lucy vorbei ins Haus. Boy schien zu derselben Erkenntnis zu kommen, denn er robbte unter der Schubkarre hervor und sprintete hinter ihr her.

Lucy schloss sachte die schwere, mit Schnitzereien ver-

zierte Holztür, lehnte sich dagegen und holte ein paarmal tief Luft.

»Ich hab gesehen, wie sie euch gejagt haben!«, keuchte sie, als sei sie selbst mitgerannt.

Violet nahm an, dass Lucy noch nie zuvor in Schwierigkeiten geraten war oder etwas getan hatte, das auch nur ansatzweise gefährlich war. Diese Situation musste komplett neu für sie sein.

»Wonach suchen sie?«, fragte Lucy Violet.

»Nach Boy.« Mit einem Kopfnicken deutete Violet auf ihren Freund.

»Oh«, sagte Lucy, ohne ihn anzusehen. »Aber warum? Was ist in Town los? Wer hat die Hüter rausgelassen? Da sind Zombies auf der Straße!« Ihre großen braunen Augen schienen gleich noch mal so groß zu werden.

»Das wird wieder«, versicherte Violet, die das Gefühl hatte, irgendetwas Tröstliches sagen zu müssen. »Wir schaffen das schon.«

Nun wandte Lucy sich zum ersten Mal direkt an Boy.

»Tut mir leid wegen … du weißt schon«, flüsterte sie. »Ich dachte wirklich, du hättest mein Fahrrad geklaut. Ich hab dir nicht geglaubt, obwohl du die ganze Zeit die Wahrheit gesagt hast. Meinetwegen hast du tierischen Ärger gekriegt. Ich kann verstehen, dass du mich ignoriert hast, als ich mich in der Schule bei dir entschuldigen wollte. Kann ich dir nicht verübeln …«

Boy errötete und seine Züge wurden ein wenig sanfter. Er sah Violet an, dann Lucy.

»Ist … schon okay«, erwiderte er. »Kann passieren.«

»Kann passieren?! Das sind ja ganz neue Töne«, schnaubte Violet.

»Na ja, ich und Tom sehen uns ja schon irgendwie ähnlich.« Boy lächelte und wurde noch röter.

Lucys Anspannung ließ nach. Sie lächelte jetzt auch. »Tja, das ist wohl das Problem mit Zwillingen«, sagte sie leise.

Im nächsten Moment brachen alle drei in Gelächter aus. Die unmittelbare Gefahr draußen vor der Tür machte sie ganz kribbelig.

»Und, braucht ihr meine Hilfe? Das ist das Mindeste, was ich tun kann«, erkundigte sich Lucy, als sie wieder ernst wurden.

»Also«, begann Violet, »wenn du uns wirklich helfen willst …«

Sie schilderte Lucy ihren Plan, aus Niemandsland zu entkommen, und dass sie dafür irgendwie in das Haus am Ende der Forgotten Road kommen mussten, um von dort zur Mauer zu gelangen. Als sie fertig war, nickte Lucy und öffnete die Tür.

»Überlasst das mir«, flüsterte sie und huschte nach draußen.

Nervös beobachteten Violet und Boy durch das hohe,

schmale Fenster neben der Tür, wie Lucy aus dem Garten lief.

Mit einem Mut, von dem wahrscheinlich nicht mal Lucy selbst bisher geahnt hatte, dass sie ihn besaß, marschierte sie schnurstracks an dem Zombie vorbei, der in ihrem Vorgarten herumschnüffelte, und ging auf den Hüter zu. Sie sprach einige Minuten aufgeregt mit ihm und zeigte dabei auf das Waisenhaus. Der große, kräftige Mann blaffte einen Befehl. Sofort wandten sich die beiden Zombies zu dem alten Gebäude um und setzten sich zusammen mit dem Hüter in Bewegung. Lucy folgte ihnen.

»Jetzt«, sagte Boy gehetzt.

Ohne ein weiteres Wort riss er die Tür auf, sprang über den Gartenzaun und rannte zum anderen Ende der Forgotten Road. Dort verschwand er in dem baufälligen Haus, das sie auf die Mauer bringen sollte. Violet sprintete dicht hinter ihm her. Sobald sie drinnen in Sicherheit waren, lehnten sich die beiden gegen die Wand und versuchten, wieder zu Atem zu kommen.

»Wo wart ihr so lange?«, quiekte Anna. Sie kam die Treppe hinuntergeschossen, warf sich auf Boy und schlang ihm die Arme um den Bauch.

Jack, der weiter oben auf den Stufen gesessen hatte, stand auf. »Wir haben schon angefangen, uns Sorgen zu machen.« Mit dem Kinn deutete er auf Anna. »Was ist passiert?«

»Auf dem Marktplatz hat jemand Boy an die Hüter verpfiffen.« Violet rang gierig nach Luft. »Wir mussten uns eine Weile verstecken. Lucy hat uns gerettet.«

»Lucy Lawn?« Jack klang überrascht.

»Genau die.« Boy nickte. »Und ein paar Leute auf dem Marktplatz. Sie sind dazwischengegangen, als die Hüter mich entdeckt haben. Vielleicht tut es den Leuten ja leid, was beim letzten Mal passiert ist.«

»Hab ich das nicht schon die ganze Zeit gesagt?«, ereiferte sich Violet.

»Ja, aber warum sollte ich auf dich hören?«, spottete ihr Freund. Er stürmte an Jack vorbei die wackelige Treppe hinauf in das kotzgrüne Badezimmer, immer zwei Stufen auf einmal nehmend.

Wenig später waren sie alle hinausgeklettert, über die Dächer zur Mauer balanciert und hatten sich an dem Seil aufs Kopfsteinpflaster hinuntergehangelt.

Es musste um die Mittagszeit sein, dachte Violet, denn ihr Magen knurrte vernehmlich. Sie lief zu Iris Archers Haus und stieg über die eingetretene Haustür.

»Was machst du?« Boy zögerte kurz, folgte ihr dann jedoch nach drinnen. Jack und Anna kamen hinterher.

»Ich brauch was zu essen! Außerdem sollten wir uns gründlich überlegen, wie wir weitermachen«, flüsterte sie, während sie die Küchenschränke durchsuchte. »Es ist mitten am Tag! Irgendjemand sieht uns bestimmt, wenn wir hier durch die Straßen laufen. Wir dürfen uns auf keinen Fall erwischen lassen, Boy!«

»Violet hat recht«, pflichtete Jack ihr bei. »Am Ausgang der Rag Lane steht ein Zombie und in der Edward Street scheint die Hölle los zu sein. Wie sollen wir da unbemerkt vorbeikommen?«

»Ich weiß was!« Anna lief aus der Küche und rannte die Treppe hinauf.

Violet, Boy und Jack schnappten sich ein paar Scheiben Brot und folgten ihr nach oben in Iris' Schlafzimmer. Nun, da sie nicht auf der Flucht vor ungebetenen Eindringlingen waren, konnte Violet sich in Ruhe umsehen. Weiß gestrichene Wände, Bodendielen aus dunklem Holz. In der Mitte stand das große Holzbett, unter dem sie sich versteckt hatten. Daneben gab es einen kleinen Nachttisch und gegenüber einen Kleiderschrank.

»Iris hat das hier!«, verkündete Anna, die aus dem angrenzenden Badezimmer kam.

Sie hatte zwei Kartons mit rosafarbenen Etiketten dabei. Als sie einen davon schüttelte, stieg eine Wolke aus weißem Puder daraus empor und wirbelte wie parfümierte Schneeflocken durch die Luft.

»Das ist Talkumpuder – meine Mam hat das auch! Alte Leute benutzen das ständig. Ich hab es an Iris gerochen, deswegen wusste ich, dass sie welches haben muss! Damit können wir uns als Zombies verkleiden, so wie an Hallo-

ween! Den Zombies fällt das garantiert nicht auf und den Hütern bestimmt auch nicht – die können ja nicht jeden einzelnen Zombie kennen. Ich hab ein paar kleinere gesehen, unsere Größe sollte also kein Problem sein. Wir müssen nur Abstand halten, damit keiner merkt, dass wir kein Metallskelett haben. Die Einzigen, denen wir dann noch aus dem Weg gehen müssen, sind die Archers und Schwester Powick und das kriegen wir ja wohl hin!«

»Genial.« Violet nieste, als Anna anfing, sich das Gesicht großzügig mit weißem Puder einzustäuben.

Dann flitzte die Kleine aus dem Zimmer und nach unten. So schnell hatte Violet sie noch nie rennen gesehen – offenbar liebte sie es, sich zu verkleiden. Im Nu war Anna mit einer Handvoll Kohle zurück.

»Damit können wir uns so schminken, dass wir genauso tot aussehen wie die Zombies. Und Nähte können wir uns auch aufmalen. Wir müssen allerdings unsere Klamotten kaputt machen«, sagte sie und holte eine Schere aus ihrer Gesäßtasche. »Die hab ich auch im Bad gefunden!«

Anna fing umgehend an, ihre Sachen zu durchlöchern. Dann schnappte sie sich eine Bürste und toupierte ihre Haare, bis sie in alle Richtungen abstanden. Anschließend bestreute sie sie ebenfalls mit einer Portion Talkumpuder. Zu guter Letzt zog sie einen Strumpf aus und rieb ihren nackten Fuß mit dem Puder ein. Als sie sich aufrichtete, stieß sie ein tiefes Knurren aus.

»Und, wie sehe ich aus?« Sie lächelte – ihre Zähne hatten auch eine Kohleschicht abbekommen.

»Fantastisch!« Boy lachte. »Du könntest glatt als Hugos Tochter durchgehen!«

Die anderen machten sich eilig an die Arbeit. Boy und Jack halfen einander, während Anna Violet auf Iris' Bett platzierte, um sie herzurichten. Als die Kleine in Iris' Nachttisch nach ein paar Haarspangen suchte, entdeckte Violet in der untersten Schublade ein in Leder gebundenes Fotoalbum und zog es heraus.

In dem Album klebten jede Menge Fotos der drei Archer-Brüder, als sie noch klein waren. Darunter auch ein sehr niedliches von William, auf dem er unterm Weihnachtsbaum saß und verschmitzt lächelte. Ein anderes, anscheinend vom selben Tag, zeigte alle drei Jungs zusammen. Edward und George trugen finstere Mienen zur Schau. Violet blätterte weiter, während Anna sich an ihren Haaren zu schaffen machte.

Hier und da klafften Lücken im Album, als wären einige Fotos nachträglich entfernt worden. Violet fragte sich, ob auf ihnen Arnold zu sehen war. Eine Seite weiter stieß sie auf ein Foto von einer großen Gruppe noch recht jung wirkender Leute. Es schien bei jemandem im Garten aufgenommen worden zu sein, denn im Hintergrund stieg Rauch von einem Grill auf. Die Frisuren waren total seltsam, wie aus einem alten Film. Die Frauen trugen kurze

Röcke, die Männer enge Hosen, die nach unten hin immer breiter wurden.

Violet betrachtete die Gesichter. An einer hübschen, zierlichen Frau blieb sie hängen. Sie sah ein bisschen wie William aus.

»Iris«, hauchte sie und strich behutsam über das Bild.

Sie war sich sicher, dass es sich um Boys Großmutter handelte, nur eben sehr viel jünger. Auf dem Foto hockte sie in der ersten Reihe. Alle lächelten und winkten fröhlich in die Kamera, nur eine Frau nicht. Sie stand steif und todernst am Rand der Gruppe. Ihre gestärkte weiße Bluse war bis unters Kinn zugeknöpft. Neben ihr lächelte ein großer Mann in einer grün karierten Hose und hatte ihr den Ellbogen auf die breite Schulter gelegt.

Violet schüttelte den Kopf.

»Das kann nicht sein! Das würde ja bedeuten, dass sie sich kannten …«

»Wer?« Anna blickte ihr über die Schulter.

»Schwester Powick! Sie und Iris sind beide auf diesem Foto.«

Kapitel 27

Alte Freunde

»Zeig mal.« Anna streckte die Hand aus und nahm Violet das Album ab. »Ist sie das, da am Rand?«

»Ich denke schon.« Violet nickte.

»Du hast recht, das ist sie eindeutig. Aber warum hat Iris nichts davon gesagt?« Anna hielt ihr Gesicht dicht vor das Foto. »Ich glaub, den Mann daneben kenn ich auch irgendwoher.« Sie zeigte auf den Träger der grün karierten Hose. »Den hab ich schon mal gesehen, ganz bestimmt.«

»Mir kommt er nicht bekannt vor«, erwiderte Violet ein wenig unsicher.

»Was ist los, seid ihr denn noch nicht fertig?« Boys Gesicht war noch bleicher als sonst und von dunklen Kohleschatten gezeichnet, als er aus Iris' Badezimmer kam.

Plötzlich erschien Jack hinter ihm. Mit ausgestreckten Armen stapfte er durchs Zimmer, zog dabei ein Bein nach und grollte wie ein Zombie.

»Lass das, Jack!«, quietschte Anna verzückt und versuchte, sich hinter Violet zu verstecken.

Jack stürzte sich auf sie und zwickte sie in die Seiten. »Ich kitzle dich zu Tode«, knurrte er, während sie sich strampelnd und kichernd auf dem Bett wälzte.

»Schluss damit!«, zischte Boy und warf einen prüfenden Blick aus dem Fenster. »Nicht, dass uns jemand hört!«

»Zeig ihnen das Foto«, keuchte Anna, als sie sich wieder aufsetzte. »Violet hat es in Iris' Schublade gefunden.«

»Dadrin hast du nichts zu suchen, Violet!«, schimpfte Boy.

»Ich weiß, ich wollte bloß …«

Er kam herüber und griff nach dem Fotoalbum. »Ist das Iris?«, fragte er, während Jack ihm über die Schulter guckte.

Violet nickte. »Und seht mal, wer da ist.« Sie zeigte auf die Frau im Hintergrund.

»Das kann doch wohl nicht …« Jack schüttelte so energisch den Kopf, dass das Talkumpuder nur so stob.

»Powick?«, fragte Boy ungläubig.

»Ja, sieht so aus.« Violet nickte. »Das bedeutet, dass Iris sie damals schon kannte.«

»Aber dann hätte sie uns das doch bestimmt erzählt, oder?«, wandte Jack ein.

»Vielleicht nicht. Macula meinte, Iris ist ein Buch mit sieben Siegeln!«, antwortete Violet.

Boy nahm das Foto aus dem Album und steckte es ein.

»Damit können wir uns jetzt nicht befassen«, erklärte er und kehrte zum Fenster zurück. »Wir verlieren wertvolle Zeit – wir müssen die Wissenschaftler finden, um rauszukriegen, ob Dr. Bohr uns helfen kann.«

»Richtig.« Jack wirbelte herum, wodurch er noch mehr von dem weißen Pulver im Zimmer verteilte. »Sind alle so weit? Jeder weiß, was zu tun ist?«

»Ja.« Violet hustete. Das viele Talkumpuder kitzelte in ihrem Hals. »Ich laufe zur Splendid Road. Dabei sehe ich mich auch noch mal bei Archer & Brown um. Sicher ist sicher.«

»Ich gehe mit Jack in die George's Road und zur Teefabrik«, ergänzte Anna.

»Und ich suche in der Edward Street.« Boy war schon halb aus dem Zimmer. »Vielleicht schaffe ich es, auch im Rathaus nachzuschauen.«

»Geh kein Risiko ein, Boy!«, warnte Violet. »Denk dran, sie suchen nach dir. Sieh niemanden an und halt dich so gut wie möglich von allem fern!«

»Jawohl, Frau Lehrerin!«, spottete ihr Freund. »Bis in einer Stunde an der Mauer?«

»Lass uns lieber hier wieder treffen«, schlug Jack vor. »Ist vermutlich sicherer, als wenn wir alle in der Archers' Avenue rumstehen.«

Damit machten sie sich auf den Weg nach unten. Violet zuckte zusammen, als sie im Vorbeigehen in dem Garderobenspiegel neben der Eingangstür ihr Spiegelbild erspähte. Zumindest auf den ersten Blick gingen sie allemal als überzeugende Zombies durch.

»Also dann.« Boy trat vor die Tür. »Ich geh als Erster. Ist wahrscheinlich besser, wenn wir nacheinander aufbrechen.«

Mit einem nervösen Kribbeln im Magen sah Violet zu, wie er nach links in Richtung Edward Street lief.

»Okay, jetzt du.« Jack nickte ihr zu.

Sie holte tief Luft und wagte sich auf die Straße hinaus. Stechende Kälte schoss durch ihre Fußsohlen und breitete sich in ihrem Körper aus – sie hatte ganz vergessen, dass sie keine Schuhe trug.

»Vergiss nicht, wie ein Zombie zu gehen!«, zischte Anna von Iris' Türschwelle aus, als Violet die ersten zaghaften Schritte auf dem Kopfsteinpflaster machte.

Violet neigte sich vor und legte den Kopf ein wenig schräg. Einen Arm streckte sie gerade nach vorne, den anderen hielt sie starr an ihrer Seite. Dann warf sie sich ruckartig vorwärts, während sie ein Bein hinter sich herzog. Um sich noch mehr in ihre Rolle einzufühlen, stieß sie ein tiefes, lang gezogenes Stöhnen aus, wie sie es bei Schwester Powicks Geschöpfen oft genug gehört hatte.

An der Ecke zur Edward Street begegnete sie einem ech-

ten Zombie. Sie hinkte an ihm vorbei und hoffte inständig, dass er nicht in der Lage war, Angst zu riechen. Das Monster verzog keine Miene. Violet entspannte sich etwas. Offenbar war ihre Verkleidung gar nicht so schlecht. Allerdings kam sie furchtbar langsam voran – bis zur Splendid Road würde sie ewig brauchen.

In der Edward Street ging es zu wie in einem Taubenschlag. Überall patrouillierten Hüter auf und ab. Fists, ihr Anführer, befehligte lautstark einige Zombies, die gerade eine Tribüne gegenüber dem Rathaus errichteten. Das Ganze wirkte wie eine Miniaturversion der Zuschauerränge, die Violet mal bei einem Konzert gesehen hatte.

Weitere Hüter hängten lange Vorhänge aus rotem Samt über die steinernen Bögen am Rathausgebäude und verwandelten den Raum unter dem Vordach dadurch in eine Art Theaterbühne. In der Mitte dieser Bühne stand auf dem steinernen Fliesenboden der Tod-Bezwinger, dessen goldener Standfuß mit einem dicken Strang aus Stromkabeln verbunden war.

Die gläserne Röhre funkelte, was kein Wunder war, wenn man bedachte, mit welcher Sorgfalt sie von zwei kräftig gebauten Männern geputzt und poliert wurde. Violet rückte näher heran und tat so, als würde sie bei der Arbeit helfen. Die Platte im Inneren der Röhre war nicht golden, wie sie zunächst gedacht hatte, sondern eher kupferfarben und glänzte.

Als einer der Hüter von seiner Tätigkeit aufsah, knurrte sie und trottete weiter. Sie musste sich konzentrieren – ihre Aufgabe war es, nach den Wissenschaftlern zu suchen.

Violet hinkte durch einen der Bögen, die noch nicht mit Vorhängen geschmückt waren, und stapfte die Treppe hinunter. Dabei kam sie an einem großen, frisch angelegten Beet mit Augenpflanzen vorbei.

Als sie das Gehirn passierte, machte sich darin gerade jemand an den Monitoren zu schaffen. Sie war sich sicher, dass es sich um Edward Archer handelte. Offenbar planten sie tatsächlich, Arnolds Show auf diese Weise in die ganze Welt auszustrahlen, genau wie William gesagt hatte.

Violet setzte schlurfend ihren Weg fort, bis sie zu Mr Hatchets Metzgerei am Ende der Edward Street kam. Die Tür stand offen. Schaudernd dachte sie daran zurück, wie Mr Hatchet in der Frühe dort hinausgezerrt worden war.

Sie huschte hinein und ging unterhalb des großen Schaufensters in Deckung. Die Scheibe war mit Werbung für Hatchets köstliche Würstchen beschriftet. Violet lief das Wasser im Mund zusammen.

Sie beschloss, Archer & Brown eine Weile von hier aus zu beobachten. So konnte sie in relativer Sicherheit nach Anzeichen Ausschau halten, dass die Wissenschaftler dort gefangen gehalten wurden – oder eben auch nicht. Sie hatte sich gerade auf dem braunen Jutesack niedergelassen, den Mr Hatchet als Ladendekoration benutzte, als draußen vor dem Fenster ein vertraut aussehender Zombie vorbeischlich.

Boy? So schnell konnte er nie im Leben die gesamte Edward Street abgesucht haben. Was um alles in der Welt machte er also hier?

Kapitel 28

Dr. Joseph Bohr

Violet stahl sich wieder nach draußen. Boy war weit und breit nirgends zu sehen, obwohl er gerade erst vorbeigekommen war. Sie kroch den Gehsteig entlang und lugte um die Ecke zur Scholars' Road, wo er in der Ferne den Hügel zur Schule hinauflief.

Humpelnd folgte sie ihm. Die Straße war menschenleer, doch sie behielt ihr Hinken bei. Sie konnte ja nicht ausschließen, dass jemand sie beobachtete.

»Boy!«, rief sie leise. Durch ihre langsame Gangart hatte sie keine Chance, ihn einzuholen. Ihr Freund eilte zügig weiter – anscheinend hatte er vergessen, dass er einen Zombie spielte.

Kurz darauf ging er hinter der Schulhofmauer in De-

ckung. Nach einigen Sekunden tauchte sein dick mit Talkumpuder bestäubter grauer Strubbelkopf wieder auf.

»Boy!«, wiederholte sie, diesmal ein bisschen lauter.

»Violet?«, flüsterte er, als er sie auf sich zuhinken sah.

Sie blickte sich um. Die Gegend war wie ausgestorben, daher gestattete sie es sich, für einen Moment aus der Rolle zu fallen, und rannte zu ihm hinter die Mauer. Unwillkürlich überprüfte sie dabei die Augenfarbe ihres Freundes.

»Ich bin's!«, schnaubte er verärgert.

»Entschuldige«, erwiderte sie beschämt. »Ich schätze, das ist irgendwie zur Gewohnheit geworden.«

Boy ging nicht darauf ein. Er drehte sich zur Schule um.

»Ich glaub, die Wissenschaftler werden dadrin gefangen gehalten.« Er zeigte auf das Gebäude. »Ich hab gehört, wie ein Hüter darüber geredet hat.«

»Aber wieso denn in der Schule?«

»Keine Ahnung, hab nicht nachgefragt!« Er sprintete los, über den Schulhof und zu dem hohen Eingangstor.

Violet folgte ihm unbehaglich in den cremefarben gestrichenen Schulflur. Drinnen war es kalt und leer. In den weitläufigen Gängen, die sonst von Hunderten Stimmen widerhallten, herrschte eine unheimliche Stille. Es hatte etwas Beängstigendes, an den bunten Collagen und Postern vorbeizuschleichen, die die Wände dekorierten, während das einzige Geräusch das leise Tappen ihrer Füße auf den Bodenfliesen war.

»Sieh in den Klassenräumen nach«, flüsterte Boy.

Violet blieb vor der ersten rot lackierten Tür stehen und drehte den Knauf. Vorsichtig schob sie die Tür einen Spaltbreit auf und lugte hindurch. Die vertrauten Reihen aus Pulten und Stühlen standen wie gewohnt zur Tafel gewandt, auf der noch die halb ausgewischten Überreste irgendwelcher Hausaufgaben zu erahnen waren. Violet machte kehrt. Auf der anderen Seite des Korridors zuckte Boy mit den Schultern und schloss seine Tür ebenfalls wieder.

Auf diese Weise suchten sie nach und nach das gesamte Erdgeschoss ab. Von den verschwundenen Wissenschaftlern fehlte jede Spur.

»Oben«, flüsterte sie und zeigte auf den ersten Stock.

Sie schlichen die Stufen hinauf und hielten an. Vor ihnen lag die Garderobe, ein Raum voller bunter Metallstangen, an denen normalerweise Dutzende Jacken und Mäntel hingen. Links von ihnen führte eine blaue Tür zu den Mädchentoiletten, rechts befand sich der Korridor, in dem es zu den Physik- und Chemielaboren ging.

Violet setzte einen Fuß in den Flur und zog sich sofort wieder ins Treppenhaus zurück.

»Die Labore«, hauchte sie. »Davor halten ein Hüter und zwei Zombies Wache.«

Vorsichtig spähte sie um die Ecke.

Der Hüter saß auf einem Stuhl, hatte die Füße auf einen anderen gelegt und las in einem Kinderbuch, das er aus ei-

nem der Klassenräume stibitzt haben musste, während die Zombies zu beiden Seiten der Tür die Stellung hielten. Flüsternd teilte sie Boy ihre Beobachtungen mit.

»Das heißt, dadrin sind vermutlich die Wissenschaftler«, wisperte er. »Wir müssen irgendwie rein, aber wie kommen wir an den Wachen vorbei?«

»Wenn wir den Hüter ablenken können«, flüsterte Violet, in deren Kopf sich eine Idee formte, »sollten die Zombies kein Problem für uns sein. Sie sind darauf programmiert, auf Tom zu hören – das hat Schwester Powick selbst gesagt. Erinnerst du dich, wie Hugo dich damals für Tom gehalten hat? Und die Zombies heute Nacht im Tunnel auch? Vielleicht klappt das ja wieder – und sie lassen uns einfach durch.«

»Der Feueralarm!«, entfuhr es Boy. »Wenn wir den aktivieren, muss der Hüter aufstehen und nachsehen, was los ist!«

»Aber wie soll das gehen?«, fragte Violet.

»Kinderspiel.« Boy lächelte. »Jack und ich haben das schon mal gemacht, als ich mich vor einem Test drücken wollte.«

»Boy!« Violet war schockiert. »Das warst du …?«

»Oh, hör auf, dich wie die Tochter aus gutem Perfect-Haus zu benehmen! Vergiss nicht, du warst auch fast eine Niemandsländerin!« Boy grinste und huschte die Treppe hinab.

Sie folgte ihm, auch wenn sie keine Ahnung hatte, wo sie hinwollten, bis sie vor dem Büro des Rektors stehen blieben.

Violet lief ein Schauer über den Rücken – dadrin war sie noch nie gewesen. Boy drehte den Türknauf und marschierte hinein. Sie schlich unbehaglich hinter ihm her.

Das Büro sah vollkommen anders aus, als sie es sich vorgestellt hatte. Es hing nicht alles voller Regeln, es gab keine Dartscheibe mit Fotos der Problemschüler und in den Regalen wurden auch keine konfiszierten Gegenstände wie Trophäen ausgestellt. Der Raum war stinknormal, geradezu langweilig.

An einem Ende stand ein großer Schreibtisch. Der Boden war mit einem ausgetretenen grünen Teppichboden bedeckt und an der cremefarbenen Wand hingen ein Familienfoto und irgendwelche Urkunden. Boy ging schnurstracks um den Schreibtisch herum und zog die oberste Schublade auf.

»Was machst du da?«, zischte Violet.

Er holte ein Feuerzeug heraus und schüttelte es.

»Dadrin bewahren die Lehrer die Sachen auf, die sie den Schülern abnehmen. Ich hab gesehen, wie Mrs Moody Conor das hier letzte Woche weggenommen hat! Wenn wir die Flamme unter den Feuermelder halten, sollte der Alarm losgehen!«

»Ich glaube, dafür brauchen wir schon ein bisschen mehr Feuer.« Violet blickte sich nach Papier um.

»Siehst du, jetzt klingst du schon genau wie eine Waise aus Niemandsland!«

Sie schlichen wieder nach oben und von dort in die Toiletten links von der Treppe. Der Raum war lang und schlauchförmig, auf der einen Seite reihten sich die Klokabinen, auf der anderen weiße Keramikwaschbecken. In der Mitte der Decke hing ein kleiner runder Feuermelder.

Boy kletterte an einer der Klotüren hinauf und schob sich auf der Kante entlang bis zum Feuermelder. Violet reichte ihm einen Stapel Papier. Er zündete es an, streckte den Arm aus und schwenkte die Flamme unter dem Sensor.

Violet wartete nervös bei der Tür und behielt durch einen kleinen Spalt den Gang vor den Laboren im Auge. Plötzlich durchschnitt ein lautes, entsetzlich schrilles Piepsen die Stille. Violet hielt sich die Ohren zu. Der Hüter ließ das Buch fallen und sah sich um. Dann sprang er auf und eilte zur Treppe. Er warf einen Blick über das Geländer, dann rief er den Zombies etwas zu und verschwand nach unten.

Boy kam aus den Toiletten gestürmt, doch Violet hielt ihn zurück.

»Wasch dir das Gesicht«, brüllte sie über den Lärm des Feueralarms hinweg, »du siehst aus wie ein Zombie!«

Hastig spülte er das Gemisch aus Talkumpuder und Kohle ab und huschte hinaus in den Korridor. Violet nahm

wieder ihre Rolle ein und schlurfte hinter ihm her. Das Herz schlug ihr bis zum Hals, als sie sich den beiden Zombies näherten, die vor einem der Labore Wache standen.

Eines der Monster war groß und hatte dünne, spröde Haut, die sich straff über seine langen, knochigen Gliedmaßen spannte. Sein Gesicht war pockennarbig und der Kopf hing leicht zur Seite, wodurch deutlich zu sehen war, dass ihm ein Ohr fehlte. Es knurrte und schüttelte den Kopf, als versuche es, auf diese Weise den schrillen Alarm loszuwerden. Sein Gefährte war eine Winzigkeit kleiner und wirkte müde und abgezehrt. Seine Wangen waren eingefallen und die dunkelvioletten Ringe unter seinen hervorquellenden Augen ließen diese noch größer erscheinen.

Boy baute sich selbstbewusst vor ihnen auf.

»Ich habe den Befehl, mit den Gefangenen zu sprechen«, verkündete er laut.

Der größere der beiden Zombies beugte sich vor, wie um ihn genauestens unter die Lupe zu nehmen. Gleichzeitig schüttelte er weiter unablässig den Kopf, als versuche er, eine lästige Fliege zu vertreiben.

»Ich muss zu den Gefangenen!«, schrie Boy.

Violet zuckte unwillkürlich zusammen. Sie bemühte sich, ihre Reaktion mit einem tiefen Grollen zu tarnen, und starrte die Labortür an, als könne sie sie dazu bringen, wie von Zauberhand aufzugehen. Boy trat unbehaglich von einem Bein aufs andere.

»Na los!«, brüllte er, dann streckte er die Hand aus und legte sie auf den Türgriff.

Violets Herz hämmerte jetzt so laut, dass es beinahe den Lärm des Feueralarms übertönte. Die Zombies beobachteten, wie Boy das Labor betrat, machten jedoch keine Anstalten, ihn aufzuhalten. Violet, die vor Anspannung kaum noch atmen konnte, stapfte hinter ihm her und knallte die Tür zu.

Drinnen klang der Alarm zumindest ein wenig gedämpfter. In der hintersten Ecke des Raums drängten sich drei Männer und zwei Frauen zusammen. Sie hatten sich mit Stühlen, Bunsenbrennern und Spateln bewaffnet, die sie angriffslustig vor sich hielten. Jeder von ihnen trug einen seltsamen spitzen Papierhut, der ein bisschen wie eine umgedrehte Schultüte aussah und auf dem ein großes D stand.

»Ist das nicht das Mädchen aus der Burg?«, fragte einer der Männer, den Violet als Joseph Bohr erkannte, und ließ seinen Laborhocker sinken. »Und du bist der Zwilling mit den schwarzen Augen, ich erinnere mich!«

»Sag nicht, diese Krankenschwester hat sie auch erwischt!« Die Frau mit den orangefarbenen Haaren deutete auf Violet. Sie wirkte aufrichtig entsetzt.

Violet errötete – sie hatte ganz vergessen, wie sie auf andere wirken musste.

»Nein, nein, das ist nur zur Tarnung«, versicherte sie und

streifte ihre Ärmel hoch, um ihnen die rosige Haut darunter zu zeigen. »Ich tu bloß so, als wär ich ein Zombie!«

»Gut gemacht!« Lächelnd stellte Dr. Bohr den Hocker ab. »Habt ihr den Alarm ausgelöst? Ihr habt's ja wirklich faustdick hinter den Ohren, Kinder!«

Der Warnton schrillte unverändert weiter und Violet musste sich anstrengen, um den Doktor zu verstehen.

»Wir brauchen Ihre Hilfe«, sagte Boy gehetzt.

»Unsere Hilfe?« Der Mann, denn Arnold Archer Magnus genannt hatte, nahm seinen weißen Spitzhut ab.

»Wofür sind die?« Violet deutete mit einem Kopfnicken darauf.

»Ach, die hat uns Arnold aufgezwungen. Die müssen wir tragen, seit wir hier sind. Er findet das offenbar lustig«, fauchte er. »Das ›D‹ steht für ›Dummkopf‹, falls ihr euch das fragt. Als ich meinen das letzte Mal abgenommen habe, hat eines dieser Monster Teresa aus dem Fenster gehalten. Und damit auch wirklich der letzte Depp kapiert, was er damit sagen will, hat er uns hier in dieses Kinderlabor eingesperrt und die Wände mit seinen ach-so-genialen Ideen tapeziert …«

Jetzt erst nahm Violet ihre Umgebung genauer in Augenschein. Die braunen Tischplatten und die Stühle mit den Metallbeinen sahen aus wie immer, doch die naturwissenschaftlichen Poster und Versuchsaufbauten, die sonst die Wände zierten, verschwanden hinter großflächigen Zeichnungen, die allem Anschein nach Arnold Archers Tod-Bezwinger darstellten.

Alles war bis in die letzte Ecke mit Notizen und Skizzen vollgehängt, die seine Forschungsschritte abbildeten und detailliert beschrieben, wie seine Maschine funktionierte. An einer Wand prangte zudem ein Banner mit der Aufschrift »Das Werk eines wahren Genies« in großen schwarzen Lettern.

Joseph Bohr hob die Hand. »Nicht jetzt, Magnus, lass uns bei der Sache bleiben – die Kinder sagten, sie brauchen unsere Hilfe …«

»Genau, Dr. Bohr.« Boy nickte. »Wir haben nicht viel Zeit. Der Hüter vor der Tür ist losgegangen, um nach der Ursache des Alarms zu suchen, aber er kann jeden Moment draufkommen, dass es nur ein Trick war!«

»Arnold hat die Kontrolle über die Stadt übernommen, Dr. Bohr. Und die Bewohner hat er alle in einem Ortsteil namens Niemandsland einsperren lassen«, unterbrach ihn Violet hastig. »Er hat die Hüter befreit, quasi die Armee seiner Söhne. Und wir glauben, dass er seine Zombies auch noch dazuholen wird. Dagegen müssen wir uns natürlich wehren, aber wir können es nicht gleichzeitig mit den Hütern *und* den Zombies aufnehmen – gegen beide zusammen haben wir keine Chance. Deswegen hatte Boy die Idee, dass wir eine Art Magnet bauen könnten, an dem die Außenskelette der Zombies hängen bleiben. Dann müssten

wir nur noch gegen die Hüter kämpfen. Das haben wir schon mal geschafft – so könnten wir unsere Stadt also wieder zurückerobern. Doch das muss passieren, bevor …« Violet brach ab. Sie war sich nicht sicher, ob sie das, was sie als Nächstes sagen wollte, auch wirklich glaubte.

»Bevor was?«, hakte Teresa, die Frau mit den orangefarbenen Haaren, nach.

»Bevor … Na ja, also, falls er tatsächlich in der Lage ist, die Toten zum Leben zu erwecken, müssen wir fertig werden, bevor die Zombies lebendig werden und ihre Außenskelette und Batterien nicht mehr brauchen.«

»Ha«, lachte Magnus und ließ sich auf einem der hohen Laborhocker nieder. »Sag nicht, die Menschen in dieser Stadt glauben ernsthaft, was Arnold behauptet. Der Mann ist ein Irrer …«

»Ein Irrer, der dich gefangen hält, Magnus«, wies Teresa ihren Kollegen zurecht, der daraufhin verstummte.

»Ah, verstehe, ihr habt euch also über meine Forschung informiert.« Dr. Bohr stand auf und nahm den spitzen Hut ab, der ihn als Dummkopf brandmarkte. »Ganz recht, Magnetfelder sind mein Spezialgebiet. Eure Idee ist auch gar nicht mal schlecht, aber ich fürchte, die Zeit läuft gegen uns. Arnold plant seinen großen Auftritt doch bereits für morgen, oder nicht?«

Boy nickte.

»Ich brauche deutlich länger zum Nachdenken. Und die-

se Umgebung hier ist auch nicht gerade förderlich. Außerdem dürfte der Mann, den ihr als Hüter bezeichnet habt, jeden Moment zurückkommen. Ihr solltet dringend verschwinden …«

»Und wenn wir Sie befreien? Was, wenn Sie mit uns nach Niemandsland gehen?«, platzte Boy heraus.

Violet zog die Augenbrauen hoch. Wie um alles in der Welt sollten sie Dr. Bohr unbemerkt durch halb Town lotsen?

»Geh mit ihnen, Joseph«, drängte Teresa und trat auf ihn zu. »Und nimm das hier mit.«

Sie riss eines der Poster von der Wand. Es zeigte eine Detailskizze von Arnolds Maschine, auf der die einzelnen Teile fein säuberlich mit Pfeilen und Erläuterungen beschriftet waren. Im Inneren der Glasröhre war ein Zombie an der großen, menschenförmigen Metallplatte festgeschnallt.

»Aber was, wenn ihnen auffällt, dass ich weg bin?«, stammelte der alte Wissenschaftler. Er sah seine Kollegen und Kolleginnen Hilfe suchend an.

»Wir lassen uns schon was einfallen.« Magnus nickte entschlossen und erhob sich. »Teresa hat recht, geh mit ihnen. Irgendjemand muss Arnold aufhalten und du kannst dabei helfen.«

»Aber sie könnten euch etwas antun, um rauszukriegen, wo ich bin. Können wir nicht einfach alle gehen?«

»Das wäre zu riskant«, sagte Boy ernst. »Aber sobald un-

ser Plan in Gang kommt und die Schlacht losgeht, sorgen wir dafür, dass auch der Rest von Ihnen gerettet wird. Versprochen.«

»Nun geh endlich, Joseph, wir kommen schon klar. Tu es für Dr. Spinners«, beharrte Teresa. Tränen stiegen ihr in die Augen.

Joseph Bohr wandte sich an Violet und Boy. »In Ordnung. Ich komme mit!«

Violet schluckte und warf ihrem Freund einen Blick zu.

»Okay.« Boy nickte. Er sah deutlich zuversichtlicher aus, als Violet sich fühlte.

Er ging zur Tür und öffnete sie. Sofort prügelte das Schrillen des Feueralarms wieder mit voller Wucht auf ihre Trommelfelle ein.

»Ich habe Befehl, diesen Gefangenen zu Arnold zu bringen«, brüllte er Schwester Powicks Kreaturen entgegen und marschierte ohne ein weiteres Wort an ihnen vorbei.

Violet ergriff Dr. Bohrs Arm, nahm ihre überzeugendste Zombiehaltung ein und zerrte ihn grob auf den Korridor hinaus. Verstohlen sah sie sich noch einmal nach den restlichen Wissenschaftlern um. Sie standen Arm in Arm und blickten ihnen nach. Teresa nickte aufmunternd und lächelte, dann schloss sich die Tür.

Der Feueralarm übertönte alle anderen Geräusche. Während sie zu dritt den Korridor entlangliefen, rechnete Violet jeden Moment damit, den Hüter zu sehen. Sie stiegen die Treppe hinab und sahen sich sorgfältig in alle Richtungen um, bevor sie sich auf den Weg zum Ausgang machten. Als sie am Kunstraum vorbeieilten, hatte Violet einen Geistesblitz.

»Rein da!«, raunte sie den anderen zu und huschte hinein.

Sie rannte umher und trug so viele Farbtuben und Bastelmaterialien zusammen, wie sie finden konnte. Dann fing sie an, Boy nach Annas Vorbild wieder in einen Zombie zu verwandeln. Als sie fertig war, knöpfte sie sich Dr. Bohr vor. Während sie Gesicht, Arme und Füße des Wissenschaftlers nach allen Regeln der Kunst verunstaltete, schnappte Boy sich eine Schere und fing an, die Kleidung des alten Mannes zu durchlöchern. Dieser ließ alles geduldig und mit einem Anflug von Belustigung über sich ergehen.

»Ich stand ja sowieso schon mit einem Fuß im Grab – würdet ihr sagen, jetzt bin ich ganz drin?«, scherzte er, als er sich im Spiegel betrachtete.

Der Alarm schrillte immer noch, als sie zu dritt aus dem Kunstraum schlichen, das Schulgebäude verließen und hinkend in Richtung Edward Street stapften. Vor dem Rathaus waren die Hüter mittlerweile dabei, Lautsprecher an zwei der hohen Säulen anzubringen. Violet musste den Doktor unauffällig anstupsen, als er beim Anblick des Tod-Bezwingers vorübergehend vergaß, dass er ein Zombie war.

Er fand jedoch schnell wieder in seine Rolle zurück und sie erreichten Iris Archers Haus ohne weiteren Zwischenfall.

»Wo habt ihr gesteckt?« Jack stand auf, als sie hereinkamen. »Wir dachten schon, ihr …«

Er blieb wie angewurzelt stehen, als er ihren Begleiter sah. Anna klammerte sich verängstigt an seinem Bein fest.

»Bitte vielmals um Entschuldigung, so sehe ich normalerweise nicht aus.« Der Wissenschaftler lächelte. »Dr. Joseph Bohr, stets zu Diensten!«

Kapitel 29

Die ultimative Rache

Boy berichtete Jack und Anna gerade, was geschehen war, da schnitt ihm ein durchdringendes Kreischen das Wort ab. Eine Stimme schallte lautsprecherverstärkt durch die Straßen. Es war Edward.

»Boy Archer, komm raus und ergib dich, wenn du nicht willst, dass deine Freunde und deine Familie dran glauben müssen.« Sein schroffer Tonfall hing mitleidlos in der Nachmittagsluft. »Wir schicken die Hüter nach Niemandsland und lassen sie dort jeden Stein umdrehen. Wer dabei erwischt wird, dass er Boy Unterschlupf gewährt, wird bestraft.«

Der Lautsprecher knackte, knisterte und verstummte.

Violet griff nach Boys Arm. Ihr Freund sah sie nicht an.

Draußen auf dem Kopfsteinpflaster der Archers' Avenue hörten sie das Fußgetrappel der Hüter.

»Wir können nicht zurück«, sagte sie. »Ich meine, vor allem du nicht, Boy!«

»Ich muss aber«, beharrte er.

»Arnold und Schwester Powick müssen der Verzweiflung nahe sein.« Sie flüsterte beinahe. »Sie brauchen dich spätestens morgen, an deinem Geburtstag.«

»Na, dann muss ich mich eben einfach von ihnen fernhalten.« Boy steckte den Kopf zur eingetretenen Haustür hinaus, um sich zu vergewissern, dass die Luft rein war.

»Was wollen sie denn von ihm?«, fragte Anna.

»Das wissen wir immer noch nicht.« Boy klang frustriert.

»Als wir in der Burg waren, hat Schwester Powick irgendwas über ein Exil… Elix… irgendwas des Lebens gesagt. Erinnerst du dich, Boy?«

Boy nickte. »Elixier des Lebens.«

»Was ist das?«, wollte Anna wissen.

»Das ist die Formel zur Unsterblichkeit«, erklärte Joseph Bohr. »Alchemisten suchen seit Hunderten von Jahren danach. Natürlich ist das bloß eine Legende, aber dennoch haben viele bei dem Versuch, diese Formel zu finden, ihr Leben gelassen.«

»Was ist ein Alchemist?«, fragte Violet.

»Alchemie ist eine uralte, geheimnisumwobene Kunst«,

fuhr Joseph Bohr fort. »Ziel der Alchemisten war es seit jeher, das Lebenselixier zu finden, eine Substanz, die die Toten auferstehen lassen oder ewiges Leben verleihen kann.«

»Schwester Powick hat gesagt, dass sie dieses Elizeugs nur an Toms Geburtstag herstellen kann. Und Tom meinte, dass er derjenige ist, der die Macht hat, nicht Arnolds Maschine. Glauben Sie, Tom kann Tote zum Leben erwecken? Aber wenn ja, wozu brauchen sie dann Boy?« Violet war immer noch verwirrt.

»Das ist alles Unsinn, Violet. Das Elixier des Lebens ist reine Erfindung, der Stoff der Mythen und Legenden«, antwortete Joseph Bohr. »Ich sag euch eins: Arnold Archer war und ist vollkommen verrückt. Er ist seit Jahrzehnten davon besessen, die Toten aufzuwecken, und jetzt unternimmt er eben einen neuen Versuch. Doch das ist unmöglich. Und wenn ihr mich fragt, sollte man die Toten auch ruhen lassen!«

»Aber spielt es denn eine Rolle, ob es möglich ist oder nicht?«, entgegnete Violet. »Wenn Arnold und Schwester Powick der Überzeugung sind, dass sie es können, und wenn sie glauben, dass sie Boy dafür brauchen, dann schwebt Boy in Gefahr. Er kann nicht zurück nach Niemandsland. Er muss Town verlassen, und zwar schnell! Ich hab ein ganz mieses Gefühl bei der Sache.«

»Glaubst du ernsthaft, ich könnte einfach alle im Stich lassen? Meine Familie und all meine Freunde? Vergiss es,

Violet!« Boy war nicht umzustimmen. »Worauf es jetzt ankommt, ist, dass wir Town retten. Und das bedeutet, dass wir Arnold und die anderen aufhalten müssen.«

»Wir sollten wirklich los«, unterbrach Jack das Gespräch. Er blickte nervös nach draußen.

Dort rückten weitere Hüter an, alle auf dem Weg in Richtung Rag Lane.

»Ja, lasst uns das später besprechen.« Boy schlüpfte zur Tür hinaus und huschte zum Fuß der Mauer. Die anderen vier folgten ihm.

»Da soll ich hochklettern?« Joseph Bohr legte den Kopf in den Nacken und spähte hinauf. »Ich weiß, mein jugendlicher Glanz ist schwer zu übersehen, aber ist euch eigentlich klar, wie alt ich bin?«

»Ich finde nicht, dass Sie glänzen, Mr Dr. Bohr. Ich glaube, Sie sind uralt. Aber einen anderen Weg gibt es nicht.« Anna zog ihn am Ärmel. »Und meine Mam sagt, das Alter ist nur eine Zahl.«

»Eine kluge Frau.« Dr. Bohr schüttelte lachend den Kopf, während Boy an der Mauer hinaufkraxelte und das Seil herunterwarf.

Sie kletterten nacheinander nach oben. Der Doktor brauchte sehr viel länger als die anderen, aber als sie ihn mit vereinten Kräften über die Kante zogen, hatte er ein Lächeln im Gesicht, das so breit war wie die Fußgängerbrücke über den Fluss.

»Also, so viel Spaß hatte ich seit meiner Zeit im Teilchenbeschleuniger nicht mehr!« Er strahlte.

Sie schlichen über die Dächer zurück zu dem Badezimmerfenster, liefen die Treppe hinab und traten auf die Forgotten Road hinaus, wo sie wieder in ihre Zombierollen verfielen. Hinkend und schlurfend überquerten sie den Marktplatz, um zu Merrill Marx' altem Spielzeugladen zu gelangen.

In der Nähe des Lumpenbaums kamen sie an einem Hüter vorbei, der sich gerade einen der Stadtbewohner vorgeknöpft hatte. Violet wandte den Blick ab.

»Wo ist Boy?«, knurrte der Hüter, der den Mann grob am Kragen gepackt hatte. »Wenn nich bald mal einer mit der Sprache rausrückt, kriegt ihr alle die Hucke voll!«

Der Mann schwieg eisern. Violet zuckte zusammen, als der Hüter ihn gegen eine Mauer schubste und wütend davonstürmte. Sofort eilte jemand herbei, um ihm zu helfen. Wenn die Hüter so weitermachten, war es nur eine Frage der Zeit, bis jemand Boy verriet. Die Leute wussten, dass bei Merrill Versammlungen abgehalten wurden.

Das Glöckchen über der Tür bimmelte, als Violet eintrat. Der Laden war leer. Hocker und Stühle lagen wild durcheinander, als wäre er in aller Eile verlassen worden.

»Nein«, ächzte Violet, »sie haben alle mitgenommen, die Hüter müssen …«

»Violet?« Rose kam aus dem kleinen Stauraum unter der

Treppe. »Deine Stimme würde ich überall wiedererkennen. Wir dachten, ihr wärt Zombies, Mäuschen!«

Bestürzt, aber irgendwie auch erleichtert drehte Violet sich zu ihren Freunden um und fing an zu lachen. Sie hatte ganz vergessen, wie sie aussahen.

Nach und nach krochen auch die anderen aus ihren Verstecken und begrüßten sie.

»Sie haben die Suche nach Boy noch verschärft. Und die Leute wissen, dass er hier ist! Sollten wir nicht lieber umziehen?«, fragte Violet, als langsam wieder Ruhe einkehrte.

»Ist schon okay«, beruhigte Merrill sie. »Ich habe mit den meisten Stadtbewohnern gesprochen – wir haben Freunde, die für uns die Straßen im Auge behalten. Wir werden alarmiert, sobald jemand den Hütern irgendwas erzählt, versprochen.«

»Was, wenn Vincent Crooked rausfindet, wo Boy ist? Er würde uns garantiert sofort verraten.«

»Darum kümmern wir uns, wenn es so weit ist, Violet«, antwortete Eugene und zog seine Tochter an sich. »Jetzt erzählt mal, was ist mit Bohr?«

»He! Hau ab!«, schrie Madeleine Nunn, die etwas später dazugekommen war, als der Wissenschaftler ins Licht trat. Sie schnappte sich einen Besen und fuchtelte drohend damit herum. »Kommt her, Kinder, stellt euch hinter mich. Eines der Monster ist mit euch reingeschlichen!«

»Nein, Mam, nicht.« Anna lief hinüber und nahm Joseph Bohrs Hand. »Das ist der Onkel Doktor!«

»Sie haben ihn in einen Zombie verwandelt?«, keuchte Madeleine.

»Aber nicht doch, Gnädigste – wie die Kinder bin ich lediglich kostümiert!« Dr. Bohr rubbelte etwas von seiner Schminke ab.

»Joseph?« Iris starrte den Wissenschaftler ungläubig an.

»Iris?«, erwiderte er. »Ich hätte nicht gedacht ... Ich wusste nicht ... Oh, wie ich mich freue, dich wiederzusehen!«

Er ließ Annas Hand los, eilte durch den Laden und nahm seine alte Freundin in die Arme. Violet sah Boy an, der bei dem Anblick leicht errötete.

»Ähem ...« William räusperte sich. »Mam, wärst du so nett ...?«

»Oh«, entfuhr es Iris. Sie löste sich von Dr. Bohr. »Ich hab dich noch gar nicht vorgestellt, Joe. Das ist mein Sohn William ...«

»Der kleine Racker.« Joseph lächelte und schüttelte ihm die Hand. »Als ich Sie das letzte Mal gesehen habe, waren Sie noch ein Kleinkind.«

Iris stellte Dr. Bohr den anderen vor. Violets Dad fing an zu stottern und zu stammeln, als er an der Reihe war.

»Ich verehre Ihre Arbeit, Sir ... Mr ... Dr. Bohr. Es ist ... Es ist mir eine solche ... eine unfassbare Ehre, Sie kennenzulernen, Sir, Doktor.«

»Bitte entschuldigen Sie«, mischte sich Rose ein, während sie vortrat, um dem Doktor ihrerseits die Hand zu schütteln, »mein Mann hat eine Schwäche für berühmte Wissenschaftler.«

»Rose!«, raunte Eugene verlegen, als seine Frau die Hand wieder losließ.

»Wir brauchen Ihre Hilfe, Dr. Bohr«, sagte William und deutete auf einen Stapel Bücher, der vor ihm auf dem Tisch lag.

»Ah ja.« Joseph nahm einen der Bände und las sich den Titel durch. »Magnetismus. Die Kinder haben mir bereits geschildert, was Sie vorhaben, aber die Frage ist, wie wir das anstellen wollen …«

Violet beobachtete, dass Iris sich unauffällig aus der Gruppe zurückzog. Sie schien in Gedanken ganz woanders zu sein.

Während um sie herum die Diskussionen begannen, ließ sie sich in der Ecke auf einer kleinen Kiste nieder. Sie nahm einen von Merrills Spielzeugentwürfen in die Hand, einen hölzernen Elefantenkopf, dessen Rüssel sie gedankenverloren mit einem Hebel auf und ab bewegte.

»Ich geb Ihnen ein Königreich«, sagte Violet. Das hatte sie ihren Vater schon öfter sagen hören, wenn jemand etwas abwesend wirkte.

»Ein Königreich für meine Gedanken, meinst du?« Iris lächelte sanft.

»Sie müssen mir Ihre Gedanken nicht verraten.« Violet setzte sich neben ihr auf ein geschnitztes Holzfässchen.

»Du bist ein liebes Mädchen. Ich verliere mich nur gerade ein bisschen in meinen Erinnerungen«, seufzte Iris und drückte ihr dankbar die Hand.

Violet schwieg und sah zu, wie sich der Rüssel des Elefanten hob und senkte.

»Ich glaube, Merrill will ihn dazu bringen, Wasser zu spritzen«, sagte die alte Dame, wohl hauptsächlich, um die Stille zu füllen. »Wenn er das schafft, dürfte es ein echter Verkaufsschlager werden, was?«

Violet lächelte. Sie wollte Iris so viele Fragen stellen, aber sie wusste nicht, wo sie anfangen sollte.

»Ich geb dir ein Königreich für deine.« Die alte Dame musterte sie mit einem freundlichen Blick.

»Meine was?«

»Deine Gedanken, Violet. Hast du etwas auf dem Herzen?«

»Ja.« Sie nickte und sah kurz zu Boy hinüber, der konzentriert Dr. Bohrs Ausführungen lauschte. »Ich mach mir Sorgen wegen Boy. Und dem, was Schwester Powick mit ihm vorhat.«

»Die Frau ist verrückt.« Iris schüttelte den Kopf.

»Kannten Sie sie schon länger? Bevor all das passiert ist?«, fragte Violet.

»Nein«, antwortete Iris, auch wenn es ein wenig unsicher

klang. »Ich glaube, zum ersten Mal habe ich ihren Namen gehört, als sie Macula wegen Boy und Tom geschrieben hat. Ich habe bisher nie an meinem Gedächtnis gezweifelt, aber seit ihr mir von den Briefen erzählt habt, die Arnold dieser Frau geschrieben hat, frage ich mich ernsthaft, ob ich ihr nicht vielleicht doch schon früher begegnet bin. Ich meine, ich dachte, ich würde Arnolds Freunde von damals alle kennen. Vielleicht werde ich einfach alt!«

Violet ging zu Boy und bat ihn um das Foto, das sie in Iris' Haus gefunden hatten. Er zog es aus der Tasche und gab es ihr.

Boys Großmutter lächelte, als sie das Foto entgegennahm.

»Wo habt ihr das gefunden? Das ist die ganze Bande von der Hegel. Joe müsste da auch irgendwo drauf sein.«

Violet zögerte einen Moment. »Ich hoffe, Sie sind mir nicht böse, aber wir waren in Ihrem Schlafzimmer, um uns als Zombies zu verkleiden, und dabei hab ich das in einem Album in einer Ihrer Schubladen entdeckt.«

»Ist schon in Ordnung. Ich hab nicht viel zu verbergen. Das Album habe ich mir seit langer, langer Zeit nicht mehr angesehen.«

Violet beugte sich vor und zeigte auf die breitschultrige Frau im Hintergrund. »Wir glauben, das könnte Schwester Powick sein.«

»Ach ja?« Iris klang entgeistert. Sie hielt sich das Foto

dichter vors Gesicht. »Meine Augen sind nicht mehr das, was sie mal waren.« Sie betrachtete das Foto eine Weile eingehend, dann ließ sie es sinken.

»Du hast recht, Kind, das ist Schwester Powick.« Ihr Gesicht war ganz bleich geworden. »Wie konnte ich das übersehen? Ich kann mich allerdings auch kaum an sie erinnern. Wenn ich mich recht entsinne, bin ich ihr nur einmal begegnet – nämlich an dem Tag, als das Foto entstanden ist. Sie nannten sie Prissy oder so ähnlich. Ich glaube, sie war Dr. Spinners Assistentin – das ist der Mann da neben ihr, der sich auf ihre Schulter stützt.«

»Oh.« Violet nickte und ging näher heran. »Anna fand, dass er ihr bekannt vorkam.«

»Das bezweifle ich, Violet.« Iris seufzte. »Er war Arnolds bester Freund. Dr. Hugo Spinners, ein Mann von wahrhaft erstaunlichem Verstand. Als Arnold aus der Spur geriet, haben sie sich überworfen. Spinners versuchte, ihn von dieser ganzen Todessache abzubringen, doch Arnold wollte nicht auf ihn hören – er war überzeugt, dass sein Freund bloß neidisch war. Mit der Zeit wurden sie zu Erzfeinden, so entschlossen waren sie zu beweisen, dass der andere im Unrecht war. Traurig war das, wirklich.«

»Was ist mit ihm passiert?«, fragte Violet beklommen.

»Er ist gestorben, ein paar Jahre, nachdem dieses Foto entstanden ist. Es war ein Unfall, ganz plötzlich. Ich weiß nicht genau, was geschehen ist, aber ich kann mich erin-

nern, dass es hieß, die Umstände seien verdächtig gewesen. Für mich war das keine gute Zeit damals. Arnolds Wahn hatte seinen absoluten Höhepunkt erreicht. Kurz nach Spinners Tod ging er auf William los und ich floh mit den Jungs hierher.«

Auf einmal kam Violet das Gespräch auf dem Friedhof wieder in den Sinn. Ein unbehagliches Kribbeln erfasste ihren Körper.

»Eine von den Wissenschaftlern, eine Frau namens Teresa, hat Arnold heute früh gefragt, ob er Dr. Spinners umgebracht hat …«

»Ihn umgebracht …?« Iris' Gesicht nahm einen leicht grünlichen Ton an. »Was hat er geantwortet?«

»Irgendwas in die Richtung, dass es dem Doktor schon recht geschieht, nachdem er ihn immer verspottet hat. Und dass er ihn als Ersten von den Toten erwecken will.«

»Hugo, seinen besten Freund! Oh, Arnold! Er hat ihn doch wohl nicht … O nein …« Iris streckte die Hand aus und stützte sich an Merrills Spielzeugelefanten ab, als würde sie sonst umfallen.

»Hugo! So hieß Dr. Spinners mit Vornamen?«, unterbrach Violet ihr Gestammel. »So wie Hugo, der Zombie! Glauben Sie …? Sie glauben doch nicht …?«

Sie erinnerte sich, wie Schwester Powick erwähnt hatte, dass Dr. Spinners ihnen gute Dienste geleistet hatte. Und Anna hatte sein Gesicht auf dem Foto erkannt. Violet sah sich das Bild noch einmal genauer an. Nun, da sie es in Gedanken mit Hugos scheußlicher Fratze abglich, erschien es tatsächlich möglich.

»Sie glauben doch nicht, dass Dr. Spinners Hugo, der Kinderfänger, ist?« Ihr drehte sich schier der Magen um, als sie das sagte. Iris schnappte hörbar nach Luft.

»Natürlich!«, flüsterte sie und fixierte Violet mit ihrem Blick. »Das wäre genau Arnolds Stil. Nach ihrem Zerwürfnis wurde Hugo Arnolds erbittertster Gegner. Er zerriss seine Theorien über Leben und Tod förmlich in der Luft. Natürlich hat Arnold Dr. Spinners umgebracht! Und nun plant er, ihn wieder zum Leben zu erwecken. Er will die Leiche seines größten Gegners benutzen, um allen zu beweisen, dass er immer schon recht hatte. Die ultimative Rache. Oh, Arnold, dein Wahn kennt wirklich keine Grenzen!«

Bei dem Gedanken wurde Violet übel. Wenn Arnold imstande war, seinen besten Freund zu töten und ihn in einen Zombie zu verwandeln, was hatten Schwester Powick und er dann erst mit Boy vor? Die anderen waren immer noch ins Gespräch mit Dr. Bohr vertieft und suchten einen Weg, die Zombies aufzuhalten. Um Boy und das, was ihm an seinem Geburtstag drohen mochte, schienen sie sich keine Sorgen zu machen. Doch Violet wurde das Gefühl nicht los, dass ihm etwas wirklich Schlimmes bevorstand.

Iris war wieder in ihren Gedanken versunken und mur-

melte kopfschüttelnd vor sich hin. Was sie gerade über Hugo herausgefunden hatte, musste ein ziemlicher Schock für sie gewesen sein.

Doch Violet konnte jetzt keine Rücksicht auf den Zustand der alten Dame nehmen. »Aus irgendeinem Grund braucht Schwester Powick Boy unbedingt«, fuhr sie fort. »Sie hat etwas von einem Elixier des Lebens gesagt – haben Sie davon schon mal was gehört? Hat Arnold vielleicht darüber gesprochen, als er an seiner Maschine gearbeitet hat?«

Iris schwieg eine Weile und dachte angestrengt nach.

»Nein, Violet. Mir gegenüber hat er so ein Elixier nie erwähnt, nicht dass ich wüsste. In seinen schlimmsten Phasen konnte er sich endlos in seinen Zorn auf William, seine gespaltene Seele und den Fluch, den er angeblich über unsere Familie gebracht hatte, hineinsteigern. Aber soweit ich mich erinnere, war das alles.«

»Haben Sie vielleicht ein paar seiner Notizen aufbewahrt? Oder Bücher über den Fluch? Irgendwas, das uns helfen könnte?«

Iris schüttelte den Kopf. »Warum? Was ist denn los, Kind?«

»Ich hab einfach Angst, dass sie etwas ganz Schreckliches mit Boy vorhaben! Können Sie sich noch erinnern, was in dem Brief stand, den Schwester Powick Macula nach dem Untergang von Perfect geschickt hat? In dem sie geschrieben hat, dass sie Tom zu sich genommen hat? Wissen Sie, ob da sonst noch irgendwas drinstand?«

»Nein.« Wieder schüttelte Iris den Kopf. »Aber ich erinnere mich, dass Macula dachte, Priscilla Powick wollte sie damit gegen Boy aufbringen. Sie meinte, dass es zu Edwards Plan gehörte, Town zu spalten und Perfect zurückzugewinnen.«

Violet nickte. Das wusste sie alles, aber in dem Brief hatte noch mehr gestanden. Es wollte ihr jedoch partout nicht einfallen.

»Wir passen auf Boy auf«, versicherte Iris. »Solange wir ihn im Auge behalten, kann ihm nichts passieren. Du bist eine gute Freundin, Violet. Die beste, die man sich nur wünschen kann. Ich lasse nicht zu, dass Arnold oder diese … diese *Person* meinem Enkel etwas antun. Das verspreche ich dir. Und wenn wir sie erst mal aufgehalten haben, können sie auch niemand anderem mehr etwas tun.« Sie ergriff Violets Hand und drückte sie fest. »Boy geschieht schon nichts.«

Violet hätte Iris wirklich gern geglaubt, doch es gelang ihr nicht. Etwas saß in ihrem Hinterkopf und nagte an ihr – sie bekam es bloß nicht zu fassen. Sie stand auf, um sich den Planungen der anderen anzuschließen, als sie den großen schwarzen Vogel bemerkte, der draußen auf dem Fensterbrett hockte.

Als sie zum Fenster ging, schwang er sich auf und flog

davon. Violet öffnete die Tür einen Spaltbreit und lugte hinaus, in Richtung Marktplatz.

»Tom«, flüsterte sie. »Tom, bist du da?«

Die Umgebung wirkte ruhig, deutlich ruhiger als noch bei ihrer Ankunft. Ihr lief es eiskalt über den Rücken. Schnell schloss sie die Tür wieder und kehrte zu den anderen zurück.

Kapitel 30

Ein magischer Stoff

Dr. Joseph Bohr war damit beschäftigt, etwas auf ein großes, flaches Stück Holz zu zeichnen. Offenbar war ihnen das Papier ausgegangen, dachte Violet, als sie durch den Haufen zusammengeknüllter Zettel auf dem Boden watete. Jack stand interessiert neben dem Wissenschaftler, der ihm etwas über Magnetismus erklärte und dabei immer wieder auf verschiedene Abschnitte seines Diagramms zeigte.

Unterdessen diskutierte William mit Eugene hitzig über irgendeine Theorie und Boy und Anna nahmen Arnolds Skizze des Tod-Bezwingers unter die Lupe, die sie aus dem Laborraum in der Schule mitgenommen hatten. Iris gesellte sich dazu und blickte ihnen über die Schultern.

»Das ist neu«, sagte sie so laut, dass alle es mitbekamen.

»Sieht aus, als bräuchte Arnold dafür deutlich mehr Energie als letztes Mal. Ich frage mich, wo er die wohl hernehmen will?«

»Ja, nicht wahr?« Dr. Bohr lächelte sie an. »Mit der Menge an Elektrizität könnte er einen Stein zum Leben erwecken!«

»Elektrizität …«, wiederholte Jack nachdenklich und sah zu ihm hoch. »Was ist mit Elektromagnetismus? Haben Sie nicht gesagt, dass man einen Magneten erzeugen kann, indem man Strom durch ein Metall leitet oder so?«

»Jack, mein Junge, du bist ein Genie!« Joseph Bohr lachte und gab ihm einen anerkennenden Klaps auf den Rücken, der Jack beinahe umwarf.

»Wir haben viel zu kompliziert gedacht!« Jack griff nach der Skizze der Maschine. »Arnold *hat* bereits einen Magneten gebaut! Seht ihr diese menschenförmige Platte im Inneren des Tod-Bezwingers? Die ist aus Metall, genauer gesagt, aus Kupfer. Und den Plänen nach wird da jede Menge Strom durchfließen, wenn die Maschine eingeschaltet wird!«

»Mein Junge, ich glaube, wenn wir erst mal dieses Städtchen gerettet haben, mache ich dich zu meinem Lehrling! Kupfer ist nicht bloß irgendein Metall, sondern sogar ein ausgezeichneter Leiter! Sieht aus, als hätten wir unseren Magneten schon. Das Glas dämpft die magnetische Wirkung natürlich erheblich, aber wenn es uns gelingt, die

Röhre zu zerbrechen, werden die Zombies schneller von dieser Platte angezogen als Materie von einem schwarzen Loch.«

Violet schämte sich ein wenig, als ihr Dad lauthals über Dr. Bohrs Naturwissenschaftlerwitz lachte.

»Aber Violet hat gesagt, dass es ein ganzes Heer von Zombies gibt«, warf Anna ein. »Die passen doch bestimmt nicht alle auf diese Platte!«

»Gut beobachtet, Anna.« Dr. Bohr nickte ihr zu. »Aber Magnete verfügen über eine Art Ansteckungskraft, wenn du so willst. Das heißt, die Zombies, oder besser gesagt ihre Außenskelette, werden ebenfalls zu Magneten. Einige von ihnen bleiben also an der Maschine haften, dadurch laden sich ihre Skelette magnetisch auf und sie ziehen weitere Zombies an – bis wir einen riesigen Klumpen von Zombies haben, die alle aneinander festkleben!«

»Ich nehme mal an, wir müssten das Glas zerbrechen, wenn Arnolds Maschine bereits eingeschaltet ist?«, erkundigte sich William.

»Ganz genau, William, aber das ist fürs Erste nebensächlich. Damit befassen wir uns, wenn die Zeit gekommen ist.«

»So nebensächlich nun auch wieder nicht.« Rose schüttelte den Kopf. »Details sind wichtig. Ich bin ein Zahlenmensch und wenn ich das mal grob überschlage, gehe ich davon aus, dass wir zum gegebenen Zeitpunkt recht viele

Menschen in der Nähe brauchen, um die vorübergehende Schwächung der Archers auszunutzen und die Hüter zu überwältigen. Wenn wir das Überraschungsmoment verlieren, könnten sie den Strom abschalten und die Zombies wären sofort wieder frei, sehe ich das richtig?«

»Oh ja, richtig, in der Tat.« Dr. Bohr nickte und Eugene schenkte seiner Frau ein stolzes Lächeln.

»Aber wir sitzen alle in Niemandsland fest«, schaltete sich Madeleine Nunn in das Gespräch ein.

»Wir könnten doch einfach wieder ausbrechen, Mam, und uns irgendwo verstecken, bis es so weit ist«, schlug Anna freudig vor.

»Wir werden wirklich viele Menschen brauchen, wenn wir die Hüter besiegen wollen – eigentlich die ganze Stadt, so wie damals bei der Schlacht um Perfect«, warf Iris ein. »Wie sollen wir die alle verstecken und das praktisch in aller Öffentlichkeit?«

»Sie errichten Tribünen …«, überlegte Jack. »Vielleicht passen wir dadrunter?«

»Nicht groß genug«, erwiderte Boy. »Außerdem würden sie uns sofort entdecken.«

»Was ist mit der Burg?«, fragte Violet plötzlich, die froh war, zumindest eine Weile an etwas anderes denken zu können als an die Sorgen um ihren Freund.

»Wie meinst du das? Wir können nicht zurück zur Burg, Violet«, winkte Boy ab.

Die Diskussionen, wie sie ihren Angriff am besten vorbereiten konnten, gingen unvermindert weiter.

»Ihr hört nicht zu!«, schrie Violet. Alle um sie herum verstummten. »Die Burg, Boy! Die war komplett unsichtbar, schon vergessen? Wir konnten sie nicht sehen, obwohl sie mitten auf der Wiese stand! Direkt vor unseren Augen.«

»Was?« Eugene runzelte die Stirn. »Ich erinnere mich, dass ihr so was erwähnt habt, aber ich glaube, das ist in dem Moment nicht richtig bei mir angekommen. Noch mal, Mäuschen. Du sagst also, die Burg war vollkommen unsichtbar?«

»Aber ja, warum bin ich darauf nicht gekommen?« Dr. Bohr schlug sich mit der Hand gegen die Stirn. »Das hat Arnold seinerzeit entwickelt, Jahre, bevor er den Verstand verloren hat. Ein Metamaterial – hat ihm zahlreiche Preise eingebracht! Er hat vor uns damit angegeben, als er uns in unserer Zelle besucht hat. Offenbar hat er eine hohe Mauer aus Metall rund um die Burg errichtet und sie von außen mit seinem Material bedeckt, um sie optisch verschwinden zu lassen. Seine Prahlerei war unerträglich, aber eins muss man dem Mann lassen, diese Erfindung ist genial!«

Iris räusperte sich vernehmlich. Ihr Gesicht war ernst, beinahe streng. »Arnold hat *behauptet*, den Stoff erfunden zu haben, Joe. Und ich war jung und naiv genug, ihm das durchgehen zu lassen! Aber in Wahrheit ist das mein Werk! Ich musste mein Gehirn irgendwie weiter beschäftigen, nachdem ich Kinder bekommen und die Forschung aufgegeben hatte, also habe ich in meiner Freizeit daran getüftelt, nur so zum Spaß. Manchmal habe ich den Jungs damit kleine Streiche gespielt. Erinnerst du dich, William? Meine verschwundene Hand! Das hatte ich ganz vergessen.«

»Oh ja …« Ihr Sohn lächelte versonnen, als wäre er in der Zeit dorthin zurückversetzt worden.

»Ihr drei dachtet, das wäre Magie!« Sie lachte. »Oh, es war herrlich, eure Gesichter zu sehen. Eure alte Mutter ist nicht dumm! Ich habe einen Seidenstoff entwickelt, der das Licht so bricht, dass es um ihn herumgelenkt wird. Das Ganze funktioniert mittels Split-Ring-Resonatoren. Der Abstand zwischen ihnen war geringer als die Wellenlänge des Lichts und mit der Zeit gelang es mir, sowohl die magnetischen als auch die elektrischen Lichtfelder zu manipulieren. Dadurch konnte man Dinge, die in den Seidenstoff gehüllt waren, nicht sehen, wohl aber alles, was sich davor und dahinter befand. Ich muss schon sagen, ich war sehr zufrieden mit mir.«

»Das ist außerordentlich beeindruckend, Iris!«, rief Joseph Bohr aus. »Hätte ich das doch nur damals schon gewusst. Arnolds Dreistigkeit ist wirklich kaum zu fassen!«

»Er hat meine Arbeit gesehen und sie ohne mein Wissen unter seinem Namen zur Begutachtung eingereicht. Alle sind sofort darauf angesprungen und Arnold wurde mit Preisen überhäuft. Natürlich war ich verärgert, aber ich liebte ihn eben auch und er versicherte mir, dass alles, was meins war, auch ihm gehörte und umgekehrt. Ich redete mir ein, dass es albern war, deswegen Streit anzuzetteln oder egoistisch auf meinem Standpunkt zu beharren. Wenn er davon profitierte, profitierte schließlich die ganze Familie, also beschloss ich, den Mund zu halten. War ich nicht ein dummes kleines Ding?«

Joseph legte ihr einen Arm um die Schulter. »Wenn doch nur alle in der Wissenschaft so selbstlos wären, Iris«, sagte er besänftigend.

»Kannst du schnell mehr von diesem Stoff herstellen, Mam?«, fragte William.

»Besser noch. Wenn ich mich recht erinnere, müssten zu Hause auf dem Dachboden noch ein paar Bahnen davon liegen. Ich habe alles, was ich hatte, mitgenommen und es sogar für unsere Flucht vor Arnold genutzt. Es dürfte nicht ganz leicht sein, den Stoff aufzuspüren – aber wie heißt es so schön? Wer suchet, der findet.«

»Ich kann ihn holen«, sagte Boy schnell. »Granny kommt niemals über das Dach.«

»Entschuldigung!« Iris hob die buschigen Augenbrauen. »Noch ist mein Mindesthaltbarkeitsdatum nicht abgelaufen!«

»Wenn ich es kann, mein Lieber, dann schafft es deine Großmutter auch. Ich sag dir was, ich werde dich begleiten, Iris!«, warf Joseph Bohr ein. »Die kleine Kletterpartie vor-

hin hat mir großen Spaß bereitet. Den jungen Herrn hier nehmen wir auch mit.« Er schlug Jack auf den Rücken. »Er kann uns den Weg zeigen, falls uns unser Gedächtnis im Stich lässt!«

»In Ordnung.« William nickte. »Der Plan könnte funktionieren. Wenn wir uns in kleine Gruppen aufteilen, kann sich jede davon hinter einem tragbaren Sichtschutz verstecken, den wir mit einer der Stoffbahnen bedecken. So ähnlich wie bei der Burg. Denkst du, dafür reicht dein Vorrat, Mam?«

»Gut möglich, William. Ich glaube, ich habe damals ziemlich viel davon für Arnold hergestellt, weil die Fachzeitschriften alle Proben wollten, um nachzuweisen, dass er wirklich funktioniert.«

»Ausgezeichnet!« Ihr Sohn lächelte. »Also schleichen die Gruppen morgen ungesehen nach Town und warten, bis Arnold den Tod-Bezwinger anschaltet. Dann schlagen wir das Glas ein, lassen den Magneten seine Wirkung entfalten und greifen an!«

»Wir holen uns Town von diesen Irren zurück!«, ergänzte Madeleine und drückte ihre Tochter an sich.

»Wer soll das Glas denn einschlagen, William?«, hakte Rose behutsam nach.

»Ich kenne ein paar Leute, die mit der Schleuder echt was draufhaben.« Boy grinste. »Ich geh sie holen!«

»Nein!«, widersprach Iris. »Du bleibst hier und hältst

dich von allem fern. Priscilla Powick braucht dich für morgen, aber sie kriegt dich nicht. Nur über meine Leiche!«

Boy verstummte. Violet sah ihm an, dass es in ihm brodelte.

»Wenn du mir sagst, wer diese Schleudermeister sind, kann ich sie für dich holen. Du hast immerhin fast schon Geburtstag«, versuchte sie, ihn aufzuheitern, »du kannst also ruhig mal die Füße hochlegen und andere für dich arbeiten lassen!«

»Perfekt.« William nickte. »Eugene und ich ziehen los und weihen die Leute ein. Sorgen dafür, dass alle kampfbereit sind.«

»Ich komme mit«, verkündete Rose. »Einige Leute überzeugt ihr nur mit dem nötigen Charme und ich bezweifle, dass ihr beide genügend davon besitzt!«

»Da könntest du recht haben.« William lächelte. Seine Wangen waren leicht gerötet. »Boy, sag Violet, wer alles geschickt mit der Schleuder ist, dann kann sie auch gleich losgehen.«

Violet nickte, auch wenn sie sich ein bisschen seltsam dabei fühlte. Ihr Freund blieb stumm.

»Ich schätze, wir brauchen etwa zehn Personen mit gutem Zielvermögen, Violet. Der Skizze nach zu urteilen, scheint das Glas nicht allzu dick zu sein, aber sie werden trotzdem ein paar größere Steine darauf abfeuern müssen. Sag ihnen, sie sollen vorher etwas üben! Madeleine, Anna und Merrill, ihr bleibt hier und fertigt zehn Holzverschläge an, die groß genug sind, dass eine größere Anzahl Menschen dahinter Platz finden!«, fuhr William mit seinen Anweisungen fort.

»Alles klar.« Merrill nickte und sah sich in seiner Werkstatt um. »Ich denke, wir sollten genug Holz zusammenkriegen.«

»Oh, ich liebe hämmern!« Annas Augen funkelten verwegen. »Zu Hause erlaubt Mam mir das nie!«

»Und jetzt auch nur ausnahmsweise, mein Schatz«, mahnte Madeleine. »Das wird nicht zur Gewohnheit!«

»Perfekt.« William blickte sich um. »Ist das so weit alles? Weiß jeder, was er zu tun hat?«

»Ich nicht. Ich hab gar nichts zu tun«, schmollte Boy.

»Das ist sicherer so – wir wissen nicht, was Schwester Powick und Arnold vorhaben. Du kannst Merrill mit den Verschlägen helfen.« William bemühte sich, aufmunternd zu klingen. Dann wandte er sich an den Rest der Versammlung: »Also gut, dann los. Wir treffen uns um Mitternacht wieder hier. Das sollte uns genügend Zeit verschaffen, alles für morgen vorzubereiten!«

Kapitel 31

Boy, verzweifelt gesucht

Widerstrebend nannte Boy Violet die Namen einiger Waisen von früher, die gut mit der Schleuder umgehen konnten. Er sah sie dabei kaum an und sie hatte ein schlechtes Gewissen, weil sie ihn hier einfach zurückließ.

»Es ist besser so, Boy«, flüsterte sie. Sie wusste nicht, was sie sonst sagen sollte.

»Ich hab keine Angst vor Schwester Powick oder vor Arnold. Ich war ein Waisenkind, Violet, um mich hat sich nie jemand groß gekümmert. Und wir haben damals die Hüter besiegt und letztes Mal Edward und Schwester Powick. Ich brauch niemanden, der mich beschützt! Ich kann sehr gut auf mich selbst aufpassen!« Er warf einen Blick über die Schulter, um sicherzugehen, dass ihn niemand belauschte.

»Aber diesmal ist es was anderes, Boy. Arnold ist verrückt – er hat seinen besten Freund umgebracht und Schwester Powick hat ein Heer von Zombies produziert. Sogar Tom hat Angst vor ihnen, das weiß ich …«

»Ich bin aber nicht Tom!«, fauchte Boy.

»Bitte, versprich mir einfach, dass du keine Dummheiten machst. Bleib hier und morgen Abend ist alles vorbei!«

Ihr Freund wandte sich ab und fing an, lose Holzstücke aufzusammeln, aus denen Merrill und die anderen ihre Verschläge bauen konnten. Violet versuchte, noch einmal mit ihm zu reden, doch er ignorierte sie. Als sie den Laden verließ, fühlte sie sich mehr als mies.

Inzwischen war es dunkel geworden und auf dem Marktplatz war Ruhe eingekehrt. Die meisten Leute lagen in kleinen Gruppen zusammen und schliefen. Manche hatten Decken abbekommen, andere liefen auf und ab, um sich warm zu halten. Hüter waren kaum zu sehen und an den Eingängen zu den Gassen standen immer noch dieselben Zombies Wache.

In Violet wurde das ungute Gefühl von vorhin wieder wach. Irgendwas stimmte hier nicht.

Lucy Lawn und ihre Familie verteilten warme Getränke und Brot an diejenigen, die noch wach waren. Ihr Dad Larry hatte seinen Ziegelofen, der versteckt hinter dem Haus stand, angeworfen und nutzte ihn, um alle, die Hunger hatten, mit Essen zu versorgen.

Violet erspähte William, ihre Mam und ihren Dad, die immer mal wieder stehen blieben, um mit den Leuten zu sprechen, und dann langsam weiterschlenderten. Sie bemühten sich, so unauffällig wie möglich zu wirken, während sie von Gruppe zu Gruppe gingen – wenn die Hüter Wind von ihrem Plan bekamen, waren sie geliefert.

Ein Häuflein Kinder und Jugendliche kauerte zusammengedrängt am Fuß des Lumpenbaums. Einige von ihnen erkannte Violet – sie waren früher Waisen gewesen. Sie senkte den Kopf und lief auf sie zu.

»Hat einer von euch Billy Bobbins gesehen?«, fragte sie. Boy hatte ihr gesagt, dass Billy von allen im Waisenhaus am besten mit der Schleuder war und sicher wusste, wen er sonst noch als Scharfschützen anheuern musste.

»Ich glaub, er war da drüben, bei seiner Familie.« Einer der Jungs zeigte in die Richtung.

Als sie wegging, entstand in der Nähe der Gassen, die zur Forgotten Road führten, Unruhe. Jemand wies die Hüter auf Violets Dad hin.

»Und da ist Archer!«, rief dieselbe Person und deutete quer über den Marktplatz auf William.

Es war Vincent Crooked.

Ihr Dad und William rannten los. Im selben Moment begann jemand zu schreien. Violet drehte sich um und sah, wie Madeleine und Merrill von zwei Hütern auf den Marktplatz gezerrt wurden.

Unter den Menschen brach Panik aus. Sie stoben auseinander und suchten an den Hauswänden Zuflucht, während William und Eugene von einer Gruppe von Hütern umzingelt wurden, die plötzlich aus einer der Gassen gekommen war.

Violet entdeckte einen schmalen Durchgang zwischen zwei Häusern und rannte darauf zu. Er war so eng, dass sie die Ziegelmauern links und rechts gleichzeitig mit den Händen berühren konnte. Sie zwängte sich hinein und ging zwischen allem möglichen Gerümpel, Mülltonnen und einer kaputten Waschmaschine in Deckung. Von dort aus konnte sie den Marktplatz gerade eben so im Blick behalten.

Es schien, als würde das gesamte Heer der Hüter wie Ameisen aus den Gassen ringsum auf den Platz strömen. Einige von ihnen trieben die verängstigten Stadtbewohner im Zentrum zusammen, während andere Türen eintraten und die Häuser der Niemandsländer stürmten.

Ängstlich aneinandergeklammert beobachteten die Menschen in stummem Entsetzen, wie ihre Häuser durchwühlt und William, Eugene, Merrill und Madeleine zum Lumpenbaum geschleift wurden.

Und dann kamen Edward und George. Sie schritten durch die Menge und blieben dicht neben Violets Dad stehen.

George befahl Vincent Crooked, die restlichen Mitglie-

der des Stadtrats herbeizuholen. Der elegant gekleidete Mann mit dem fettig glänzenden Haar ging zwischen den Leuten umher und pickte genüsslich lächelnd einen nach dem anderen heraus.

Die Hüter schnappten sich die Personen, die er ihnen zeigte, und stießen sie grob zu den anderen. Einige mussten sie dafür regelrecht den Armen ihrer aufgebrachten Familien entreißen.

»Ich habe endgültig genug von euch!«, verkündete Edward.

Ein nervöses Raunen ging durch die Menge.

»Unter unserer Herrschaft hattet ihr es leicht«, knurrte er. »Die meisten von euch führten ein *perfektes* Leben. Und ihr in Niemandsland, nun, ihr durftet immerhin *leben*. Aber jetzt werden andere Seiten aufgezogen. Morgen beginnt eine neue Ära und dann kann ich nicht länger für eure Sicherheit garantieren. Jedenfalls nicht, wenn ihr mir nicht etwas mehr Loyalität entgegenbringt! Ich wette, jetzt bereut ihr, dass ihr euch gegen uns aufgelehnt habt!«

»Genau, Loyalität«, grollte George, der zwischen den Reihen auf und ab stolzierte.

»Ich verlange, dass ihr mir Boy Archer ausliefert!«, donnerte Edward. Sein Gesicht war so rot, dass es aussah, als würde er jeden Moment explodieren.

Violet schluckte. Die Hüter hatten Merrill und Madeleine gefunden, also mussten sie im Spielzeugladen gewe-

sen sein. Aber wo war Boy? War er ihnen irgendwie entwischt?

»Ihr gebt ihn uns und …«

»… wir dürfen gehen, richtig?«, höhnte jemand tapfer. Violet konnte nicht erkennen, woher die Stimme kam.

»Nein, ich lasse euch nicht gehen. Aber ich lasse euch am Leben!«, entgegnete Edward schneidend. »Ich werde dafür sorgen, dass mein Vater Gnade walten lässt. Ihr werdet nicht zu Futter für sein Heer oder, schlimmer noch, in eine seiner Kreaturen verwandelt. Was ihr bisher gesehen habt, ist nur ein kleiner Bruchteil seiner Ungeheuer!«

Der stämmige Zwilling lief vor der Menge auf und ab. »Und Boy – ja, ich rede mit dir! Deine Freunde und Familie nehme ich mit. Wenn du dich nicht noch vor deinem Geburtstag morgen ergibst, werden sie einer nach dem anderen in Mitglieder von Arnolds Heer verwandelt. Du weißt, wie geschickt Priscilla mit Nadel und Faden ist! Solltest du dich ergeben, lasse ich sie ebenfalls am Leben – also sieh zu, dass du rechtzeitig zur Party kommst!«

Ein weiterer Aufschrei gellte über den Marktplatz und im nächsten Moment wurde Violets Mam nach vorne gestoßen.

»Die gehört zwar nicht zum Stadtrat, ist aber vom gleichen Kaliber«, verkündete Vincent grinsend, als er sie zu den anderen schleifte.

Violet wurde ganz starr. Zugleich begann es in ihr zu

brodeln. Am liebsten wäre sie aufgesprungen und hätte sich unter wütendem Gebrüll auf die Männer gestürzt. Stattdessen hielt sie noch angestrengter Ausschau nach Boy. Wenn er das hier sah, würde er sich garantiert ergeben. Was genau das war, was Edward damit bezwecken wollte.

»Ich brauche Zuschauer für das große Ereignis morgen, daher nehme ich euren Stadtrat mit«, fuhr der stämmige Zwilling fort. »Wollen wir doch mal sehen, wie diese kleine Stadt ohne ihre Anführer funktioniert! Wenn ihr uns jetzt entschuldigen würdet, wir haben noch was zu erledigen.«

»Nein, Mam!«, kreischte jemand.

Ein kleiner Junge stürmte aus der Menge und klammerte sich an einer Frau aus dem Stadtrat fest. Ein Hüter schubste ihn so grob zurück, dass er stolperte und hinfiel.

Während das Kind weinend auf dem Boden lag, klatschte Edward in die Hände. »Hach, das Heulen kleiner Kinder ist Musik in meinen Ohren! Und jetzt Abmarsch, alle miteinander! Am Rathaus wartet eine Besprechung auf uns, wir müssen schließlich die morgigen Abläufe durchgehen. Unsere Zombies behalten euch bis zur Rückkehr meiner Hüter im Auge. Seid jedoch gewarnt: Ein falscher Schritt und sie fressen euch bei lebendigem Leib auf!«

Dann stolzierte er in Begleitung seines Bruders davon. Die Hüter und ihre brandneuen Gefangenen folgten ihnen.

Violet lehnte sich an die Waschmaschine. Sie war völlig außer Atem. Was sollten sie jetzt machen? Ihre ganzen Pläne … Keiner war mehr da. Und Boy … Sie spürte einen Kloß im Hals. Egal, was Edward auch sagte, er war niemand, der zu seinem Wort stand. Town würde leiden müssen, ob sie Boy aushändigten oder nicht. Sie fürchtete nur, dass den anderen das nicht unbedingt klar war.

»Sie haben Mam mitgenommen!« Eine zitternde Stimme riss sie aus den Gedanken und sie sah einen kleinen Schatten auf sich zulaufen.

»Anna!«, entfuhr es Violet. Sie sprang auf. »Wie bist du ihnen entwischt?«

»Ich war oben und hab nach Holz gesucht, als die Hüter gekommen sind. Ich hab mich versteckt. Sie haben Mam nach draußen gezerrt. Ich hab solche Angst. Ich hätte was unternehmen sollen!«

»Du hättest nichts tun können, Anna. Mach dir keine Sorgen. Wir kriegen das schon hin. Was ist mit Boy, wo ist er?«

»Ich weiß nicht«, schluchzte Anna. »Er war nicht da, als ich runtergekommen bin – der Laden war leer. Ich wollte meine Schwester suchen, da hab ich dich hier entdeckt. Ich dachte, Boy ist vielleicht auch bei dir! Sie sind alle weg, Violet! Alle. Was, wenn er ihnen was antut? Was ist mit unseren Plänen? Du hast gesagt, Arnold hat ein riesiges Heer – was, wenn er damit morgen einmarschiert und wir

können nichts dagegen tun? Was, wenn er uns alle in Zombies verwandelt?«

Violet nahm die Kleine in die Arme und führte sie zurück auf den Marktplatz. »Wir werden sie retten, Anna«, versicherte sie ihr, auch wenn sie nicht wusste, ob sie selbst daran glaubte. »Irgendwie werden wir sie retten!«

Rund um den Lumpenbaum hatte sich eine größere Menschenansammlung gebildet. Die Stimmung war aufgeheizt. Die beiden Mädchen traten näher und lauschten.

»Wir werden ihn nicht ausliefern! Egal, wo er ist«, donnerte eine Stimme.

Violet sah einen braunen Haarschopf, der über die restlichen Köpfe hinausragte. Offenbar stand jemand auf einem Stuhl und wandte sich an die Menge. Mit Annas Hand fest in ihrer bahnte sie sich einen Weg nach vorne.

»William und Boy Archer haben mir meine Familie zurückgegeben«, rief eine junge Frau mit kurzen Haaren und einem elfenhaften Gesicht.

Es war Pippa Moody, die Tochter ihrer Klassenlehrerin. »Sie haben uns allen die Freiheit geschenkt, nicht nur den Niemandsländern, sondern auch den Leuten aus Perfect. Dank ihnen gibt es da keinen Unterschied mehr. Ich werde sie jetzt bestimmt nicht opfern!«, polterte sie.

»Ich auch nicht!« Ein Mann löste sich aus der Menge. Es war Billy Bobbins senior, einer der Ersten, die damals ihre Fantasie zurückerhalten hatten.

»Genauso wenig wie ich«, ergänzte Lucy, Billys Schwester. Sie hatte geholfen, die Niemandsländer zu überzeugen, sich der Schlacht um Perfect anzuschließen.

»Wer sich gegen William oder seinen Sohn stellt, kriegt es mit mir zu tun! Wir werden für die beiden kämpfen, so wie sie für uns gekämpft haben!« Larry Lawn trat ebenfalls vor. Seine Familie folgte ihm dicht auf den Fersen.

»Ich schlachte jeden Zombie ab, der auch nur versucht, ihnen ein Haar zur krümmen«, verkündete Mr Hatchet.

»Ich auch!«, rief eine hohe Mädchenstimme.

Violet verschluckte sich fast, als sie Beatrice Prim erkannte. Schon nach kurzer Zeit schien sich die ganze Stadt auf ihre Seite geschlagen zu haben. Vincent Crooked versuchte, sich heimlich davonzustehlen, wurde jedoch im Nu von wütenden Stadtbewohnern umzingelt. Bevor er wusste, wie ihm geschah, hatten sie ihn in eines der Häuser verfrachtet und eingesperrt, um ihn daran zu hindern, noch mehr Menschen anzuschwärzen.

Violet drückte Annas Hand. Ein tiefer Stolz erfüllte sie, als sie die Menge so sah. Plötzlich griff jemand nach ihrer Schulter.

Sie wirbelte herum.

»Boy! Es geht dir gut«, keuchte sie und umarmte ihn stürmisch.

Sie glaubte, Tränen in seinen Augen zu sehen, als Anna die Arme um seine Taille schlang.

»Also, was machen wir jetzt?«, rief Pippa Moody.

»Ähm …« Violet räusperte sich und ging flankiert von ihren Freunden auf sie zu. »Wir könnten etwas Hilfe gebrauchen!«

Auf einmal ertönte ein lautes Surren. Ringsherum begannen die Lichter zu flackern, erst leicht, dann immer stärker. Im nächsten Moment versank der Marktplatz in völliger Finsternis.

Kapitel 32

Geheimes Treffen

»Was ist los, was ist passiert?« Anna griff nach Violets Arm.

»Der Strom«, keuchte Boy. »Iris meinte doch vorhin, Arnolds Maschine würde jede Menge Strom brauchen. Ich wette, er hat die Leitungen von Town angezapft!«

»Ruhe, bitte bleibt ruhig!«, rief Pippa Moody.

In der Dunkelheit konnte Violet gerade so erkennen, dass sie beschwichtigend die Hände hob. Tatsächlich legte sich die erste Aufregung, doch die Menschen traten trotzdem beklommen von einem Bein aufs andere und sahen sich ängstlich um. Anna schrie entsetzt auf, als ein Zombie wie aus dem Nichts an ihr vorbeischlurfte. Boy rannte zu Pippa, nahm sie am Arm und flüsterte ihr etwas ins Ohr, bevor er zu Violet zurückkehrte.

»Ich hab Pippa gesagt, sie soll allen Bescheid geben, dass wir uns in zwanzig Minuten im Waisenhaus treffen. Die Leute sollen allein oder maximal zu zweit kommen, um keine Aufmerksamkeit zu erregen. Hier können wir das nicht besprechen – die Hüter sind bald zurück!«, erklärte er.

»Oh, ich hab einen Schlüssel!«, verkündete Anna munter und zog ihn aus ihrer Tasche.

»Hab ich mir fast gedacht.« Boy zwinkerte ihr zu.

Die drei Freunde informierten die Leute um sie herum über das bevorstehende Treffen, dann huschten sie durch die dunklen Gassen zum Waisenhaus. Anna stellte sich auf die Zehenspitzen und schloss auf. Sie schlichen hinein, ließen die Tür hinter sich aber einen Spaltbreit offen.

Probehalber drückten sie auf den Lichtschalter, doch nichts geschah.

»Ich weiß, wo wir Kerzen und Streichhölzer finden«, flüsterte Boy und eilte den endlosen kalten Korridor entlang.

Violet und Anna folgten ihm zu dem kleinen Stauraum unter der prachtvoll verzierten Treppe, in dem er sich versteckt hatte, als Tom in der Stadt sein Unwesen getrieben und jeder gedacht hatte, es sei Boy gewesen. Boy öffnete das Türchen und kletterte hinein. Kurz darauf kehrte er mit einer kleinen Blechkiste zurück.

Die drei ließen sich am Fuß der Fotowand nieder, die

William errichtet hatte, als das Waisenhaus in ein Museum umgewandelt worden war, und warteten. Die Bilder zeigten, was seit der Zeit von Perfect in ihrem kleinen Städtchen geschehen war. Sie dienten als Erinnerung, hatte William erklärt, damit sich die Fehler von damals nicht wiederholten.

Während die Minuten verstrichen, trafen langsam die ersten Leute ein. Nach und nach versammelte sich eine ansehnliche Menge in der weitläufigen Eingangshalle. Nervöses Flüstern erfüllte die Gänge.

Schließlich entzündete Boy die Kerzen und Violet teilte sie aus. Das sanfte Licht vertrieb die Kälte und ein wenig auch die Angst.

»Violet, Boy, Anna«, keuchte Pippa Moody, als sie zu ihnen stieß. Sie war eine der Letzten. »Wie können wir helfen?«

Boy schob Violet nach vorne. Sie warf ihm einen verärgerten Blick zu, doch er war leichenblass und ungewöhnlich still. Vor anderen zu sprechen behagte ihm nicht, nicht mal in der Schule.

Violet betrachtete das Meer aus schattenumhüllten Gesichtern. Schweißperlen traten ihr auf die Stirn. Ihre Wangen begannen zu glühen und sie zerbrach sich den Kopf darüber, was um alles in der Welt sie sagen sollte. Ihr behagte es auch nicht, vor anderen zu sprechen, aber das schien ihrem Freund egal zu sein.

Etwas streifte ihre Finger – Anna ergriff ihre Hand und schlagartig ließ Violets Nervosität nach.

»Wir haben einen Plan«, verkündete sie. »Also, das heißt, wir *hatten* einen, aber jetzt sind alle weg und er funktioniert nicht mehr. Deswegen brauchen wir Hilfe. So viel wie möglich!«

»Das kriegen wir hin!«, sagte Pippa und um sie herum erhob sich zustimmendes Gemurmel.

Violet räusperte sich und fing ganz von vorne an. Sie erzählte den Menschen von Arnold Archer und seiner Vorgeschichte. Dann berichtete sie ihnen von Schwester Powick und den Zombies, dem Tod-Bezwinger und dem Plan der beiden, die Toten aufzuwecken und die Herrschaft über Town zu übernehmen. Das Einzige, was sie ausließ, war das Elixier des Lebens, weil sie selbst noch nicht verstand, wie genau das mit allem zusammenhing.

Je mehr die Leute erfuhren, desto lauter wurde das sorgenvolle Raunen. Irgendwann musste Violet unterbrechen und warten, bis wieder Ruhe einkehrte, bevor sie weitersprechen konnte.

»Soll das heißen, es gibt ein ganzes Heer von diesen Kreaturen, diesen … Zombies?«, rief jemand.

Violet nickte.

»Wie viele?«

»Ähem …« Sie wusste nicht recht, was sie darauf antworten sollte. Vor ihrem inneren Auge zogen die Reihen

von Zombies vorbei, die sich von einem Ende des Burghofs zum anderen erstreckten. »Sehr, sehr viele«, sagte sie.

»Dann sind wir geliefert. Mit den Hütern haben wir es schon mal aufgenommen, aber diese Kreaturen sind schnell und stark. Ich habe keine Ahnung, wie …«

»Aber wir können sie schlagen!« Anna stampfte entschlossen mit dem Fuß auf. »Wir haben einen Plan, hört Violet einfach zu. Bitte!«

Die Menge verstummte und Violet drückte der Kleinen dankbar die Hand. Dann schilderte sie ihnen den Plan. Sie beschrieb Arnolds Maschine und wie sie diese in einen leistungsstarken Magneten umwandeln konnten. Sie brauchten nur jemanden, der das Glas zerbrach, sobald das Gerät angeschaltet war.

»Ich dachte, Billy Bobbins könnte ein paar Leute mit ihren Schleudern zusammentrommeln«, ergänzte Boy, als sie fertig war.

»Wär mir ein Vergnügen«, meldete sich eine kleine Gestalt am hinteren Ende der Menge zu Wort. »Wie viele braucht ihr?«

»Mindestens zehn gute Schützen«, antwortete Boy.

»Wird gemacht!« Billy lächelte und schwenkte aufgeregt seine Kerze.

Violet wollte gerade zu Iris' Erfindung kommen, dem Seidenstoff, der sie alle unsichtbar machen konnte, als ihr plötzlich etwas auffiel. Beunruhigt sah sie sich um.

»Was ist los?«, flüsterte Boy.

»Iris«, zischte sie. »Sie sind noch nicht zurück! Was, wenn sie auch erwischt worden sind? Dann haben wir keine Chance mehr, den Stoff zu finden und ungesehen in die Edward Street zu kommen.«

»Hey, wag es nicht, unseren Part zu überspringen«, kicherte jemand ganz in der Nähe. »Wir warten hier schon die ganze Zeit geduldig!«

Violet zuckte zusammen. Woher war die Stimme gekommen?

Plötzlich fiel hinter ihr ein Foto krachend von der Wand – ein gerahmtes Bild von Edward und George. Die Menge beobachtete das Geschehen entsetzt. Violet, Boy, Anna und Pippa klammerten sich aneinander fest und wichen ängstlich zurück.

Dann ertönte lautes Gelächter und wie von Zauberhand erschienen Iris, Joseph und Jack vor aller Augen.

Erleichterung machte sich breit und nachdem der erste Schreck verflogen war, begannen die Leute, leise zu applaudieren. Die drei Neuankömmlinge fassten sich breit lächelnd an den Händen und verbeugten sich theatralisch.

»Wir haben einen ganzen Haufen von dem Zeug!«, verkündete Iris. »Viel mehr, als ich in Erinnerung hatte!«

Violet erklärte, was es mit dem Seidenstoff auf sich hatte und wie sie ihn einsetzen wollten.

»Und wenn dann alle Zombies an dem Magneten fest-

hängen, tauchen wir ganz plötzlich auf und knöpfen uns die Hüter vor!«, schloss sie ihren Vortrag. »Wir müssen bereit sein zu kämpfen. Genau wie damals in Perfect!«

»Von uns aus kann's losgehen, Mädchen!«, rief Mr Hatchet, der Metzger.

Die Menge jubelte und applaudierte leise. Überall wurden Hände zu stummen High-Fives zusammengelegt.

»In Ordnung«, sagte Violet, »dann treffen wir uns bei Sonnenaufgang wieder hier. So sollten alle genügend Zeit haben, sich vorzubereiten. Und uns bleibt noch etwas Luft, die endgültigen Schritte durchzugehen!«

Damit war das Treffen beendet. Die Leute teilten sich in Gruppen auf und besprachen sich in aufgeregtem Flüsterton. Schließlich machten sie sich allein oder zu zweit auf den Heimweg, um keinen Verdacht zu erregen. Und dann traf jeder für sich Vorkehrungen für den kommenden Tag.

Kapitel 33

Toms Schicksal

Zurück in Merrills Werkstatt, machten sie sich bei Kerzenschein an die Arbeit. Sie teilten sich in Schichten auf, sodass jeder zumindest ein wenig Schlaf bekam. Nach einem kurzen Nickerchen übernahmen Violet und Boy die Aufgabe, Iris' Stoff an die bereitliegenden Bretter zu tackern.

Violet fiel auf, wie still und abwesend ihr Freund dabei wirkte. Sie hatte so eine Ahnung, was in ihm vorging, und sprach ihn behutsam darauf an.

»Wo warst du eigentlich vorhin?«, erkundigte sie sich, wobei sie sich bemühte, so beiläufig wie möglich zu klingen.

»Wann vorhin?«, entgegnete er.

»Als Merrill und Madeleine verhaftet worden sind.«

»Da hab ich mich versteckt.«

»Hast du gehört, was Edward auf dem Marktplatz gesagt hat? Was er mit deinen Freunden und deiner Familie macht, wenn du dich nicht ergibst? Du weißt, dass wir das nicht zulassen werden, oder?«

Er antwortete nicht.

»Du hast doch wohl nicht irgendetwas Dummes vor, Boy?«, bohrte sie weiter nach.

Die Frage nagte schon eine Weile an ihr.

»Ich kann nicht einfach andere Leute für mich leiden lassen, Violet. Ich muss mich ergeben!« Er hielt inne und sah ihr in die Augen. »Ich mach hier mit, bis wir fertig sind, aber dann gehe ich. Ich hab gehört, was Edward gesagt hat.«

»Und du glaubst, wenn du dich opferst, hilft uns das? Du weißt doch gar nicht, wofür!« Jetzt war sie wütend.

Er schwieg und wich ihrem Blick aus.

Damit machte er sie nur noch zorniger. »Edward ist ein Lügner, Boy! Es spielt keine Rolle, ob du dich ergibst oder nicht, er wird trotzdem alle hier festhalten. Arnold wird Schwester Powick und ihren Zombies dieses Städtchen schenken, egal, was du tust! Sei nicht so bescheuert. Dich zu opfern, hilft niemandem! Wenn es so wäre, hätte ich dich längst persönlich zu ihm gebracht. Meine Eltern hat er schließlich auch, schon vergessen?«

Boy sah sie immer noch nicht an, aber auf seinen bleichen Wangen bildeten sich zwei kleine rote Flecke. Sie versuchte weiter, ihn zum Reden zu bringen, doch er setzte seine Arbeit in unbehaglichem Schweigen fort.

Etwas später kam Larry Lawn vorbei und brachte Brot und Suppe. Überall war genüssliches Schlürfen zu hören, als sie ihre leeren Mägen füllten. Mit dem Duft von frisch gebackenem Brot schienen auch Violets Sorgen ein wenig zu verfliegen.

Sie nahm gerade einen herzhaften Bissen, als ein lautes Kreischen die nächtliche Stille durchschnitt, so schrill, dass selbst die Fensterscheiben es kaum dämpften. Anna, die am nächsten an der Tür stand, öffnete sie, wodurch ein Schwall kalter Luft hereinschwappte.

»Happy Birthday, Boy Archer!«, sang Schwester Powick. Ihre schnarrende Stimme hallte von den Häuserwänden, begleitet vom schrillen Fiepen des Mikrofons.

Violet blickte auf die Uhr – es war schon weit nach Mitternacht. Boys Geburtstag!

»Du bist leider immer noch nicht zu deiner Party gekommen, mein Lieber, und offen gestanden stellst du meine Geduld damit ziemlich auf die Probe. Daher dachte ich, du brauchst vielleicht eine kleine Ermutigung.«

Das Mikro kreischte erneut und plötzlich schallte Williams Stimme durch die nächtlichen Straßen.

»Hör nicht auf sie, Boy!«, rief er, bevor ein lauter Schmerzensschrei durch die Lautsprecher drang. »Ich … ich …«

Ein dumpfer Schlag, ein gequältes Stöhnen, dann brach die Übertragung ab.

»Dad!« Boy sprang auf, wobei er seine Suppenschüssel achtlos umstieß. Sein Gesicht war kreidebleich und in seinen Augen lag ein leerer Ausdruck. Seine Hände zitterten.

Iris eilte zu ihrem Enkel und zog ihn an sich.

»Schon gut, Boy, dein Vater ist aus hartem Holz geschnitzt«, raunte sie besänftigend, obwohl ihr Tränen über die Wangen rannen. »Lass dich von diesen Unmenschen nicht verunsichern. Konzentrier dich ganz auf das, was wir hier tun.«

Boy schüttelte den Kopf. »Ich kann das nicht zulassen! Ich kann nicht, nicht nach dem, was mit Mam passiert ist. Ich will Dad nicht auch noch verlieren!«

»Genauso wenig will William *dich* verlieren, Boy!«, warf Violet ein. Sie stand ebenfalls auf.

»Aber sie tun ihm weh. Was nützt das alles, wenn ich ihn nicht mehr habe, Violet?« Er versuchte, sich aus Iris' Umklammerung zu befreien. »Mein Leben lang war ich ein Waisenkind, ich wusste nicht, wie es sich anfühlt, eine Familie zu haben. Ich dachte, ich komm allein klar. Aber dann hab ich meine Eltern gefunden. Und dann hab ich Mam verloren und mir gewünscht, ich hätte sie gar nicht erst kennengelernt …! Ich weiß, wie sich das anfühlt, und das ertrag ich nicht noch mal. Ich kann Dad nicht auch noch verlieren. Bitte, lasst mich einfach gehen!«

»Bitte nicht, Boy!« Violet weinte jetzt auch. »Wir wissen nicht, was Schwester Powick mit dir vorhat. Hab noch etwas Geduld – wenn wir Arnold und sie erst mal besiegt haben, können sie dir nichts mehr tun. Und auch niemand anderem mehr!«

»Und während ich hier rumsitze, machen sie wer weiß was mit Dad und den anderen – vielleicht auch mit deinen Eltern, Violet –, bloß um mich zu quälen. Kapierst du es denn nicht? Ich kann sie nur aufhalten, indem ich zu ihr gehe!«

Violet wandte sich ab. Sie konnte nicht länger mit ihm streiten. Sie musste stark bleiben und irgendwie rausfinden, wieso Priscilla Powick ihren Freund so dringend haben wollte. Wenn sie das schaffte, konnte sie ihm möglicherweise helfen.

Schließlich gelang es Iris und den anderen, Boy dazu zu bringen, dass er sich wieder hinsetzte. Eine seltsame, beinahe unheimliche Ruhe schien von ihm Besitz zu ergreifen. Violet wagte sich zu ihm zurück.

»Vielleicht kann ich ja schon etwas früher nach Town schleichen und rausfinden, was Schwester Powick so treibt? Mich braucht sie nicht, also …«

»Ich will nicht darüber reden! Ich will einfach nur, dass es endlich losgeht«, schnitt er ihr das Wort ab. Er wippte so heftig mit den Knien, dass es sie ganz verrückt machte.

»Es ist fast so weit. Wir sind so gut wie fertig – nicht

mehr lange, dann brechen wir auf«, versicherte sie. »Wir halten sie auf, Arnold, Schwester Powick und deine Onkel … In ein paar Stunden ist alles vorbei!«

Boy nickte, sah sie jedoch nicht an.

***

Es war noch dunkel, doch durch die Fenster war vereinzelt Vogelgezwitscher zu vernehmen – ein Zeichen, dass der Morgen nahte. Im Lauf der Nacht waren immer wieder kleine Gruppen eingetroffen, um ihre unsichtbaren Holzverschläge abzuholen. Sie wollten zu Hause damit üben, um sicherzugehen, dass sie dahinter versteckt bleiben konnten, bevor sie sich versammelten.

Als es fast Zeit für ihre Schlussbesprechung im Waisenhaus war, machte Violet sich auf den Weg über den morgendlich stillen Marktplatz. Boy wollte unbedingt mitkommen, hatte aber versprochen, im Waisenhaus zu bleiben, bis die Schlacht gewonnen war. Er hatte darauf bestanden, dass sie getrennt hingingen, um keinen Verdacht zu erregen, doch Violet hatte die anderen heimlich gebeten, ihn nicht aus den Augen zu lassen. Sie fürchtete, dass er vorhatte, sein Versprechen zu brechen und unbemerkt davonzuschleichen.

Sie lief gerade am Lumpenbaum vorbei, als über ihr etwas in den Ästen raschelte. Nervös drehte sie sich um.

Ein großer schwarzer Rabe hockte ganz in der Nähe im Baum und durchbohrte sie förmlich mit seinen kohlefarbenen Augen.

Sie sah sich nach Tom um, konnte ihn jedoch nirgends entdecken.

Der Vogel hob die Flügel, als sie auf ihn zukam. An seinem Bein war ein zusammengerolltes Stück Papier befestigt. Violet streckte die Hand danach aus. Der Rabe wackelte aufgeregt mit den Flügeln und sie war sich sicher, dass er jeden Moment davonfliegen würde. Ihre Kehle schnürte sich zusammen. Unwillkürlich spannte sie die Muskeln an.

Stattdessen hüpfte der Rabe vom Ast auf ihren ausgestreckten Arm. Sie versuchte, ruhig zu bleiben, obwohl ihr das Herz bis zum Hals schlug. Langsam griff sie mit der freien Hand nach dem Zettel am glatten schwarzen Bein des Vogels. Die dunklen Krallen an seinen Füßen schlossen sich noch etwas fester um ihren Arm. Violet zuckte zusammen, woraufhin das Tier die Flügel ausbreitete und aufflatterte.

Erschrocken versuchte sie, das zusammengerollte Papier zu erwischen, konnte es jedoch nur lockern. Hilflos sah sie zu, wie der Vogel im Tiefflug über das Kopfsteinpflaster glitt und in einer der Gassen verschwand, während der Zettel gefährlich lose um seinen Knöchel hing. Sie rannte hinter ihm her.

Als sie die Gasse erreichte, lief dort gerade jemand in Richtung Forgotten Road davon.

»Hallo?«, rief sie.

Die Person blieb stehen und drehte sich um. Ihre Umrisse zeichneten sich dunkel vor dem dämmernden Morgenhimmel am anderen Ende der Gasse ab. Es war ein Junge, so viel konnte sie erkennen. Auf seiner schmalen Schulter saß der Vogel.

»Tom«, flüsterte sie.

»Warum ist er noch nicht gekommen?« Toms Stimme bebte. »Will er, dass Da… William auch stirbt, genau wie Macula? Ich habe euch gesagt, ihr sollt verschwinden. Ich habe gesagt, ihr sollt die Leute hier wegschaffen, aber ihr wolltet ja nicht hören. Das habt ihr jetzt davon!«

»Was denn, Tom? Was haben wir davon? Bitte, ich kann dir helfen!«

»Zu spät, dafür ist keine Zeit mehr. Sie braucht mich. Hättet ihr doch nur auf mich gehört, dann würde nichts von alledem geschehen. Ich wäre nicht gezwungen …« Boys Bruder klang verängstigt.

»Wozu wärst du nicht gezwungen?«, bohrte Violet nach.

»Mein Schicksal zu erfüllen!«, fuhr er sie wütend an. »Sag ihm, er soll herkommen. Und zwar *sofort*! Er soll sich ergeben. Sie hat Arnold in Kenntnis gesetzt, dass sie Boy bereits in ihren Fängen hat – er ist mit dem Heer hierher unterwegs. Sie ist verzweifelt! Ich kenne sie – sie wird erst unserem Vater schlimme Dinge antun und dann deinem, Violet! Das ist alles deine Schuld!«

Violet blieb fast das Herz stehen. Tom drehte sich um und rannte davon. Sie folgte ihm, ihre Füße trommelten auf das Kopfsteinpflaster der Forgotten Road. Als sie in die Rag Lane bogen, erhob der Rabe sich in die Luft. Violet sah, wie sich der Zettel von seinem Bein löste und langsam zu Boden schwebte.

Kapitel 34

Die gespaltene Seele

Violet setzte einen Fuß auf den Zettel, um ihn am Davonfliegen zu hindern, und hob ihn auf. Er sah aus wie eine Seite, die aus einem alten Buch gerissen worden war. Das Papier war dünn, an den Rändern vergilbt und die Schrift war ziemlich klein.

Oben rechts stand in Großbuchstaben der Titel des Buches: *Sieh mir in die Augen – Die Fenster zur Seele.*

Etwa auf halber Höhe der Seite befand sich ein längerer Abschnitt voller Bleistiftmarkierungen. Ganze Absätze waren dick unterstrichen oder unterkringelt und an den Seitenrändern hatte sich jemand mit winziger Handschrift Notizen gemacht. Violet beugte sich vor, kniff die Augen zusammen und versuchte, im Dämmerlicht irgendetwas zu entziffern.

Ihr Herz setzte einen Schlag aus, als ihr Blick auf die Worte »gespaltene Seele« fielen. Sie standen in einem Abschnitt mit der Überschrift »Störungen des Geistes«, der vollständig unterstrichen war.

Gespaltene Seelen, wurde dort erklärt, kamen mit verschiedenfarbigen Augen zur Welt. Sie waren extrem kreativ, verfügten über einen außerordentlichen Verstand und neigten in überdurchschnittlichem Maß zu Geisteskrankheiten. Im Folgenden listete der Text eine Reihe von bekannten Persönlichkeiten der Geschichte auf, bei denen es sich um gespaltene Seelen gehandelt hatte.

Violet drehte das Blatt um. Die Rückseite war so voller Markierungen, dass es schwer war, darunter den eigentlichen Text zu lesen. Sie überflog die Überschrift: »Der Fluch der gespaltenen Seele«.

Mit zitternden Händen las sie weiter.

Der Fluch der gespaltenen Seele findet sich in den Sagen und Überlieferungen unzähliger Kulturen auf der ganzen Welt. Die Geburt eines derart gezeichneten Wesens gilt als schlechtes Omen, denn die gespaltene Seele bringt Chaos und Zerstörung über alle, denen sie begegnet. Um den Fluch zu brechen und eine Familie vor dem damit verbundenen Grauen zu retten, wurde die gespaltene Seele oftmals den Göttern geopfert.

Es heißt, dass viele gespaltene Seelen dem Wahnsinn ver-

fallen, denn sie wandeln gleichermaßen im Reich des Lichts wie im Reich der Finsternis, sind zerrissen zwischen Gut und Böse.

In zahlreichen Überlieferungen ist von zwei Methoden die Rede, mittels derer der Fluch gebrochen werden kann. Erstens: Der oben geschilderte Tod der gespaltenen Seele nimmt den Bann von allen, die mit ihr in Berührung gekommen sind. Zweitens: Falls eine gespaltene Seele Zwillinge in die Welt setzt, werden ihre Eigenschaften auf beide Kinder aufgeteilt. Eines der Kinder erhält die Macht über den Tod und das Böse, während das andere die Macht über das Leben und das Gute erhält. Der betroffene Elternteil gilt fortan als geheilt, seine Seele ist erneuert und er erhält seine geistige Gesundheit zurück.

Violet verschlug es den Atem. Das war es, woran sie sich die ganze Zeit zu erinnern versucht hatte. Schwester Powick hatte etwas Ähnliches in dem Brief an Macula geschrieben, den sie ihr nach dem Untergang von Perfect geschickt hatte. Darin hatte sie nicht nur erwähnt, dass sie Tom zu sich genommen hatte, sondern auch, dass der Fluch aufgeteilt worden sei, als William Zwillinge bekommen hatte, weshalb einer der Jungs nun böse war und der andere gut. In dem Brief hatte Schwester Powick behauptet, dass Boy der böse Zwilling war. Macula hatte geglaubt, die Frau habe bloß versucht, sie selbst und ganz Town gegen ihren Sohn aufzubringen. Und dass das alles Teil von Edwards Plan gewesen sei, Town zurückzuerobern.

Und hatte Tom nicht erzählt, Schwester Powick habe ihm weisgemacht, er habe eine dunkle Seele? Das musste doch bedeuten, dass sie in Wirklichkeit nicht Boy, sondern Tom für den bösen Zwilling hielt, denjenigen, der die Macht über den Tod hatte. Das hatte er also gemeint, als er sagte, er habe die wahre Macht, nicht Arnolds Maschine.

Doch wenn Schwester Powick all das für wahr hielt, wofür brauchte sie dann Boy?

Violet las weiter.

DAS GESETZ DES IRDISCHEN GLEICHGEWICHTS

Dem Gesetz des irdischen Gleichgewichts zufolge kann nur ein Zwilling seine Gabe beanspruchen, sollte er dies wünschen. Dies ist nur an seinem dreizehnten Geburtstag möglich, beim Übergang vom Kindes- zum Erwachsenenalter. Doch um diese Gabe zu erhalten, muss ein Zwilling den anderen töten. Das Blut des Verstorbenen dient dann als Basis für ein Elixier. Aus dem Blut des Zwillings mit der dunklen Seele entsteht die Prophezeiung des Todes, während das Blut das Zwillings mit der lichten Seele zum Elixier des Lebens gedeiht.

Das Elixier des Lebens! Darüber hatte Schwester Powick mit Arnold geredet. Und hatte Joseph Bohr nicht gesagt, dass die Menschheit schon seit Ewigkeiten nach diesem Trank suchte? Einem Trank, mit dem man die Toten zum Leben erwecken konnte!

Violets Gedanken rasten. Plötzlich ergab alles einen Sinn. Schwester Powick wollte, dass Tom Boy tötete! Sie wollte das Blut ihres Freundes, um daraus einen Trank zu brauen, der die Toten wieder lebendig machen konnte, und das ging nur heute, an seinem dreizehnten Geburtstag. Deswegen hatte Arnold so lange gewartet. Und deswegen war Schwester Powick nun so verzweifelt auf der Suche nach Boy. Wie Tom gesagt hatte: Sie planten das schon seit Jahren.

Natürlich war das alles bloß verrücktes Zeug, altmodischer Aberglaube, mehr nicht. Das sagten alle. Doch wenn Schwester Powick und Arnold so sehr davon überzeugt waren, schwebte Boy in großer Gefahr. Violet musste ihn finden, bevor Schwester Powick es gelang.

Sie schob den Zettel in ihre Hosentasche und rannte gerade zurück zum Waisenhaus, als die Lautsprecher wieder zu knacken begannen.

»Hier kommt ein kleines Lied, um den Beginn eines glorreichen Tages zu feiern. Eines Tages, der in die Geschichtsbücher eingehen wird, an dem alte Freundschaften zu neuem Leben erwachen …«, schepperte Priscilla Powicks Stimme durch die Straßen.

Plötzlich erfüllte Musik den Himmel über Town.

Es klang wie eines der Lieblingslieder ihrer Mutter, fand Violet. Wie dieses eine, das immer so knisterte, wenn sie es abspielte. Darin sang eine Frau namens Vera Lynn irgendwas über ein Wiedersehen. Rose hatte Violet erzählt, dass das Lied schon sehr alt war, älter als sie selbst. Die sanften Klänge der Musik bildeten einen scheußlichen Kontrast zum Grauen ihrer Situation.

Violet stürmte durch die Eingangstür des alten Gebäudes. Drinnen hatten alle mitten in der Bewegung innegehalten, um zu lauschen.

»In Ordnung, weitermachen, Leute!«, riss Iris Archer die Menschen aus ihrer Starre. »Ich will, dass jeder weiß, wo er zu stehen hat. Ignoriert alle Störmanöver. Schützen nach vorne, alle anderen reihen sich dahinter ein. Wir müssen bald los, wenn wir rechtzeitig in der Edward Street sein wollen!« Vom Rand der Eingangshalle aus sah Violet zu, wie sich die Stadtbewohner in kleinen Gruppen hinter ihre Holzverschläge zwängten und vor ihren Augen verschwanden. Ein Kribbeln jagte durch ihren Körper, als draußen das Lied wieder von vorne begann.

Der Zettel brannte ihr förmlich ein Loch in die Tasche. Wo war Boy? Sie eilte umher und fragte, ob irgendwer ihn gesehen hatte, doch niemand wusste etwas.

Jack und einige andere, die auf den Dächern Wache gestanden hatten, kamen hereingerannt.

»Sie bringen den Stadtrat und die Wissenschaftler auf die Tribüne«, berichtete Jack keuchend. »Edward und George sind auch da, aber Arnold und Schwester Powick habe ich noch nicht entdeckt! Wir müssen los, und zwar schnell!«

Plötzlich geschah alles gleichzeitig. Violet wurde in die erste Reihe hinter dem zweiten Verschlag geschoben – hinter dem ersten befanden sich die Scharfschützen. Jemand in ihrem Trupp raunte leise: *»Eins, zwei, eins, zwei«*, und sie setzten sich wie ein menschlicher Tausendfüßler in Bewegung. So ging es zur Tür hinaus und die Forgotten Road entlang. Verzweifelt sah sich Violet immer wieder nach Boy um, konnte ihn jedoch nirgends entdecken. Vielmehr führte ihr nervöses Gezappel dazu, dass sie beinahe über ihre eigenen Füße stolperte. Sie musste sich dringend zusammenreißen, wenn sie nicht alles kaputt machen wollte.

Das erste Hindernis, auf das sie stießen, war eine Gruppe Hüter, die am Eingang zur Rag Lane Stellung bezogen hatten. Die Karawane hielt an und machte Platz für Mr Hatchet und ein paar andere Stadtbewohner, die sich unbemerkt anschlichen und die Wachleute scheinbar aus dem Nichts überwältigten. Sie fesselten und knebelten die Männer und sperrten sie so geräuschlos wie möglich in einem der Häuser ein.

Damit war die Luft rein und sie konnten Niemandsland verlassen.

Am Ende der Archers' Avenue hielten die Gruppen an und krochen mit äußerster Vorsicht weiter in die Edward Street. Währenddessen schallte die langsame, getragene Musik unaufhörlich aus den Lautsprechern. Violet bekam eine Gänsehaut und die Leute hinter ihr traten beklommen von einem Bein aufs andere.

Rings um das Rathaus waren Hüter postiert. Die Säulen und Bögen des Vordachs waren hinter zugezogenen Vorhängen aus rotem Samt verborgen. Darüber hing ein großes Schild mit der Aufschrift *Arnold Archers Weltgrößte Sensation: Der Tod-Bezwinger*, das von einer Art Heiligenschein aus weißen Glühbirnen umrandet war. Ihr Leuchten war die einzige zusätzliche Lichtquelle in dieser frühen Morgenstunde.

Violet dröhnte das Klopfen ihres Herzens in den Ohren, als ihr Trupp kurz vor dem Teeladen stehen blieb. Vorsichtig lugte sie hinter dem Sichtschutz hervor. Die kleine Tribüne war inzwischen etwa zur Hälfte gefüllt. In der ersten Reihe saßen die Wissenschaftler. George und eine Gruppe von Hütern wirkten sichtlich nervös und schienen sie unter Zuhilfenahme sämtlicher Einschüchterungstaktiken zu befragen – offenbar war ihnen eben erst aufgefallen, dass einer aus der Runde fehlte.

»Ich hoffe doch sehr, sie nehmen sie nicht allzu hart ran«, raunte Joseph Bohr Iris zu. Sie standen beide gleich neben Violet in vorderster Reihe.

Iris nahm die zerbrechlich wirkende Hand des alten Mannes und drückte sie.

Hinter den Wissenschaftlern saß der Stadtrat. Violet suchte die Gesichter nach ihren Eltern ab und entdeckte sie schließlich. Ihre Mam hielt sich am Ellbogen ihres Dads fest. William war nirgends zu sehen.

Eine drückende Anspannung lag in der Luft, wie in einem Kessel, der kurz vorm Überkochen war. Violet spürte einen Kloß im Hals. Wann hatte sie Boy zuletzt gesehen?

Sie steckte die Hand in ihre Tasche, doch als sie den Artikel über die gespaltene Seele hervorzog, kam ein kleiner, zusammengefalteter Zettel mit heraus. Neugierig faltete sie ihn auf.

Das Papier war abgegriffen und entlang der Falze ganz schmutzig. Ihre Augen füllten sich mit Tränen, als sie las, was darauf stand. Diesen Zettel hatte Boy immer mit sich herumgetragen, er war sein kostbarster Besitz. Er hatte geglaubt, dass er von seiner Mam stammte, auch wenn er sich nie ganz sicher gewesen war – jedenfalls nicht, bis er Macula begegnet war.

Damit Du niemals unsichtbar bist stand dort in der eleganten Handschrift seiner Mutter.

Violet war auf einmal ganz schlecht. Boy würde diesen Zettel niemals leichtfertig hergeben. Was hatte er getan?

Kapitel 35

Powicks Gift

Sie drehte sich zu Jack um. »Hast du Boy gesehen?«, wisperte sie.

»Nein, schon länger nicht mehr«, antwortete er mit ernster Miene. »Ist alles in Ordnung?«

»Ich hab den hier in meiner Tasche gefunden.« Sie gab ihm den Zettel. »Er muss ihn heimlich dort reingesteckt haben. Bestimmt ist er losgegangen, um William zu retten, ganz sicher sogar, und …« Sie zögerte.

»Und was?«

»Und Tom hat vor, ihn zu töten! Er muss es heute machen, an ihrem Geburtstag – das gehört zu Powicks Plan!« Violets Stimme zitterte, als die Worte aus ihr heraussprudelten.

Sie reichte Jack den Artikel über die gespaltene Seele. Jack überflog ihn, drehte das Blatt um und las sich auch die Rückseite durch, bevor er aufsah.

»Das ist doch verrückt, Violet, das ist vollkommen irre!«

»Ja, aber das spielt keine Rolle! Schwester Powick glaubt daran und Tom auch. Sie hat es ihm sein Leben lang eingetrichtert. Jetzt ergibt alles auf verquere Weise Sinn, Jack! Sie glaubt, Tom ist der Zwilling, der die Toten zum Leben erwecken und Arnold zu neuer Größe verhelfen kann. Bloß … Wenn es so aussehen soll, als würde Arnolds Maschine wirklich funktionieren, muss Tom Boy umbringen, bevor Hugo aus dem Tod-Bezwinger kommt! Sie brauchen ja noch Zeit, ihm das Elixier zu verabreichen …«

Ihr kam eine Idee.

»Meine Eltern, der Stadtrat …« Sie sah zur Tribüne hinüber. »Sie könnten wissen, wo William ist.«

»Aber sie sind von Hütern umzingelt, Violet …«

»Nicht vollständig«, entgegnete sie, während ihr Blick die Straße entlangwanderte.

Ohne ein weiteres Wort kroch sie hinter dem Sichtschutz hervor und huschte unter die Tribüne. Das Gebilde bestand aus einem Gerüst aus Metallstreben, an denen sie mühelos hinaufklettern konnte – zumindest, solange sie nicht nach unten sah. Von dort stieg sie über die hinterste Sitzreihe. Ein Hüter schaute in ihre Richtung, doch sie zog gerade noch rechtzeitig den Kopf ein.

Langsam robbte sie abwärts, bis sie sich direkt hinter ihren Eltern befand.

»Mam, Dad«, wisperte sie, »nicht umdrehen.«

»Violet!«, entfuhr es ihrer Mam, woraufhin Eugene sie kräftig in den Arm zwickte.

Ihre Mutter zuckte zusammen, blieb dann aber stocksteif und reglos sitzen und zwang sich, nicht über ihre Schulter zu blicken.

»Violet, es geht dir gut!«, flüsterte ihr Vater erleichtert, die Augen starr nach vorne gerichtet.

»Wisst ihr, wo sie William hingebracht haben? Boy ist verschwunden und ich muss ihn unbedingt finden. Ich glaube, er versucht, William zu retten, doch wenn Schwester Powick ihn erwischt, bringt sie ihn um, Dad!«

»Was …?«, keuchte Rose. Eugene konnte sie in letzter Sekunde davon abhalten, sich umzudrehen.

»Sie haben ihn ins Rathaus gebracht, Violet. Ich glaube, sie sagten etwas vom Kellerverlies«, antwortete ihr Vater hastig.

»Danke, Dad.« Sie machte sich bereit, davonzuschleichen, bevor sie jemand entdecken konnte, hielt aber noch mal inne. »Wir geben nicht kampflos auf! Alles läuft weiter wie geplant.«

»Sei vorsichtig, Mäuschen …«, erwiderte Rose mit zitternder Stimme, dann huschte Violet die Stufen der Tribüne wieder hinauf.

Sie kletterte gerade über die hinterste Reihe, als die Musik abbrach und ein Trommelwirbel einsetzte. Er klang so, wie Violets Herz sich anfühlte.

Schnell drehte sie sich um und erblickte George Archer, der soeben das Gehirn betrat. Im nächsten Moment richteten sich sämtliche Augenpflanzen auf und wandten sich der Bühne zu, wo Edward hinter einem der roten Samtvorhänge hervorkam.

»Verehrtes Publikum, herzlich willkommen zur ›Weltgrößten Sensation‹!«, trompetete er.

Plötzlich begann die gesamte Tribüne zu vibrieren. Erschrocken hielten sich alle aneinander fest. Violet packte einen der Sitze, um nicht abzustürzen, während das Zittern stärker und immer stärker wurde. Bald bebte und klapperte das gesamte Gerüst. Ein Mitglied des Stadtrats sprang schreiend auf und taumelte rückwärts. Voller Entsetzen zeigte er ans Ende der Edward Street, wo ein orangefarbenes Leuchten am Horizont erschien.

Die Erschütterungen nahmen weiter zu. Inzwischen schlugen die Vorhänge vor dem Rathaus Wellen und die Tribüne schwankte hin und her.

Violet kniff die Augen zusammen. Das Leuchten wurde heller, bis sie schließlich Unmengen an brennenden Fackeln am Ende der Straße erkennen konnte. Sie schienen aus dem Archer & Brown zu kommen und direkt auf sie zuzuhalten.

Ein unmenschliches Brüllen erfüllte die morgendlichen Straßen.

Edward Archer tänzelte aufgeregt auf der Bühne umher. Je panischer sein Publikum wurde, desto größer wurde seine Begeisterung.

Violet hatte das Gefühl, sich übergeben zu müssen. Sie würgte, als sich im Licht der Fackeln mehr und mehr von Schwester Powicks Zombies abzeichneten.

Hunderte Kreaturen stapften mit schweren Schritten über das Kopfsteinpflaster und brachten den Boden zum Beben. Einige warfen die Köpfe in den Nacken und fletschten die Zähne, andere hielten die Arme ausgestreckt und schienen nach unsichtbarer Beute zu krallen. Beim Näherkommen richteten sich ihre Blicke auf das Publikum auf der Tribüne. Ihre Bewegungen wurden wilder und sie begannen zu sabbern und zu knurren wie geifernde Hunde, kurz bevor sie sich auf ihr Abendessen stürzten.

Und dann blieben sie urplötzlich stehen und das Meer aus Untoten teilte sich.

Eine kleine, stämmige Gestalt trat durch die Gasse, die sich zwischen ihnen aufgetan hatte, nach vorne. Ein Tier hinkte an einer Leine neben ihr her, während hinter ihr ein besonders großer Zombie stapfte.

Lähmende Stille legte sich über die Edward Street. Violet zitterte am ganzen Körper.

An der Spitze seines Heeres, unmittelbar vor dem Ge-

hirn, hielt Arnold Archer an. Das Tier an seiner Seite musste einmal ein großer schokoladenbrauner Labrador gewesen sein und bei dem Zombie hinter ihm handelte es sich um Hugo, den Kinderfänger. Dem Hund fehlte der halbe Schwanz und zwei seiner Pfoten waren bis auf die Knochen abgefressen. Sein Fell war dreckverkrustet, aus seinem klaffenden Maul troff Speichel und sein Körper wurde von groben Nähten und einem Metallskelett zusammengehalten, das dem der Zombies ähnelte.

»Das ist Arnold, sein Hund! Der, den er damals an der Hegel benutzt hat, als er uns seine Maschine zum ersten Mal vorgeführt hat! Der Mann ist verrückt!«, keuchte Magnus, einer der Wissenschaftler, und packte den Kollegen an seiner Seite.

»Ihr habt gewiss schon von den lebenden Toten gehört, doch nun werdet ihr Zeuge, wie die Toten zum Leben erwachen!«, rief Arnold Archer mit dröhnender Stimme. Er riss die Arme nach oben und das Meer aus Zombies hinter ihm schloss sich wieder. Dann legten die Kreaturen die Köpfe in den Nacken und stießen ein raubtierhaftes Kreischen aus. Das Geräusch ging Violet durch Mark und Bein. Sie machte die Augen zu und betete, dass das alles nur ein böser Traum war.

Gegen ein Heer dieser Größe hatten sie keine Chance, dachte sie verzweifelt. Wie sollte ihr Plan jemals gelingen? Ihre Gedanken rasten wild durcheinander. Sie musste sich konzentrieren – wenn sie Town schon nicht retten konnte, dann wenigstens Boy! Dann würden sie eben fliehen und woanders ein neues Zuhause finden.

»Mein Heer kennt ihr, nun lasst mich euch meine Maschine vorstellen«, fuhr Arnold fort. »Dies ist der Anbeginn eines neuen Zeitalters, eines Zeitalters, in dem die Menschheit den Tod nicht mehr fürchten muss. Meine Forschung macht uns zu seinen Herrschern!«

Auf dieses Stichwort hin glitten die Vorhänge auseinander und gaben den Blick auf den Tod-Bezwinger im Zentrum der Bühne frei. Selbstbewusst erklomm Arnold die Stufen und wandte sich an die Zombies. Sein toter Hund wich ihm dabei nicht von der Seite.

»Dr. Hugo Spinners, treten Sie vor.«

Der Kinderfänger stapfte schwerfällig zu Arnold auf die Bühne.

»Hugo!«, schrie Teresa, die Wissenschaftlerin mit den orangefarbenen Haaren, entsetzt. Ihre Kollegen versuchten, sie zurückzuhalten.

Violet konnte sich nicht von dem Schauspiel losreißen, das sich vor ihren Augen entspann. Arnold winkte seinen Sohn Edward zu sich und ein ziemlich blasser Hüter überreichte beiden weiße Kittel, genau wie die, die Violets Vater immer in seinem Labor trug. Dann holte Edward einen großen OP-Tisch aus rostfreiem Stahl aus dem Rathaus und schob ihn zu Hugo hinüber.

Der Zombie zeigte keine Regung, als Arnold sich erneut an sein Publikum wandte.

»Die Kreaturen vor Ihnen sind allesamt tot. Sie können sich nur mithilfe von Batterien und eines von mir entwickelten Außenskeletts bewegen. Sie verfügen über keinerlei eigenes Bewusstsein und sind außerstande, selbstständig zu denken. Sie tun lediglich das, worauf sie programmiert wurden.« Arnold zeigte auf ein kleines schwarzes Kästchen an Hugos Hinterkopf. »Lassen Sie es mich demonstrieren.«

Er befahl dem Kinderfänger, sich auf den OP-Tisch zu legen, dann begannen Edward und er, die Metallstäbe zu entfernen. Jedes Mal, wenn sich ein Teil löste, hob Arnold den betreffenden Körperteil hoch und ließ ihn schlaff herunterfallen. Violet gefror das Blut in den Adern. Hugo wirkte toter als zuvor und dadurch irgendwie menschlicher.

Mit einem flauen Gefühl im Magen drehte sie sich weg.

Die Zeit lief ihr davon. Sie ließ den Blick über die Bühne schweifen. Aus diesem Winkel schien es, als würde die Rathaustür einen Spaltbreit offen stehen. In der Nähe stand eine Gruppe Hüter und beobachtete gebannt Arnolds Vorführung. Violet rollte sich über den hinteren Rand der Tribüne und kletterte mit zitternden Knien nach unten. Sie sah sich um und erspähte Iris, die für einen Moment hinter ihrem Sichtschutz hervorlugte, bevor sie sofort wieder dahinter verschwand.

Violet wartete, bis sie sicher war, dass alle Blicke auf Arnold gerichtet waren, der soeben den schlaffen, leblosen Hugo mit Edwards Hilfe in die Glasröhre seiner Maschine schob und ihn mit dicken Ledergurten an der Kupferplatte festzurrte.

Das war ihre Gelegenheit. Sie schlängelte sich zwischen den versteckten Stadtbewohnern hindurch, huschte die Treppe hinauf und schlüpfte im Rücken der völlig gefesselten Hüter ins Rathaus, wo sie die Tür sachte hinter sich schloss. Drinnen war es nahezu still, nur ein gedämpftes Murmeln drang von draußen herein.

Dann hörte Violet plötzlich ein seltsames Summen, erst leise, dann immer lauter. Da sang jemand. Es war ein rhythmischer Singsang, ein gleichmäßiges Auf und Ab der Stimme.

Unter der Treppe befand sich eine verborgene Tür. Sie führte in das uralte Kellerverlies unter dem Rathaus hinab, wohin William ihrem Dad zufolge gebracht worden war. Sie selbst war noch nie zuvor dort unten gewesen, aber sie wusste, dass die Hüter nach ihrer Festnahme dort eingesessen hatten.

Die Tür war aus schwarz lackiertem Metall. In der Mitte gab es ein kleines Guckloch. Violet schob die Klappe beiseite und sofort wurde der Singsang lauter. Er kam eindeutig aus dem Verlies.

Sie drückte auf die kalte Klinke – es klickte leise und sie

hielt den Atem an. Während sie die Tür langsam öffnete, hoffte sie inständig, dass sie nicht quietschen würde. Eine brennende Fackel an der Wand spendete Licht in der Dunkelheit. Flackernde Schatten tanzten im Flammenschein die schmale Wendeltreppe vor ihr hinab.

Sie holte tief Luft, um ihre Nerven zu beruhigen, dann stützte sie sich mit der rechten Hand an der Wand ab und tastete sich daran entlang nach unten.

Der Gesang steigerte sich in neue Höhen und brach im selben Moment ab, als Violet am Fuß der Treppe ankam.

Sie fand sich in einem schmalen Tunnel mit einer niedrigen Gewölbedecke wieder. Ihre rechte Schulter streifte fast die steinerne Wand, an der weitere Fackeln brannten, während sich links von ihr die Gitterstäbe der Zellen aneinanderreihten.

Vor ihr im Halbdunkel glomm ein merkwürdiges rötlich violettes Licht. Violet schlich langsam weiter.

Schwester Powick stand mit ausgebreiteten Armen in einer der Zellen. Sie hatte den Kopf in den Nacken gelegt und der Saum ihres Umhangs schleifte auf dem steinernen Boden. Um sie herum war ein Ring aus weißem Staub, der ein wenig wie Salz aussah, und sie flüsterte unablässig vor sich hin. Außen um den ersten Ring befand sich ein zweiter Kreis aus brennenden violetten Kerzen.

Hinter ihr stand Tom in seinem eigenen, kleineren weißen Ring. Er hatte die Hände ausgestreckt und blickte ebenfalls zur Decke. Violet konnte seinen Adamsapfel erkennen.

Mit dem Rücken zu ihr an die Gitterstäbe gefesselt war Boy. Durch den Klebestreifen über seinem Mund konnte er lediglich ein undeutliches Knurren und Stöhnen von sich geben, während er mit aller Macht gegen die Fesseln kämpfte.

Eine gewaltige Wut stieg in Violet auf, doch sie zog sich wieder tiefer in die Deckung zurück.

Plötzlich ließ Schwester Powick die Arme sinken und sah Boy durchdringend an.

»Ich habe Hilfe gerufen.« Sie klang anders, irgendwie gelöster als sonst. »Die Mächte, die diese und die jenseitige Welt regieren, erheben sich! Spürst du sie denn nicht?« Ein wilder Ausdruck war in ihre weit aufgerissenen Augen getreten.

Sie beugte sich vor und hob einen violetten Samtbeutel vom Boden auf, der oben mit einer goldenen Kordel zugebunden war. Mit ihren dicken Fingern holte sie ein kleines Kupfergefäß heraus, das mit filigranen Ornamenten geschmückt zu sein schien.

»Tom!«, rief die Frau.

Boys Zwillingsbruder öffnete die Augen und richtete seinen Blick geradeaus. Violet wich noch weiter in den Schatten zurück – als sie auf einmal etwas am Knöchel berührte.

Sie erschrak und hätte sich um ein Haar verraten. Aus

der benachbarten Zelle streckten sich Finger nach ihr. Vorsichtig lugte sie hinein. Auf dem Boden lag William, die Hände über dem Kopf gefesselt und an den Gitterstäben festgezurrt. Sie war mit den Füßen zufällig in seine Nähe geraten.

Violet sah zu Schwester Powick hinüber. Diese reichte Tom gerade das verzierte Kupfergefäß. Beide stimmten wieder ihren Singsang an, diesmal jedoch mit leisen, gedämpften Stimmen. Der Klang trieb Violet einen Schauer über den Rücken. Zum Glück war Williams Zelle nicht abgeschlossen, sodass sie problemlos eintreten konnte. Die Seile waren fest um seine Handgelenke geschnürt, doch er hatte offensichtlich versucht, sich zu befreien, denn die Haut darunter war feuerrot und aufgeschürft. Während Violet sich mit den Knoten abmühte, hörte sie Schwester Powick zischen: »Sobald du das Lebenslicht deines Bruders ausgelöscht hast, entnimmst du sein Blut und das Elixier des Lebens gehört uns. Wir werden den Tod besiegen, Tom! Darauf haben wir all die Jahre hingearbeitet – diese Gabe ist dein Geburtsrecht! Dein Großvater wird so stolz sein!«

Violet zog noch verzweifelter an Williams Fesseln.

Als sie das nächste Mal hinüberschaute, sah sie, wie Schwester Powick ein kleines braunes Arzneimittelfläschchen aus der Tasche holte.

»Das Gift einer Schwarzen Witwe – was für eine schöne Art zu sterben.« Die Frau strahlte.

Sie gab Tom das Fläschchen. Boy bäumte sich auf und versuchte mit aller Kraft, sich loszureißen. Violet kämpfte darum, nicht in Panik zu geraten, während sie weiter an Williams Fesseln zerrte. Endlich gaben sie nach.

Wild entschlossen rappelte sich Boys Vater auf.

»Spürst du die Energie, Tom? Alles läuft in diesem einen Moment zusammen!« Schwester Powick war ekstatisch.

Violet und William schlichen aus der Zelle und beobachteten aus den Schatten heraus, wie die Krankenschwester aus ihrem Ring trat und Boy den Klebestreifen vom Mund riss.

»Tu es nicht, Tom!«, keuchte Boy.

»Halt's Maul!«, knurrte Schwester Powick und verpasste ihm eine Ohrfeige.

Er warf sich so heftig gegen die Fesseln, dass die Gitterstäbe hinter ihm zitterten und klapperten. Tom zögerte.

»Nun mach schon!«, donnerte Schwester Powick. »Arnold wartet bereits. Wir haben keine Zeit zu verlieren!«

»Du hast gesagt … Du hast gesagt, dass sie mich im Stich gelassen hat … nur mich …«, stammelte Tom, die eisblauen Augen weit aufgerissen.

»Wovon redest du? Für so was haben wir jetzt keine Zeit!«, schrie Schwester Powick, während sie Boy mit Gewalt zwang, den Mund zu öffnen.

»Du hast gesagt, dass sie sich für Boy entschieden hat. Dass sie nur ihn aufziehen wollte und mich nicht. Aber Boy

war auch im Waisenhaus. Ich erinnere mich daran, wir waren beide da … Mam hat uns beide weggegeben!«

»Für so was haben wir keine Zeit!« Priscilla Powicks Wangen glühten vor Zorn. »Flöß ihm das Gift ein und nimm dir endlich, was dir zusteht. Es ist deine Gabe! Dein Großvater wartet!« Sie packte Toms Arm und zerrte ihn vorwärts, wobei sie ihn gleichzeitig zwang, die Hand mit dem Fläschchen in Boys Richtung zu heben.

Im Schutz der Dunkelheit flüsterte William Violet ins Ohr, sie solle Boy von außen losbinden, während er drinnen Schwester Powick ablenkte. Dann schlich er auf Zehenspitzen näher.

»Du hast recht, Tom, mein Sohn«, sagte William, als er in die Zelle trat. »Deine Mam hat euch beide weggegeben, um euch vor meinen Brüdern zu schützen.« Seine Stimme zitterte und in seinen Augen glitzerten Tränen, aber er stand aufrecht und selbstbewusst vor ihnen – kein Vergleich mehr zu dem bärbeißigen Zausel, den Violet damals zu Zeiten von Perfect in der Wickham Terrace kennengelernt hatte.

»Was … wie …?«, stotterte Schwester Powick, griff dann jedoch flink nach Toms Schulter. »Konzentrier dich!«, zischte sie.

Tom zögerte erneut. Das Fläschchen schwebte nur noch wenige Millimeter von Boys geöffneten Lippen entfernt.

Violet versuchte mit fliegenden Fingern, die Fesseln ihres Freundes zu lösen, solange alle von Williams unerwartetem Auftauchen abgelenkt waren.

»Hör nicht auf ihn«, knurrte Schwester Powick. »William ist bloß gekommen, um den Zwilling zu retten, den er *wirklich* liebt. Den, den er immer schon seinen Sohn genannt hat. Er lügt wie gedruckt. Arnold und ich – wir sind deine wahre Familie. Ich bin die einzige Mutter, die du jemals hattest. Willst du denn nicht, dass ich glücklich bin? Dass dein Großvater glücklich ist? Lass nicht zu, dass er uns das alles wegnimmt. Hol dir deine Gabe, Tom!«

In diesem Moment löste Violet den letzten Knoten an Boys Armen. Ihr Freund duckte sich zur Seite weg, gerade als William sich auf Schwester Powick warf und sie von ihm fortstieß. Er rang die Krankenschwester zu Boden, während Violet Boys Füße losmachte. Dann rannte sie in die Zelle und stützte ihren benommenen Freund. William band Schwester Powick hastig an den Gitterstäben fest. Tom stand regungslos inmitten des Tumults, das Fläschchen mit dem Gift immer noch in der Hand.

»Komm mit uns«, bat William seinen Sohn.

Tom wich zurück und musterte seinen Vater aufmerksam. Er wirkte ängstlich und verunsichert.

»Du bist mein Sohn!«, schrie Schwester Powick, die nun ihrerseits versuchte, sich zu befreien. »Mach mich los, das hier ist unser großer Moment. Jetzt oder nie, Tom, jetzt oder nie!«

»William, wir müssen gehen, die anderen brauchen uns!«, rief Violet. Sie half Boy aus der Zelle und den schmalen, dunklen Gang entlang.

William packte Tom am Arm und zog ihn hinter sich her.

»Tom, mein Sohn! Verlass mich nicht!« Die Schreie der Krankenschwester hallten noch von den Wänden, als Violet bereits das Ende der Wendeltreppe erreichte. Die anderen drei folgten ihr dicht auf den Fersen.

Kapitel 36

Das Opfer

Die vier stürmten auf die Bühne vor dem Rathaus, wo der Tod-Bezwinger ratterte und bebte. Im Inneren der Glasröhre war Dr. Hugo Spinners auf der Kupferplatte festgezurrt. Sein Körper rüttelte und tanzte im ungleichmäßigen Takt der Maschine. Seine Augenpflanzenaugen waren geschlossen, während um ihn herum blaue Lichtblitze durch die Röhre zuckten. Die Luft in der Umgebung war so geladen, dass Violet die Härchen auf ihren Armen zu Berge standen.

Die Zuschauer auf der Tribüne beobachteten das Geschehen mit offenem Mund, als versuchten sie, Fliegen zu fangen. Währenddessen rückten die Hüter näher heran, um einen besseren Blick auf die seltsamen Vorgänge zu erhaschen.

»Was ist hier los?«, dröhnte Arnold Archer, als er William, Violet, Boy und Tom zusammen auf der Bühne entdeckte.

Tom taumelte rückwärts. Er schien große Angst vor seinem Großvater zu haben.

»Wo ist sie, wo ist Priscilla?«, brüllte der alte Mann. »Und dieser Boy sollte überhaupt nicht hier sein! Was geht hier vor, Tom? Wo bleibt mein Elixier?«

Violet sah nach links, wo, wie sie wusste, die Stadtbewohner standen. Sie erhaschte einen kurzen Blick auf Jacks schwebenden Kopf. Der Rest von ihm war, wie fast alle Bewohner von Town, hinter Iris' unsichtbar machender Seide versteckt.

»Jack, was ist mit Billys Gruppe passiert? Feuer frei, na los!«, rief sie aus vollem Hals und zeigte auf Arnolds vibrierende Maschine.

Sie wirbelte herum, als Schwester Powick hinter ihr aus dem Rathaus gerannt kam und kreischte, jemand solle Boy festhalten.

In dem Moment fiel der erste Sichtschutz. Dahinter kam Iris' kampfbereite Truppe zum Vorschein. Sie schwenkten ihre Waffen und stürzten sich in die Schlacht.

»Finger weg von meinen Enkeln!«, schrie die alte Dame, während sie sich an die Spitze ihres Stoßtrupps setzte.

Und dann, deutlich früher als geplant, senkten auch die anderen Gruppen, die sich entlang der Edward Street postiert hatten, ihre unsichtbar machenden Schilde und gingen zum Angriff aufs Rathaus über.

Schwester Powick reagierte prompt. Sie hastete zum Rand der Bühne und wandte sich an ihr Heer aus Zombies.

»Meine Geschöpfe«, kreischte sie, »noch können wir den Tag retten. Attacke!«

Ein lautes, unmenschliches Grollen rollte durch die Straße. Die Zombies stampften mit den Füßen, dann kauerte sich das gesamte Heer hin wie eine Katze kurz vor dem Sprung. Speichel troff von ihren Lippen, als sie die Stadtbewohner ins Visier nahmen und losstürmten. Ihre kräftigen Metallskelette katapultierten sie förmlich über das Kopfsteinpflaster. Im nächsten Moment erklang ringsherum das dumpfe Klatschen von Waffen auf Fleisch.

Die Hüter wussten gar nicht, wie ihnen geschah. Völlig überrumpelt standen sie da und reagierten erst, als Arnold sie anbrüllte. Hastig mischten sie sich ins Getümmel.

»Billy, mach schon!«, schrie Violet, als ein Zombie begierig die Hände nach ihr ausstreckte.

Sie duckte sich weg und sprintete die Treppen hinunter zu der kleinen Gruppe von Scharfschützen. Sie standen mitten auf der Edward Street und waren vor Panik wie erstarrt.

»Wir können nicht … Da sind zu viele …«, stammelte Billy, vom Geschehen um ihn herum überwältigt.

Der Stadtrat und die Wissenschaftler hatten die Tribüne

verlassen und sich ebenfalls ins Getümmel geworfen. Nur wenige Meter entfernt kämpfte Madeleine Nunn gegen einen wild gewordenen Zombie. Das Monster versuchte, die Zähne in ihren Hals zu schlagen, während sie sich mühte, aus seinen Klauen zu entkommen.

Violet packte Billy an den Schultern und schüttelte ihn. »Vergiss alles andere, Billy. Konzentrier dich ganz auf dein Ziel. Du schaffst das! Tu es für Town, für deine Familie – du willst doch nicht wieder zum Waisenkind werden, oder?«, redete sie auf ihn ein, derweil die Zombies und die Hüter immer mehr Stadtbewohner niederrangen.

Billys Gesicht durchlief eine Veränderung. Er wandte sich an das verängstigte Häuflein um ihn herum und zeigte durch den Tumult auf den Tod-Bezwinger. Die Maschine jagte immer noch Strom durch Hugos Körper. Qualm stieg von der Haut des Kinderfängers auf und in der Luft hing der Gestank nach Verbranntem.

»Zielen!«, brüllte Billy Bobbins, die Augen fest auf die gläserne Röhre gerichtet.

Die Mitglieder seines Teams zogen die dicken Gummibänder straff, deren Enden an den Zinken y-förmiger Astgabeln befestigt waren. Die Arme der Kleinsten zitterten vor Anstrengung, als sie die großen Steine in ihren Schleudern zurechtrückten.

»Feuer!«, donnerte Billy.

Ein Meteoritenschauer raste auf den Glaszylinder zu. Einige prallten von den Schultern und Schienbeinen der Kämpfenden ab, aber die meisten trafen ihr Ziel und schlugen prasselnd aufs Glas.

Nichts geschah.

Schwester Powicks Geschöpfe hatten die Menschen um sie herum immer noch mühelos im Griff. Arnold Archer trat hinter dem Tod-Bezwinger hervor und deutete auf die kleine Gruppe von Jungs.

»Halt sie auf, Prissy!«, kreischte er. »Sie wollen meine Maschine zerstören!«

In Panik rannte Violet auf das Gerät zu, während sie sich gleichzeitig nach irgendetwas umsah, mit dem sie das Glas zertrümmern konnte.

»Zielen!«, schrie Billy unbeirrt. »Feuer!«

Eine weitere Ladung Steine sauste durch die Luft – und diesmal durchschlugen sie das Glas.

»Nein!«, jaulte Arnold, als die Röhre zerbarst.

Glasscherben flogen in alle Richtungen. Violet duckte sich und hielt sich die Hände schützend über den Kopf, als die winzigen Geschosse ihr die Haut zerschnitten.

Gleich darauf schwappte ein gewaltiger Luftschwall wie eine Flutwelle durch die Straße und riss alle in seinem Weg von den Füßen. Dann folgte ein tiefes Rumpeln und Donnern, das die Gebäude ringsum zum Erzittern brachte.

Violet versuchte, sich aufzurichten, wurde jedoch sogleich von einem Zombie unsanft über den Haufen gerem-

pelt. Das Ungeheuer segelte über sie hinweg und obwohl es sich mit Händen und Füßen dagegen wehrte, wurde es von einer unsichtbaren Macht unbarmherzig auf die freiliegende Metallplatte von Arnold Archers Maschine zugezogen. Der Morgenhimmel verdunkelte sich, als Schwester Powicks Heer wie ein Schwarm riesiger stinkender Fliegen auf den Tod-Bezwinger zuflog. Dazwischen mischten sich alle möglichen Gegenstände: Schmuckstücke, Fahrräder, Blechdosen und jedes andere nur erdenkliche Stück Metall heftete sich ebenfalls an den Zombiehaufen. Kurz darauf ertönte ein ohrenbetäubendes Ächzen und Knirschen. Voller Entsetzen sah Violet, wie sich Teile der Tribüne unter dem gewaltigen Sog des Magneten lösten und das gesamte Gebilde auseinanderbrach.

»Es hat geklappt, es hat geklappt!«, jubelten Billy und seine Jungs. Sie hüpften ausgelassen umher, während der Zombiehaufen unter dem Rathausvordach größer und größer wurde.

Obwohl die Kräfteverhältnisse nun ausgeglichener waren, war die Schlacht noch lange nicht vorbei. In den Straßen kämpften Stadtbewohner und Hüter weiter erbittert gegeneinander.

Vor dem Teeladen, nur wenige Meter von Violet entfernt, rang Schwester Powick Boy zu Boden. Neben ihnen lag die bewusstlose Iris, niedergestreckt von einem fliegenden Zombie. Arnold Archer hatte Tom am Handgelenk gepackt und zerrte ihn zu seinem Bruder. Tom hielt immer noch das Arzneimittelfläschchen in der Hand.

Violet rappelte sich auf. Sie wollte zu ihrem Freund rennen, um ihm zu helfen, doch ein brennender Schmerz schoss durch ihren Rücken und zwang sie in die Knie.

Schwester Powick saß jetzt rittlings auf Boy und drückte seine Arme aufs Pflaster. Der Wahnsinn stand ihr ins Gesicht geschrieben. Boy versuchte, sich zu befreien, aber sie war einfach zu stark. Sie stemmte seinen Mund auf, während Arnold Tom neben ihm zu Boden schleuderte und seine Hand mit dem Fläschchen dicht vor Boys Lippen hielt.

»Du wirst deinen Bruder töten!« Der alte Mann bebte vor Zorn.

Tom leistete noch kurz Gegenwehr, hörte dann jedoch abrupt auf und sah seinem Großvater geradewegs ins Gesicht.

»Okay«, sagte er. »Ich mach's. Ich möchte meine Gabe erhalten. Ich werde tun, was nötig ist.«

»Ich wusste, irgendwann begreifst du es.« Arnold lächelte und ließ ihn los.

Tom beugte sich über seinen Bruder und flüsterte ihm etwas ins Ohr. Dann hob er das kleine braune Fläschchen.

»Nein!«, schrie Violet und robbte auf sie zu.

»Guter Junge«, ermunterte Schwester Powick Tom begierig.

Tom sah von der Krankenschwester zu Arnold, dann drehte er sich mit einem traurigen Lächeln zu Violet, legte den Kopf in den Nacken und trank das Gift.

»Nein!«, brüllten Violet und Schwester Powick wie aus einem Mund.

Mit einem Mal waren Violets Schmerzen vergessen. Sie zwang ihren geschundenen Körper vorwärts, auf Arnold Archer zu und sprang ihm auf den Rücken. Rasend vor Zorn trommelte sie mit den Fäusten auf ihn ein.

»Runter von mir!«, fauchte Arnold.

Sie klammerte sich wie beim Rodeo an ihm fest, während er sich aufbäumte und hin und her schüttelte, um sie irgendwie abzuwerfen. Schwester Powick ergriff ihre Füße, übersah dabei allerdings, dass Iris Archer wieder bei Bewusstsein war. Die alte Dame stürzte sich auf Schwester Powick und stieß sie beiseite.

»Sie kommen meiner Familie nicht noch mal zu nahe, dafür sorge ich!«, donnerte Iris. Sie schnappte sich einen länglichen Gegenstand aus massivem rotem Plastik, bei dem es sich um eine Armlehne von der übel zugerichteten Tribüne zu handeln schien.

Priscilla Powick kam taumelnd auf die Beine, doch Boys Großmutter ließ das Plastikteil mit solcher Wucht auf ihren Rücken niedersausen, dass die Krankenschwester auf dem kalten Kopfsteinpflaster zusammenbrach.

»Und nun zu dir!« Iris nahm ihren Ex-Mann ins Visier.

Sie hob ihren roten Plastikknüppel und bedeutete Violet mit einem Kopfnicken, den Mann loszulassen. »Was hast du dir dabei gedacht, Arnold? Warum musstest du uns folgen? Konntest du uns nicht einfach in Ruhe lassen?«

Violet sprang von seinem Rücken und brachte sich hinter Iris in Deckung. Sie blickte sich nach Boy und Tom um, konnte sie aber nirgends entdecken.

»Das hast du dir alles selbst zu verdanken, Iris!«, knurrte Arnold. »Du hast nie an mein Genie geglaubt. Eine Frau sollte ihren Mann unterstützen, nicht versuchen, ihn zu vernichten!«

»Dich vernichten?«, entgegnete sie angewidert. Sie hielt das Plastikteil immer noch zum Schlag erhoben. »Das hast du ganz allein geschafft! Du musstest ja unbedingt anfangen, Herrscher über Leben und Tod zu spielen. Manche Dinge kann man nicht kontrollieren, Arnold. Nicht einmal du!«

»Ich bin das größte Genie aller Zeiten! Aber du konntest dich nie damit abfinden, habe ich recht? Der Neid hat dich zerfressen. Und dann hast du dieses Kind in die Welt gesetzt, das alles verdorben hat!«

»›Dieses Kind‹! Meinst du William? Er ist dein Sohn, Arnold!«

»Ein verfluchter Spross. Oh, wie du es genossen hast, als er meine Karriere und die Zukunft unserer Familie zunichtegemacht hat!«

»Er war noch ein Baby! Du bist vor der ganzen Welt mit deinen Wahnvorstellungen hausieren gegangen. Wenn jemand deine Zukunft zunichtegemacht hat, dann du!«

»Meinen *Wahnvorstellungen*? Du hast versucht, mich umzubringen, Iris, erinnerst du dich?«

»Natürlich erinnere ich mich. Schade nur, dass es mir nicht gelungen ist.«

»Dieser Tunnel auf dem Friedhof, in den du mich aus Versehen geworfen hast, war ein echter Glücksfall – er hat mich ins Draußen geführt. Wie passend, nicht wahr? Die größten Denker ihrer Zeiten waren alle Außenseiter! Die Welt hat sich verschworen, mir zu helfen, auch wenn du es nicht wolltest. Die Welt hat mein Genie gesehen. Das hat Priscilla mir klargemacht!«

»Also hast du jahrelang mit dieser Person da draußen gesessen und Pläne geschmiedet?«

»Prissy hat an mich geglaubt, Iris, selbst als sie noch für Spinners gearbeitet hat. Sie wusste, ich bin für Großes bestimmt. Als ich mich bei ihr gemeldet habe, kam sie sofort – wie es sich für eine gute Frau gehört!«

»Und dann habt ihr beide dieses Fiasko ausgebrütet?«

»William, mein einstiger Fluch, erwies sich wider Erwarten als Segen. Wie ich schon sagte: Die Welt hat sich verschworen, um mir zu helfen – die gespaltene Seele bekam Zwillinge. Ich konnte mein Glück kaum fassen, als ich die Babys sah.«

»Du warst es also wirklich! Du warst der Mann, der Macula an dem Abend besucht hat, bevor sie die Jungs weggegeben hat?«

»Oh, ich hatte die ganze Zeit schon mit großem Interesse verfolgt, wie meine Söhne Perfect errichteten. Ich war neugierig, was sie vorhatten. Dabei hatte ich gesehen, wie Maculas Bauch dicker und dicker wurde. Die dumme Nuss glaubte, sie könnte ihr Geheimnis verbergen. Als sie dann Zwillinge gebar … nun, Iris, du kannst dir gar nicht vorstellen, wie Prissy und ich gefeiert haben. Der Fluch der gespaltenen Seele war geteilt worden und was mein Untergang gewesen war, hatte sich mit einem Mal zu einem glücklichen Schicksal gefügt.«

Violet erinnerte sich, wie Macula Jack und ihr davon erzählt hatte, nachdem sie das Foto von Boy und Tom im Waisenhaus entdeckt hatten. Also war Maculas geheimnisvoller Besucher tatsächlich Arnold gewesen. Er hatte das alles bereits geplant, als die Zwillinge noch gar nicht auf der Welt waren.

»Meine Maschine hat nie richtig funktioniert, so hart ich auch daran gearbeitet habe. Es wollte mir einfach nicht gelingen, den Tod wirklich zu besiegen. Doch dies – dies war meine Chance«, fuhr Arnold fort. »Niemand musste von dem Elixier erfahren. Alle würden glauben, dass mein Tod-Bezwinger funktionierte, und ihr, die ihr über mich gelacht habt, würdet es zutiefst bereuen. Priscilla nahm eine Stelle

im Waisenhaus an und beobachtete die Zwillinge. Tom wies alle Eigenschaften der dunklen Seele auf, also nahm sie ihn mit. Wir zogen den Jungen auf, damit er seine Bestimmung erfüllen konnte – an seinem dreizehnten Geburtstag würde er seinen Bruder töten und sich holen, was ihm von Geburt an zustand: seine Gabe, das Elixier des Lebens. Das hätte mir meine Karriere zurückgebracht, Iris, begreifst du das denn nicht? Ich wäre der größte Wissenschaftler, den die Erde je gesehen hat. Ich hätte den Tod besiegt!«, rief er.

»Hör dir doch nur mal zu, Arnold. Was für ein Irrsinn. Das existiert alles nur in deinem Kopf!«

»Du machst dich schon wieder über mich lustig, Iris? Was hast *du* erreicht, seit du mich verlassen hast? Du bist stehen geblieben. Du hast keinerlei Ehrgeiz, du bist ein Nichts! Ein Niemand!«

»Ich bin Mutter, Arnold, und inzwischen auch Großmutter. Ich bin von Liebe umgeben! Das hättest du auch haben können, all das und noch viel mehr.«

»Und in einer Stadt namens Normal leben. Was für ein passender kleiner Ort für jemanden wie dich. Warum nach etwas Höherem streben, Iris, wenn du doch nur dazu geboren wurdest, gewöhnlich zu sein!«

»Ich bin damit zufrieden. Aber dieser … dieser *Humbug* hier ist dein großer Moment, Arnold? Ich wette, jetzt lacht die Welt erst recht über dich!« Sie zeigte auf die Augenpflanzen, die immer noch alles übertrugen.

Arnold explodierte. Er stürzte sich auf Iris und entriss ihr die Plastik-Armlehne. Sie hatte keine Chance. Der alte Mann hob die Waffe über seinen Kopf und blickte wutschäumend auf seine Ex-Frau hinab. Der nackte Hass stand ihm ins Gesicht geschrieben. Bevor sie wusste, was sie tat, sprang Violet vor und klammerte sich mit aller Macht an der Armlehne fest. Arnolds Schwung war so heftig, dass sie von den Füßen gehoben und gegen die Wand des Teeladens geschleudert wurde.

Sie stöhnte auf, verlor den Halt und glitt zu Boden.

Arnold schnaubte herablassend und wandte sich wieder Iris zu. »Endlich bringe ich es zum Abschluss«, höhnte er. »Wenn ich den Tod schon nicht beherrschen kann, kann ich wenigstens *dir* das Leben nehmen!«

Sein Gesicht verzog sich zu einer scheußlichen Fratze, als er ausholte, um den Knüppel auf seine Ex-Frau niedersausen zu lassen.

Plötzlich wurde er seitlich von etwas gerammt und taumelte rückwärts. Der Plastikknüppel flog ihm aus den Händen und landete klappernd vor Violets Füßen, als William Archer seinen Vater niederwarf und dessen stämmigen Körper zu Boden drückte.

»Hallo, Dad!«, sagte er, während Arnold sich nach Leibeskräften gegen ihn wehrte.

Violet kam eine Idee. Sie rappelte sich auf, rannte in den Rathauskeller und holte die Seile, mit denen Boy an die

Gitterstäbe gebunden worden war. Im Nu war sie zurück und machte sich daran, Schwester Powick, die immer noch bewusstlos war, damit zu fesseln. Mit den restlichen Seilen verschnürte William die Hände und Füße seines Vaters. Iris humpelte näher.

»Wie ich sehe, hast du deinen Sohn wiedergefunden. Er ist inzwischen erwachsen«, flüsterte sie, über Arnold gebeugt. »Vielleicht hattest du ja doch recht. Scheint so, als wäre er wirklich dein Fluch!«

Kapitel 37

Brüder

Das Kampfgeschehen ebbte allmählich ab. Edward und George waren einmal mehr gefasst worden und die Stadtbewohner, so zerschrammt und erschöpft sie auch waren, gewannen nach und nach die Oberhand über die Hüter. Nun, da die größte Gefahr gebannt war, sah sich Violet verzweifelt nach Boy und Tom um. Sie versuchte, nicht an die Szene zu denken, die sie kurz zuvor beobachtet hatte.

Mitten auf der Edward Street entdeckte sie schließlich ein Paar herrenlose Füße und erkannte die Schuhe. Sie rannte darauf zu und tastete blindlings in der Luft herum, bis sie Iris' unsichtbar machende Seide unter den Fingern spürte.

Sie zog den Stoff beiseite.

Tom lag vor ihr auf der Straße, den Kopf auf Boys Knie gebettet. Sein Gesicht war bleich und abgezehrt. Boy blickte zu ihr auf. Seine Wangen und Augen waren rot geweint.

»Ich hab ihn hergebracht, um von den Kämpfen wegzukommen. Ich dachte, ich könnte ihn retten, Violet … Er … er ist …«

Violet betrachtete Tom. Seine Augen waren geschlossen und von dunklen Ringen gezeichnet. Die Arme lagen schlaff neben seinem Körper.

»Er hat es getrunken«, stammelte Boy. Die Wörter quollen nahezu unkontrolliert aus ihm heraus. »Er hat Powicks Gift getrunken. Er … er hat mich gerettet, Violet. Und jetzt ist er fort. Genau wie Mam …«

Eine Spur aus Tränen lief über sein Gesicht, als er zu seiner Freundin hochsah. Er wollte, dass sie etwas sagte, irgendwas, das merkte sie ihm an. Doch Violets Kopf war leer. Ihr Herz fühlte sich an wie ausgehöhlt, als sie neben ihm auf die Knie sank.

»Er hat gesagt, er würde sich um Mam kümmern und dass ich hierbleiben und auf Dad aufpassen soll. Dann sagte er noch, wir würden uns wiedersehen. Und dann hat er das Gift getrunken. Ich dachte … Ich …«

Boy ließ den Kopf hängen. Seine Schultern bebten, als ein neuerlicher Weinkrampf ihn durchschüttelte.

»Er hat mich gerettet und ich dachte die ganze Zeit … ich dachte die ganze Zeit, er wäre … Ich kann mich an ihn erinnern, Violet. Jetzt weiß ich es wieder. Es sind nur kleine Schnipsel, aber ich glaube, ich erinnere mich, wie wir die Betten getauscht haben. In der Nacht ist Schwester Powick gekommen und ich hab gesehen, wie sie ihn mitgenommen hat, aber ich bin ihnen nicht hinterhergelaufen. Ich dachte, sie würde wiederkommen, aber sie kam nicht wieder, sie … sie hat meinen Bruder mitgenommen. Und jetzt … und jetzt ist er fort.«

Violet konnte ihre Tränen nicht länger zurückhalten. Sie nahm Boys Hand und drückte sie ganz fest. Er zitterte und sein Gesicht war rot, als wolle er seinen Zorn und seine Trauer in den Himmel hinaufschreien.

Der Kampflärm war nur noch ein entferntes Hintergrundrauschen. Ein Schatten legte sich über sie und Violet schaute nach oben. Es war ihr Dad.

»Was ist passiert?« Eugenes Stimme klang drängend.

»Tom hat Boy gerettet«, erwiderte Violet tonlos. Sie rang nach Worten. »Er hat ihn gerettet, Dad. Er hat Powicks Gift getrunken.«

Danach versank alles in einer Art Nebel. Später erinnerte sie sich, dass irgendwann Menschen um sie herumstanden und ihr Dad Toms leblosen Körper vom kalten Pflaster aufhob. Sie erinnerte sich, wie ihre Mam Boy an sich zog, so wie Violet es immer am liebsten mochte, und mit ihm zu Iris ging. Sie erinnerte sich an die Suppe und das Brot und daran, dass sie nichts davon runterbekam. Wie Anna sich an Boys Arm festklammerte und Jack ihm nicht von der Seite wich. Sie erinnerte sich an die gesenkten Stimmen, den gedämpften Tonfall, in dem alle redeten, und an Williams Gesicht. Und sie erinnerte sich an ihr Bett und daran, dass sich ihre weiche Decke anfühlte wie Blei.

Kapitel 38

Volle Kanne

Violet lief am Schulhof vorbei, wo ein Zombie gerade mit Kehren fertig war. Sie gewöhnte sich langsam an den Anblick der Kreaturen. Die meisten Leute hatten inzwischen einen Zombie bei sich zu Hause, der ihnen bei der Hausarbeit half, aber die Browns hatten sich bisher noch keinen zugelegt – die Vorstellung war ihnen doch zu gruselig.

Sie hatte einen Strauß Blumen dabei. Die Abende waren kurz geworden und in der Luft lag ein erster Anflug von Frost, doch gerade schien die Sonne und wärmte ihr den Rücken, wie es die Umarmungen ihres Dads immer taten. Sie öffnete das Friedhofstor.

Er saß an seinem gewohnten Platz. Sie sah ihn schon von Weitem, als sie über die mit Rindenmulch ausgelegten Pfade auf das Grab zulief und sich ganz in der Nähe auf eine Bank plumpsen ließ. Dort wartete sie, bis er so weit war. Sie wollte ihn nicht stören.

Nach ein paar Minuten kam er zu ihr und setzte sich neben sie.

»Schön hier, findest du nicht auch?«

Sie nickte. Und dann schwiegen sie eine Weile miteinander.

»Ich schätze, wenn man schon irgendwo begraben werden muss, fände ich hier gar nicht so schlecht«, sagte sie schließlich, während sie zusah, wie die letzten Schmetterlinge und Bienen des Jahres um die Blumen kreisten, die an den Mauern von Towns Friedhof wuchsen.

»Sind die für Mam?« Er zeigte auf die Blumen.

»Ja.« Sie lächelte. »Extra angepflanzt. Meine Mam sagt, Macula liebte Wildblumen.«

»Ich wünschte, ich wüsste mehr über sie.« Er senkte den Kopf und knibbelte an einem Häutchen neben seinem Fingernagel. »Ich wünschte, ich wüsste, wie sie gedacht hat oder was sie schön und wichtig fand.«

»Aber das tust du.« Violets Stimme war sanft. »Du weißt, wie sehr sie dich geliebt hat. Mehr muss man über eine Mam gar nicht wissen. Oder doch, vielleicht auch noch, ob sie kochen kann oder nicht. Meine kann es nämlich nicht besonders gut, deswegen tu ich immer nur so, als würde ich ihre Sachen essen, und warte dann, dass Dad heimlich was Leckeres kocht. Er sagt Mam natürlich nie, dass sie eine schlechte Köchin ist, aber ihr brennt echt alles an. Selbst nach all den Kochkursen noch. Dad meint, sie soll lieber bei ihren Zahlen bleiben!«

»Violet, manchmal kannst du echt lustig sein.« Ihr Freund lächelte.

»Hey, wieso nur manchmal?« Sie stieß ihm den Ellbogen in die Rippen. Er lachte und dann kehrte wieder Stille ein. Sie beobachtete, wie sich der Himmel langsam orange färbte.

Schließlich durchbrach er das Schweigen. »Ich habe sie gesehen, weißt du? Als ich krank war.«

»Wen gesehen?«, fragte sie.

»Mam.«

»Oh …«

»Ich habe das noch niemandem erzählt. Sie hat gesagt, dass sie mich lieb hat und dass ich ein guter Sohn bin. Und dass sie sich um sich selbst kümmern kann und ich lieber zu Dad und Boy zurückkehren soll, weil die mich brauchen. Wir würden uns dann schon wiedersehen, wenn es so weit ist. Sie klang so glücklich, Violet. Sie sagte, sie wäre glücklicher als je zuvor, weil ihre Familie zueinandergefunden hat.«

»War das, als du im Koma lagst? Teresa meinte, du könntest vielleicht seltsame Träume haben, während dein Körper sich erholt. Du hattest echt Glück, dass sie eine der besten Toxi… Tokik… Dingsbums auf der Welt ist!«

Violet erinnerte sich noch gut an jene Nacht – sie würde sie niemals vergessen. Ihr Dad, der wusste, worauf sich Arnolds alte Freunde von der Hegel-Universität spezialisiert hatten, war schnurstracks zu Teresa gegangen. Wie sich herausstellte, gab es ein Gegenmittel für das Gift der Schwarzen Witwe. Trotzdem hatten sie beängstigend lange warten müssen, bevor sie wussten, ob Tom wieder aufwachen würde.

»Toxikologen, Violet!« Er lächelte. »Und es war nicht bloß ein Traum, es war echt. Es war Magie.«

»Das heißt, du glaubst an Magie?«, fragte sie. Sie musste an William und Eugene denken und an all die anderen Wissenschaftler, die sie mittlerweile kannte.

»Ja klar, die ist doch überall«, antwortete er, als sei das offensichtlich. »Wie erklärst du sonst das Leben?«

Violet dachte, dass ihrem Dad und den anderen vermutlich eine Million Antworten auf diese Frage einfallen würden. Antworten voller Fakten und Zahlen, voller seltsamer Gleichungen und Theorien. Aber dann dachte sie daran, was ihre Mam oder Macula sagen würden, und an die Gefühle tief in ihrem Bauch und die Blumen in ihrer Hand. Sie wusste, Tom hatte recht. Magie war überall.

Ein großer schwarzer Vogel kam vom Himmel geschwebt und landete hinter ihnen auf der Mauer. Boys Zwillingsbruder drehte sich um und kraulte ihm das glänzende Köpfchen.

Violet spürte, wie ihr Tränen in die Augen stiegen – Glückstränen. Sie wandte den Blick ab.

»Ist okay.« Tom lachte.

»Was meinst du?«

»Wein ruhig. Ich weiß, dass du das vor Boy versteckst, aber ich bin dir gefolgt, schon vergessen? Ich weiß, dass du andauernd weinst!«

»Du meinst, du hast mich gestalkt!«, scherzte Violet und rieb sich die Augen. »Wie auch immer, ich wollte es gar nicht verstecken! Mam sagt, Weinen ist eine Stärke, keine Schwäche. Sie wünschte, Dad würde öfter weinen, wenn er traurig ist. Das tut einem nämlich gut!«

»Hey, ihr Heulsusen!« Lachend zwängte Boy sich zu ihnen auf die Bank, wodurch er Violet beinahe runterschubste. »Dad wartet auf uns, Tom – er ist fast fertig damit, das Gehirn abzubauen, aber jetzt braucht er Hilfe dabei, die Pflanzen im Verlies mit dem kleinen Kontrollzentrum im Sitzungsraum des Stadtrats zu verbinden!«

»Oh, ich sollte eigentlich auch mit den Augenpflanzen helfen«, erinnerte sich Violet und stand auf. »Die werden schon bald an dieses Krankenhaus verschickt. Die Dinger sind so eklig – ich bin froh, wenn sie endlich weg sind!«

»Immerhin haben sie der Welt gezeigt, wie verrückt Arnold war. Außerdem haben sie mehr als einmal geholfen, Edward und George zu fassen. Und jetzt werden sie überall im Verlies aufgestellt, damit Schwester Powick, Arnold, Edward, George und die Hüter auch wirklich nie mehr rauskommen! Wenn Eugenes Pflanzen nicht wären, würden wir vielleicht längst wieder in Perfect leben. Oder schlimmer noch, in Zombie-Town!«, scherzte Boy.

»Wenn *ich* nicht wäre, meinst du wohl!«, erwiderte Violet grinsend.

»Und übrigens, denk doch mal an all die Menschen, die dank den Pflanzen bald wieder sehen können.« Boy ging nicht auf ihre Bemerkung ein. »Dein Dad und seine Transplantate werden bald weltberühmt sein!«

»Großmutter sagt, er ist einer der klügsten Köpfe auf der Welt. Und dass Joseph Bohr allen von ihm erzählt! Und auf dem Cover von *Auge um Auge* ist er auch. Da steht, er sei ein Visionär!«, ergänzte sein Zwillingsbruder.

»Ja, das ist ihm total peinlich. Dad meint, er kann nicht die ganze Ehre einheimsen, schließlich hat William auch mitgeholfen!«, berichtete Violet.

»O nein.« Die Zwillinge lachten wie aus einem Mund – so was taten sie in letzter Zeit ständig.

»Unser Dad sagt, Eugene kann das Lob gern für sich behalten. Wir Archers haben in Sachen Wissenschaft nicht gerade den besten Ruf.« Boy schnaubte. »Von jetzt an will er sich ganz der Herstellung von *Volle Kanne* widmen. Er sagt, der Tee bringt die Leute zusammen!«

Ende.

Ein Brief der Autorin

Lieber Boy und liebe Violet,

ich sitze hier im Halbdunkel, nachdem ich gerade die allerletzten Änderungen an eurer Geschichte vorgenommen habe. Es ist eine seltsame Zeit, irgendwie glücklich und traurig und merkwürdig zugleich.

Ich werde euch beide nicht wiedersehen, jedenfalls nicht auf diese Weise. Ich meine, wir werden uns vermutlich ab und zu mal kurz in einem Klassenraum oder einer Buchhandlung begegnen, vielleicht laufen wir einander auch ganz unerwartet im Zug oder Bus über den Weg – wäre das nicht schön? Aber wir werden nie wieder richtig Zeit miteinander verbringen. Ich werde abends nicht mehr ins Bett gehen und davon träumen, wie euer Tag war, oder euch widerstrebend mit zur Arbeit, in den Urlaub oder zum Yogakurs mitnehmen (ihr habt es immer geschafft, mich zu stören, sosehr ich auch versucht habe, mich nicht von euch ablenken zu lassen). Es wird mir fehlen, euch in mein Ohr flüstern zu hören, um mich ins nächste Abenteuer zu locken.

Ihr wart Teil meiner schönsten Erinnerungen, habt mich glücklicher gemacht, als euch wohl jemals bewusst sein wird, und habt meinem wehen Herz einige der schmerzvollsten Momente beschert.

Wie sehr ich wünschte, ich müsste diesen Brief nicht schreiben! Aber ich weiß, es ist Zeit, euch loszulassen.

Wisst ihr, ich habe noch ein letztes Abenteuer für euch geplant und ich hoffe sehr, ihr lasst euch darauf ein.

Würdet ihr für mich in die Welt hinausziehen, neue Freunde finden, die näher an eurem Alter sind, und ihnen etwas ausrichten?

Bitte sagt ihnen, dass sie etwas ganz Besonderes sind, denn Kinder sind die tollsten, einzigartigsten Menschen auf diesem Planeten. Sagt ihnen, dass sie alles erreichen können, was sie wollen, egal, ob sie ein Waisenkind sind oder die Tochter eines Arztes. Helft ihnen, daran zu glauben, dass sie mutig sind, viel mutiger und klüger, als sie ahnen, und dass sie sich nie danach sehnen sollten, normal zu sein – normal ist langweilig. Lasst sie erkennen, welche Macht die Fantasie hat, damit sie sich diese niemals stehlen lassen – nicht mal von einem Archer –, denn Fantasie kann einen überall hinbringen.

Und vor allem, Boy und Violet, bitte nehmt euch den folgenden Teil besonders zu Herzen … Sagt ihnen, dass sie, unsere Kinder, egal, in welcher Situation und wie groß oder klein das Problem auch sein mag – ob es nun tausend Zombies sind oder bloß ein schlechter Tag auf der Arbeit –, uns Erwachsene immer wieder von Neuem retten. Wenn ihr ihnen nur das mit auf den Weg gebt, macht ihr mich damit sehr stolz.

Ihr werdet mir fehlen, und wie.
In Liebe, eure Freundin

Helena Duggan stammt aus Kilkenny, einer mittelalterlichen Stadt im Süden Irlands, die sie zu dem Ort „Perfect“ inspirierte. Helena schreibt besonders gerne abenteuerliche Geschichten, da sie sich immer sehr schnell langweilt. Doch sie ist nicht nur Autorin, sondern auch Grafikdesignerin und Illustratorin.

Tunnel

Geistersiedlung

Friedhof

Nr. 135

Violets
Haus

Tunnel

Wickham Terra

Waisenhaus

Forgotten Road

Archer &
Brown

Splendid Road

Edward Street

Friedhof
von Town

Die Schule